suhrkamp nova

Erling Jepsen

Die Kunst, im Chor zu weinen

Roman

Aus dem Dänischen von
Ulrich Sonnenberg

Suhrkamp

Die Originalausgabe erschien 2002 unter dem Titel
Kunsten at græde i kor

Published by agreement with Borgens Forlag A/S, Copenhagen
and Leonhardt & Høier Literary Agency A/S, Copenhagen

Dieses Projekt wurde mit Unterstützung der
Europäischen Kommission finanziert.
Die Verantwortung für den Inhalt dieser Veröffentlichung (Mitteilung)
trägt allein der Verfasser; die Kommission haftet nicht
für die weitere Verwendung der darin enthaltenen Angaben.

Kultur

Umschlagfoto: © Søren Rønholt
www.roenholt.dk

suhrkamp taschenbuch 4030
Erste Auflage 2008
Deutsche Erstausgabe

Druck: CPI – Ebner & Spiegel, Ulm
Printed in Germany
Umschlag: Göllner, Michels
ISBN 978-3-518-46030-6

1 2 3 4 5 6 – 13 12 11 10 09 08

Die Kunst, im Chor zu weinen

KAPITEL 1

Die Macht der Worte

Die sagen ein Wort im Fernsehen, ein Wort, das ich nicht verstehe. Eine Frau sagt es, so langsam und deutlich, als müssten alle es verstehen. Das macht es aber nur schlimmer, denn was sie sagt, passt nicht zu dem, was ich sehe. Sonst ist Fernsehen immer so gut, wir haben unseres erst heute bekommen, als Letzte in der Straße, und ich bin den ganzen Weg von der Schule nach Hause gerannt. Und nun *das*.

Das Wort heißt *Usus*. Es ist kein besonders langes Wort und mir ist es ein bisschen peinlich, denn ich bin gerade elf Jahre alt geworden. Und es gibt niemanden, der es mir erklären kann, ich sitze allein im Wohnzimmer.

Ich laufe in die Küche und warte an der Tür zum Laden. Meine Mutter bedient gerade und es dauert eine Ewigkeit, bis sie endlich zu mir kommt.

»Usus?«, fragt sie. Sie setzt sich mit einem Geschirrtuch in der Hand auf einen Küchenstuhl; nachdenken kann sie nämlich am besten mit einem Geschirrtuch in der Hand. Während sie es zusammenzwirbelt, schaut sie erst auf den Boden, dann aus dem Fenster.

»Wenn man etwas Bestimmtes richtig oft macht, dann wird es schließlich Usus, es wird zur Gewohnheit.«

»Egal, was es ist?«

»Ja«, sagt sie.

Unglaublich, dass sich etwas, das man tut, einfach so von einer Sache in eine andere verwandeln kann, nur weil man es oft genug macht. Das ist schwer zu verstehen. Stimmt es denn überhaupt?

»Es hat was mit Wasser zu tun«, erkläre ich ihr. »Da war ein Wasserhahn im Fernsehen, als die Frau das gesagt hat.«

»Versteh' ich nicht«, erwidert Mutter.

»Aber es ist wahr, sie stand neben einem Wasserhahn, als sie es gesagt hat.«

Das Geschirrtuch erfährt eine Extradrehung. Dann versucht sie es noch einmal, diesmal mit Beispielen: Dass wir zum Frühstück Haferbrei essen, ist bei uns Usus, denn wir essen jeden Morgen Haferbrei. Usus ist es auch, dass Vater Milch ausfährt und ..., aber hier unterbreche ich sie. Es kann nicht stimmen. Es muss etwas mit Wasser zu tun haben, todsicher.

»Warten wir, bis Vater nach Hause kommt«, sagt sie schließlich.

»Nein, ich will's jetzt wissen, wieso weißt du's denn nicht?«

»Aber ich weiß es doch, du glaubst mir ja nur nicht.«

Nein, ich glaube ihr nicht, nicht wirklich. Mutter ist nicht die Richtige, um Wörter zu erklären, und das weiß sie genau – wieso würde sie wohl sonst auf Vater warten wollen? Weil er es besser kann, Wörter sind sein Gebiet, ich muss ihn fragen. Eigentlich habe ich auch gar nichts dagegen, denn normalerweise freut er sich darüber und dann ist er nett zu Mutter und alles ist gut. Außerdem hört Vater die Hausaufgaben ab, vor allem, seit ich in die fünfte Klasse versetzt worden bin und Noten bekomme. Er liest viel mehr Zeitung als Mutter und braucht eine Lesebrille; allerdings kratzt er sich beim Zeitunglesen häufig mit dem Ende eines Kugelschreibers im Ohr, und wenn man den danach in den Mund steckt, schmeckt er nach altem Käse. Mutter betet dafür das Abendgebet mit mir, wenn ich ins Bett gebracht werde, das kann sie am besten. Sie würde gern einen Engel über dem Kopfende des Bettes aufhängen, aber daraus wird nichts, denn dort hängt Tarzan. Er ist so eine Art Schutzheiliger für mich und ich glaube, Mutter findet ihn auch gut – zumindest lässt sie ihn hängen. Als ich sie abends mal fragte, wozu das Vaterunser eigentlich gut ist, antwortete sie, ich würde sonst nachts aus dem Bett fallen und mir wehtun. Sie sagte es, ohne zu zwinkern, also habe ich nicht noch mal gefragt.

Es klopft an der Haustür und Mutter geht hinaus, um zu öffnen. Es ist meine Spielkameradin Mette.

»Habt ihr jetzt auch Fernsehen?«, fragt sie. »Darf ich's mal sehen?«

»Aber sicher darfst du das«, antwortet Mutter, doch ich quetsche mich zwischen die beiden und versetze Mette einen Schubs.

Ich sage: »Nein, darfst du nicht, es ist ein Scheißfernseher!«

»Ist er schon kaputt?«

»Natürlich nicht«, sagt Mutter und geht mit Mette ins Wohnzimmer.

»Lügt er?«

Ich schubse sie noch mal, wieso geht sie denn nicht einfach nach Hause? »Jetzt wäre ich aber sehr ungerecht«, meint Mutter. Ich bin nämlich das ganze letzte Jahr immer zu Mettes Eltern gegangen, um fernzusehen, und sie haben nie etwas dagegen gehabt. Mutter hat recht, was das angeht, sind die Nachbarn drüben auf der anderen Straßenseite wirklich nett. Ich musste nur daran denken, »Auf Wiedersehen und vielen Dank, dass ich Fernsehen gucken durfte« zu sagen, wenn ich ging, aber das fällt mir nicht sonderlich schwer. Ich spreche das inzwischen so schnell aus, dass mich kein Mensch mehr versteht.

»WiedersehenundvielenDankdassichFernsehengucken-durfte.«

»Wie bitte?«, fragen sie und drehen sich verdutzt nach mir um. Aber dann bin ich bereits weg.

Mette setzt sich vor den Bildschirm und Mutter geht wieder in die Küche. Mette ist ein paar Jahre jünger als ich und meine Eltern sagen, ich soll nett zu ihr sein und Geduld mit ihr haben, schließlich sei ich der Größere. Aber ich kann doch nichts dafür, dass ich der Größere bin, das liegt doch nur daran, dass sie so klein ist. Sie dreht sich zu mir um und grinst auf eine Weise, dass ich ganz einfach an ihren Rattenschwänzchen ziehen muss. Sie schreit wie am Spieß und läuft hinaus zu Mutter – die mich ins Bett schickt, obwohl ich schon lange aufgehört habe, Mittagsschlaf zu halten. »Jetzt bleibst du hier liegen und wartest, bis Vater nach Hause kommt«, sagt sie.

Mutter glaubt bestimmt, ich hätte Angst, aber das stimmt gar nicht. Hoffentlich kommt Vater bald nach Hause, ich bin sicher, er wird mir Usus so erklären, dass ich verstehe, was es bedeutet; er weiß so etwas, er weiß überhaupt alles über *Worte*.

Ich höre das Milchauto in der Einfahrt und kurz darauf, wie Vater Ware ablädt. Dann unterhält er sich mit Mutter im Wohnzimmer und nun höre ich Vaters Schritte auf der Treppe. Am besten, ich bereite mich auf ein Donnerwetter oder Schlimmeres vor.

Vater kommt in mein Zimmer und setzt sich aufs Bett. Seine große warme Hand greift auf der Decke nach meiner und ein kleines Lächeln umspielt seine Lippen.

»So, du willst also gern wissen, was Usus bedeutet?«

»Ja«, sage ich.

»Wenn man etwas Bestimmtes richtig oft macht, dann wird es schließlich Usus, es wird zur Gewohnheit.«

Nanu, genau dasselbe hat Mutter doch auch gesagt!

»Ja, aber es hat was mit Wasser zu tun«, fange ich wieder an. »Da war ein Wasserhahn …«

»Die haben wahrscheinlich gemeint, dass man nicht vergessen darf, sich die Hände zu waschen, wenn man auf dem Klo war, oder? Es ist Usus, dass man sich die Hände wäscht, wenn man auf dem Klo gewesen ist, eine Gewohnheit. Das ist die Bedeutung.«

Vater hat keinerlei Zweifel und ich habe das Gefühl, dass diese Aufgabe beinahe zu leicht für ihn gewesen ist. Er ist absolut sicher, dass er die Antwort weiß, die einzig richtige Antwort, und ich glaube ihm sofort und beruhige mich vollkommen.

»Ach so«, sage ich, »wenn man auf dem Klo gewesen ist …«

»Ja«, sagt er.

»Und wieso hat Mutter das nicht gesagt?«

»Mutter hat es erklärt, so gut sie konnte«, erwidert er. »Steh jetzt auf und geh spielen.«

Ich stehe auf und denke, dass ich alles verstehe und alles auf der Welt gut ist, solange ich Vater habe, der es mir erklärt. Vater mit seinen großen warmen Händen.

Mutter scheint einen Zentimeter kleiner geworden zu sein, als ich zu ihr herunterkomme, aber ich glaube nicht, dass sie sich deshalb Gedanken macht, ganz im Gegenteil. Sie lächelt und sagt, dass Vater doch über alles Bescheid weiß.

»Über wirklich alles?«, frage ich.

Vater steht hinter ihr und liest Zeitung, er kratzt sich mit einem Kugelschreiber im Ohr. Dann lacht er kurz auf und es dauert einen Moment, bis sie antwortet.

»Über alles«, sagt sie.

Wir müssen die Möbel im Wohnzimmer ein bisschen umstellen, bis wir alle in einem Abstand von drei Metern vor dem Bildschirm sitzen. Und drei Meter müssen es sein, das weiß jeder; sitzt man zu nah dran oder zu weit weg, kann das zu bleibenden Augenschäden führen.

Auf Dänemark gibt es eine Sendung über moderne Kunst. Die Zuschauer werden durch ein Museum mit Gemälden und Skulpturen geführt, bei denen man nicht erkennen kann, was sie eigentlich darstellen, und ein Mann spricht ständig davon, dass das auch gar nicht beabsichtigt ist. Wir schauen eine halbe Stunde andächtig zu. Dann schlägt Mutter ganz vorsichtig vor, auf Deutschland umzuschalten.

»Mitten in einer Sendung?«, fragt Vater.

»Nein, natürlich erst, wenn sie zu Ende ist«, fügt sie eilig hinzu.

Also sitzen wir noch eine Viertelstunde vor dem Apparat, ohne einen Ton zu sagen; ich bekomme allmählich Bauchschmerzen und meine große Schwester Sanne zappelt mit den Beinen. Wir schauen uns einen Moment an und ich sehe, dass wir den gleichen Gedanken haben.

»Man kann schon mitten in der Sendung umschalten«, sagen wir beide wie aus einem Mund.

»Das weiß ich auch«, erwidert Vater, »aber das kann schnell zu einer schlechten Gewohnheit werden.«

»Einem Usus?«, frage ich.

»Genau«, sagt er. »Und was werden die sagen, die das Programm gemacht haben, wenn sie es erfahren?«

»Aber die erfahren es doch gar nicht«, behauptet Sanne.

Ich bin da nicht so sicher, finde aber, dass wir das Risiko eingehen sollten. Kurz darauf steht Vater auf und schaltet um. Wir halten den Atem an, als er an dem Knopf dreht – und was soll ich sagen, es klappt wirklich: Wir sehen jetzt eine deutsche Sendung und das Bild ist ebenso scharf wie auf Dänemark. Es ist ein Unterhaltungsprogramm, Frauen mit großen Busen und Bierkrügen in den Händen singen deutsche Schlager. Mutter merkt auf, es kommt Leben in ihre Augen, denn im Unterschied zu uns versteht sie Deutsch. Ihre Mutter war Deutsche und sie hat ihre Jugend in Hamburg verbracht. Es dauert nicht lange, bis sie mitsingt, erst mit einer unglaublich dünnen Stimme, dann lauter und lauter, und irgendwann hebt sie ihren Kaffeebecher – einen Bierkrug hat sie schließlich nicht – und prostet denen auf dem Bildschirm zu.

»Schalt doch wieder auf Dänemark«, bittet Sanne Vater, »könnte sein, dass da jetzt was anderes kommt.«

»Ich soll schon wieder mitten in einer Sendung umschalten?«

Mutter wagt nichts zu sagen.

»Mettes Eltern machen das auch«, erkläre ich.

»Ja doch, ja«, seufzt Vater und steht aus seinem Sessel auf. »Aber das ist jetzt das letzte Mal, wir können doch nicht ständig hin- und herschalten, man wird ja seekrank dabei.«

Doch die Museumsführung auf Dänemark ist noch nicht zu Ende, und fast sieht es so aus, als würde sie an der Stelle fortgesetzt, an der wir umgeschaltet hatten. Eigentlich ist niemand von uns noch aufnahmefähig, aber zugeben wollen wir es auch nicht, ist es doch der erste Abend mit unserem eigenen Fernseher. Mutter fängt wieder an zu singen, hinein in die Stille, aber es wirkt ein wenig fehl am Platz. Vater schaut auf die Standuhr.

»Jetzt haben wir eine Stunde ferngesehen«, stellt er fest und schaltet ab, »jetzt muss es gut sein. Morgen ist auch noch ein Tag.«

Als ich meinen Schlafanzug angezogen habe und auf einem Hocker am Waschbecken stehe und mir die Zähne putze, singt Mutter noch immer. Jetzt nicht mehr auf Deutsch, sondern auf Dänisch, so dass wir anderen mitsingen können. Vater ist ihr behilflich, wenn sie den Text vergessen hat, das passiert ziemlich oft. Er selbst singt allerdings nicht mit, er sagt ihr nur die Wörter vor. Die meisten Lieder kann er auswendig, die aus dem Gesangbuch ebenso wie die guten alten Schlager. In unserer Familie hören wir am liebsten Schlager, und sie dürfen ruhig ein bisschen sentimental sein, das macht gar nichts.

Vater sagt den Text von den Bergvagabunden auf und Mutter summt die Melodie dazu, dann kommt das Lied mit der kleinen Wildente und ihrem warmen Nest. Das ist das feste Programm. Ich setze mich auf eins von Vaters Knien, Sanne auf das andere. Nach der Wildente dürfen wir uns etwas wünschen und natürlich wünschen wir uns das Lied von dem kleinen kranken Mädchen, das nicht mehr aus dem Krankenhaus kommt.

»Das habe ich mir gedacht«, sagt Vater. »Können wir heute Abend nicht ausnahmsweise mal was anderes singen?«

»Och, bitte«, betteln wir, »ist doch Sonnabend.«

Aber dann gibt er wie gewöhnlich nach, denn eigentlich wollte er sich ja auch nur bitten lassen.

Bei der zweiten Strophe werden Mutters Augen feucht und das ist sozusagen der Startschuss: Kurz darauf weinen alle, auch Vater und Sanne, obwohl sie eigentlich nicht weinen will, und ich selbst natürlich auch. Wir schluchzen so laut, dass wir uns kaum noch singen hören können. So wird es doch noch ein schöner Abend und meine Bauchschmerzen sind auch verschwunden. Als Nächstes stimmen wir ›Es hängt ein Pferdehalfter an der Wand‹ an, fallen uns gegenseitig um den Hals und weinen und weinen, bis die Standuhr anfängt zu schlagen – jetzt müssen Sanne und ich aber ins Bett, es ist schon spät. Wir betteln und bitten um ein letztes Lied, um das mit der armen Mutter, deren Sohn im Meer ertrunken ist und den sie dann an Land gespült wiederfindet; auch das wird noch gesungen, aber es ist wirklich das letzte. Vater hat jetzt einen Kloß im Hals, es ist sein Lieblingslied und er bringt kaum den Text heraus. Ja, so sieht ein gemütlicher Sonnabend bei uns aus, das Fernsehen kann da kaum mithalten.

Vater schneidet die Hecke. Er steht auf einer Leiter und schneidet die Oberkante, hier und da reißt er einen großen Ast heraus und wirft ihn mir vor die Füße.

»Kann ich dir helfen?«, frage ich ihn. »Darf ich die Heckenschere mal ausprobieren?«

Ich habe es schon mal versucht, es war gar nicht so schwer.

»Heute nicht«, erwidert er, »die Zweige sind zu dick. Aber du kannst schon mal harken.«

Ich fange sofort an. Die Äste sind wirklich dick, ich sehe ein, dass ein Erwachsener nötig ist, um sie durchzuschneiden. Ein paar Zweige fallen auf die andere Seite der Hecke, auf den Feldweg, an den unser Garten grenzt.

»Soll ich die Äste auf der anderen Seite zuerst aufsammeln?«

»Nein, nein, fang ruhig hier an.«

Vater schneidet weiter, ich sammle die Zweige auf und schichte sie zu einem hohen Haufen. Mutter bringt uns ein Glas Saft und meint, wir wären ja schon ziemlich weit, sie nennt uns Männer. Vater trocknet sich den Schweiß von der Stirn, leert das Saftglas in einem Zug und gibt ihr einen Klaps auf den Hintern. Ich tue so, als würde ich nichts sehen. Vor allem, als Mutter ihm den Klaps zurückgibt.

Kurz nachdem sie gegangen ist, hören wir auf dem Feldweg ein Auto. Vater erstarrt, es könnte Unannehmlichkeiten geben. Zumal wir mitbekommen, wie irgendetwas poltert und gegen die Karosserie schlägt. Der Wagen hält an und ein großer Mann springt heraus. Es kann sich nur um Schlachter Budde handeln. Ihm gehört die Weide an unserem Garten und es ist sein Feldweg.

»Zum Teufel noch mal ...? Habe ich dir nicht gesagt, dass du das lassen sollst?«, brüllt er über die Hecke.

»Was ist passiert?«, erkundigt sich Vater mit einer sonderbar kleinen und brüchigen Stimme. Er klingt überhaupt nicht wie er selbst.

»Überall auf meinem Grund und Boden fliegen Äste herum und einen habe ich gerade zwischen die Reifen bekommen.«

»Es wird schon ... ich komme sofort ...«

Vater tritt durch ein Loch in der Hecke auf den Feldweg und hilft, den Zweig aus dem Kotflügel zu ziehen.

»Entschuldige bitte«, stammelt er, »aber ich muss die Hecke doch schneiden.«

»Auf meinem Grund und Boden hat nichts herumzufliegen. Den nächsten Ast, den ich finde, steck ich dir in den Arsch und schlag ihn dir über den Kopf!«

Sein Sohn Nisse, der so alt ist wie ich, sitzt im Auto und feixt. Wieso sagt Vater nichts? Vater, der die Macht über die Worte hat? Irgendetwas scheint ihn zu blockieren, nur gut, dass er mich hat.

»Dann musst du ihn aber erst wieder rausziehen«, sage ich.

Budde schaut mich böse an und ich suche hastig Deckung hinter Vater.

»Was hat dein Bengel da gesagt?«

»Ich habe nichts gehört«, entgegnet Vater und dann lacht er! Das ist mutig. Na schön, er schaut dabei hinunter ins Gras, aber er lacht, während Budde danebensteht und zusieht! Nisse macht die Wagentür auf und kommt heraus.

»Lang ihm eine, Vater!«

Budde ist einen Kopf größer als Vater, er versetzt ihm einen Stoß, dass er ins Gras fällt. Es sieht total verkehrt aus, Vater verliert sogar sein Milchmannkäppi. Zum Glück kommt er rasch wieder auf die Beine, und ich laufe zu ihm und gebe ihm sein Käppi. Er setzt es auf, erholt sich einen Moment und sagt dann mit einer beinahe ruhigen Stimme: »Also, das machst du nicht noch einmal.«

Doch Budde macht es noch mal! Und damit nicht genug, als Vater auf allen Vieren liegt, tritt er ihm noch in den Hintern!

»Nun ist es aber gut!«, schreit Vater heiser und rappelt sich auf. Angst steht ihm jetzt im Gesicht. »Das ist ja ein Überfall!«

»So kannst du das nennen«, sagt Budde und packt Vater am Kragen. Das Milchmannkäppi fliegt wieder ins Gras, ich hebe es auf und drücke es fest an mich. Dann schleudert Budde Vater in die Hecke. Vater findet die Lücke und beeilt sich, auf unsere Seite zu kommen. Ich renne hinter ihm her und gebe ihm sein Käppi zurück; er klopft es erst ab, bevor er es aufsetzt.

»Ich bin jetzt auf meinem eigenen Grund und Boden«, erklärt er und ist nahezu wieder der Alte. »Hier kannst du mir nichts tun.«

Gut gesagt, denke ich, Vater hat die Macht über die Worte, und das bedeutet auch etwas, das bedeutet sogar *sehr viel.*

»So, meinst du?«, fragt Budde vom Feldweg her.

»Ja. Und ich habe das Recht, meine Hecke zu schneiden, jedenfalls soweit ich weiß. Auf meiner Seite.«

»Auf einen Scheiß hast du das Recht«, sagt Budde und kommt durch das Loch in den Garten. In unseren Garten!

»Ich will nicht, dass *meine* Hecke geschnitten wird, und es haben auch keine Zweige dort herumzuliegen, wo ich vorbeikomme, geht das wohl in deinen Schädel?«

»Das hier ist mein Grundstück, hier kannst du mir nichts tun«, wiederholt Vater.

Budde schubst ihn, dass Vater ins Rosenbeet stolpert und schon wieder sein Käppi verliert. Er sticht sich an den Rosen und seine Hand beginnt zu bluten.

»Ich ruf die Polizei«, heult er und nun taucht Nisses Kopf in dem Loch in der Hecke auf.

»Tret ihm noch mal in den Arsch, Vater!«

»Wir rufen die Polizei!«, schreie ich und fange an, Budde ans Schienbein zu treten. Er rührt sich nicht, sondern schaut mich nur einen Augenblick an, als überlege er, auch mir eine Abreibung zu verpassen.

»Du hast Glück, dass du noch nicht konfirmiert bist«, sagt er. »Ich schlage niemanden, der noch nicht konfirmiert ist.«

Ich trete ihm ein letztes Mal ans Bein, dann nehme ich meinen Vater bei der Hand und zerre ihn hoch zum Haus. Wir drehen uns erst um, als wir oben an der Hintertür sind. Glücklicherweise sind sie verschwunden.

»Wir rufen jetzt die Polizei, nicht wahr?«

Vater antwortet nicht, er setzt sich auf eine Kiste mit leeren Flaschen und beginnt sich die Dornen aus der Hand zu ziehen. Ich entdecke auch an meiner Hand Blut, aber das liegt natürlich daran, dass ich Vaters Hand gehalten habe.

Wieso sitzen wir hier herum, als würden wir uns verstecken? Worauf warten wir noch?

»Wollen wir nicht rein zu Mutter?«, frage ich.

Doch er bleibt sitzen und fummelt weiter an seiner Hand. Sein Haar ist völlig zerzaust – und das Milchmannkäppi, wo ist das? Es muss im Rosenbeet liegen, aber ich will es jetzt nicht holen, ich will Vater jetzt nicht allein lassen. Und ich verstehe nicht, warum wir nicht hineingehen, wieso wir so lange hier sitzen und vor uns hinstarren.

»Deswegen musst du nicht weinen«, sagt er, und erst jetzt bemerke ich, dass mir die Tränen fließen.

Es ist eine regelrechte Erleichterung, als Sanne mit ihrer Schultasche auf dem Fahrrad um die Ecke biegt.

»Was ist passiert?«, erkundigt sie sich und schaut auf Vaters blutige Hand.

»Nichts«, erwidert er.

Merkwürdig, aber als ich höre, wie Vater Mutter und Sanne erzählt, was passiert ist, klingt es weniger gefährlich, als ich gedacht hatte. Sanne findet es total lustig, was ich zu Budde über den Ast gesagt habe, nur Mutter versteht es nicht. Zumindest lacht sie nicht.

»Sollten wir nicht die Polizei rufen?«, fragt sie und wringt ein Geschirrtuch.

»Ich weiß nicht«, murmelt Vater, »lasst uns ruhig Blut bewahren.«

»Er hat dir in den Hintern getreten«, sage ich, denn das hat er vergessen zu erzählen.

»Verdammt, der gehört doch eingesperrt!«, ruft Sanne. »Das ist ein Gewaltverbrecher, damit darf er doch nicht durchkommen!«

Vater schmunzelt, wie so oft, wenn sie sich aufregt. Aber er lacht nicht, als Mutter ihm Jod auf die Wunden an seiner Hand träufelt, so viel sehe ich doch.

»Glaubst du, die Polizei würde es nicht ernst nehmen?«, fragt Mutter.

»Ich denke eher, sie werden es zu ernst nehmen«, antwortet er. »Es ist ja auf unserem Grundstück geschehen. Nein, meine Lieben, nu' ma' sutje. Je mehr ich darüber nachdenke, desto mehr tut mir Budde leid. Stellt euch vor, er bekommt eine Geldbuße und es passiert noch einmal, irgendwo anders, wo er auch angezeigt wird, dann kommt er ins Gefängnis. Und wer kümmert sich dann um die Schlachterei? Und füttert seine Tiere?«

Ich versteh's nicht, soll uns Budde jetzt auch noch leid tun? Gerade eben hat er meinen Vater noch in den Hintern getreten.

»Aber wieso, Vater?«

»Er kann sich einfach nicht beherrschen«, fährt er fort, »Budde fühlt sich selbst nicht wohl in seiner Haut. Und letzten Endes trifft es doch nur ihn und seine Familie.«

»Jedenfalls werden wir nicht mehr bei ihm einkaufen, das zumindest steht fest«, erklärt Mutter.

»Ach, das habt ihr schon so oft gesagt. Und dann dauert es nicht lange, bis ihr doch wieder bei ihm kauft«, widerspricht Sanne. »Das ist mir einfach zu billig. *Ich* rufe jetzt die Polizei an, da könnt ihr sagen, was ihr wollt.«

Sie beginnt im Telefonbuch zu blättern. Vater weiß nicht, was er machen soll, um sie davon abzubringen, und Mutter sitzt nur da und wringt ihr Geschirrtuch. Ich reiße meiner großen Schwester das Telefonbuch aus der Hand.

»Nu' ma' sutje«, sage ich, »du hast doch gehört, was Vater gesagt hat.«

Sie protestiert wütend, aber es wird nicht angerufen.

Dann fällt mir plötzlich das Milchmannkäppi wieder ein. Wieso hat niemand daran gedacht? Ich stehe auf – ohne ein Wort der Erklärung– und laufe mit dem Telefonbuch unterm Arm zurück in den Garten. Aber ich kann es nicht finden. Alles sieht aus wie immer, es gibt nur ein paar abgebrochene Rosen. Ich schaue mich ganz genau um. Sie müssen es mitgenommen haben, als sie weggefahren sind, das ist die einzige Erklärung. Schlachtermeister Budde und sein Sohn haben Vaters Milchmannkäppi gestohlen!

Mutter und Vater haben schon öfter gesagt, dass sie nicht mehr bei Schlachter Budde einkaufen werden, und trotzdem haben sie jedes Mal wieder damit angefangen, das stimmt schon. Das Problem ist, dass es nur zwei Schlachter in der Stadt gibt, und Budde ist der Beste. Er kann ja auch richtig nett sein, so ganz plötzlich, dann gibt er Rabatt und solche Sachen, dann hält er die Tür auf, wenn man geht, und sagt »Grüß zu Hause«. Aber ganz plötzlich dreht er wieder durch.

Einmal ging er zum Beispiel zum Jagen auf seine Weide, die zwischen unserem Garten und dem Bach liegt, und als der Jagdhund ein bisschen lange brauchte, um einer Ente im Wasser nachzuspringen, schoss er dem Hund in den Hintern und fuhr nach Hause. Den Hund ließ er einfach liegen, vielleicht hat Budde geglaubt, er sei tot. Am nächsten Morgen kam der Hund humpelnd heim und schleppte sein blutiges Hinterteil hinter sich her. Als Budde das arme Tier sah, bereute er seinen Jähzorn, erbarmte sich des Hundes – und schoss ihm in den Kopf.

Die Leute sagen, dass er sich nur im Griff hat, wenn er auf einem Pferd sitzt. Jedes Jahr tritt er beim Ringreiten an und oft wird er Ringreiterkönig. Wenn er mit einer Lanze in der Hand angeritten kommt, ist er beinahe nicht wiederzuerkennen. Regungslos sitzt er auf seinem Pferd – die Leute nennen es stille Würde – und pflückt einen Ring nach dem anderen. Er jubelt nicht mal, wenn er gewinnt, und für die anderen hat er nur Worte des Lobes.

Ich sehe ihn mit der Königskrone auf dem Kopf vor mir – und dann verwandelt sie sich plötzlich in Vaters Milchmannkäppi!

Ehrlich gesagt denke ich, dass Vater und ich zu Budde gehen und das Käppi zurückverlangen sollten. Aber Vater will nicht recht.

»Ich bestelle mir einfach ein neues«, sagt er. »Es war schon alt, ich hätte ohnehin bald ein neues gebraucht.«

Aber mir gefällt der Gedanke überhaupt nicht, dass es jetzt bei denen zu Hause liegt.

Am Montag, gleich in der ersten Pause, kommt Nisse auf dem Schulhof zu mir.

»Mein Vater ist bestimmt stärker als dein Vater«, sagt er und grinst schief. Als ob er es kaum übers Herz bringt, so etwas zu sagen. Und dann dieses *bestimmt*, sein Vater ist *bestimmt* stärker als meiner.

»Ja«, antworte ich und grinse ebenfalls. Es scheint ihn einigermaßen zu verwirren, dass ich über meinen eigenen Vater lache. Jetzt weiß er nicht, was er sagen soll.

Er geht wieder, zum Glück.

Nisse denkt sicher, dass ich ihm recht gebe und mein Vater zum Lachen ist. Aber das Wichtigste ist, dass ich genau weiß, wie alles zusammenhängt. Schließlich kann er meinem Vater dankbar sein, dass er noch einen Vater hat, jedenfalls einen, der noch nicht im Gefängnis sitzt. Aber so etwas kann man Nisse natürlich nicht erklären, man riskiert lediglich, dass er sich prügeln will, und das lohnt sich nicht. Das lohnt sich überhaupt nicht. Aber man kann sich ja auch so seinen Teil denken.

Unsere Klassenlehrerin heißt Fräulein Port, sie ist eine alte Jungfer und interessiert sich ziemlich für Jesus. Aber auch für Diktate. Und wir schreiben eine Unmenge Diktate in ihren Stunden. Nun sind Diktate nicht gerade meine starke Seite, aber mein Banknachbar, der kann wirklich gut buchstabieren. Allerdings kann er sich bei Prügeleien nicht so richtig wehren, also darf ich heimlich bei ihm abschreiben. Und ausgerechnet heute sind zum ersten Mal keine roten Striche in meinem Heft, als ich es zurückbekomme. Fräulein Port lobt mich, dass die ganze Klasse es hört, und dann geht sie zu Nisse, der sie wirklich betrübt, denn er hat mit vierundvierzig Fehler diesmal seinen eigenen Rekord gebrochen. Nisse grinst blöd und scheint beinahe stolz darauf zu sein.

Wenn man null Fehler im Diktat hat, bekommt man ein Bild mit einem religiösen Motiv von der Größe einer Postkarte. Fräulein Port hat einen ganzen Stapel verschiedener Bilder in ihrer Schreibtischschublade und sie wählt meins sorgfältig aus, als ob sie mir damit etwas sagen will. Etwas, das niemand sonst wissen darf. Das Bild zeigt einen kleinen Jungen, der sich über einen steilen Abhang beugt, um eine Blume zu pflücken, aber ein paar kleine Steine reißen sich los und er ist kurz davor, in den Abgrund zu stürzen – aber zum Glück steht einer von Gottes Engeln hinter ihm und hält ihn fest.

In der Pause zeige ich das Bild Sanne, die mit ihren Freundinnen Gummitwist spielt. Sie wirft einen raschen Blick darauf, sagt, es wäre hübsch, und hüpft weiter. Offenbar meint sie es ernst, aber es sieht nicht so aus, als würde sie mir das Bild wegnehmen wollen. Sanne ist schon in Ordnung.

Ich setze mich im Schulhof auf eine Bank und schaue mir das Bild noch einmal an. Dass ich der kleine Junge bin, verstehe ich schon, vielleicht will ich die Blume ja gerade für

Mutter pflücken? Aber was ist das für ein Abgrund, in den ich beinahe falle? Fräulein Port hat uns beigebracht, dass das Leben voll von allen möglichen Abgründen ist, also habe ich jetzt etwas zum Nachdenken. Vielleicht weil ich bei meinem Nebenmann gespickt habe, als wir das Diktat schrieben? Eigentlich ist es ja Schmu. Hat Fräulein Port es gemerkt? Ich lege das Bild in meinen Ranzen, dorthin, wo meine Tarzanhefte liegen. Dann bemerke ich plötzlich, dass Nisse ein Stück von mir entfernt sitzt und mit einem Taschenmesser in die Bank schnitzt. Sind ihm die vierundvierzig Fehler wirklich so egal? Hat er nicht doch ein bisschen neidisch geguckt, als Fräulein Port mir meine Prämie gab? Vielleicht sollte ich nicht so tun, als sei ich so viel besser als er, denn was soll der arme Kerl machen, er hat nun mal keinen Banknachbarn. Vielleicht ist er deshalb ja auch traurig, gerade jetzt, in seinem tiefsten Inneren. Ich hatte auch schon mal viele Fehler im Diktat, einmal waren es einundzwanzig. Ich glaube, ich sollte zu ihm gehen und es ihm sagen, damit er sich nicht so alleingelassen fühlt. Ich stehe auf, doch in diesem Moment holt er etwas aus seiner Tasche und setzt es auf, ein Käppi – Vaters Käppi! Er sitzt da und hat Vaters Milchmannkäppi auf dem Kopf! Natürlich ist es zu groß für ihn, es rutscht ihm über die Augen. Irgendjemand sieht es und lacht, läuft zu ihm und will es auch ausprobieren; aber da streckt Nisse es mir plötzlich hin. Als ich zugreifen will, zieht er das Käppi zurück, und ich habe das Gefühl, als würde der ganze Schulhof lachen. Ich bin den Tränen nahe vor Wut, ich drehe mich um, presse den Ranzen an meine Brust und bete, dass Gottes Engel und Tarzan mir gemeinsam zu Hilfe kommen. Eigentlich könnten sie Nisse doch jetzt über einen steilen Abhang schubsen, er wäre dann platt wie ’ne Flunder.

Merkwürdig, dass Vater die Sache mit dem Käppi nicht so ernst nimmt, er hat sich bereits ein neues besorgt und »Jetzt müssen wir nach vorn schauen« gesagt. Außerdem hat er die Hecke zu Ende geschnitten und die Zweige zusammengefegt, auch diejenigen, die auf Buddes Seite gefallen sind, also werden wir uns doch wohl bis zum nächsten Jahr vertragen. Ehrlich gesagt finde ich das ein bisschen dürftig.

Abends, als ich zu Bett gehe, hänge ich Gottes Engel neben Tarzan übers Kopfende. Sie sehen gut aus, so nebeneinander, und mit den beiden als Beschützer müsste ich eigentlich zurechtkommen. Als Mutter es sieht, bekommt sie einen Hustenanfall, so dass ich nicht so genau weiß, was sie davon hält. Aber ich glaube, sie ist einer Meinung mit mir.

Als ich ein paar Wochen später morgens in die Schule komme, hängt die Schulfahne auf halbmast. Beim gemeinsamen Morgengesang sagt der Rektor, dass dieser Tag ein Tag der Trauer ist. Einer der Schüler sei am Vorabend bei einem Verkehrsunfall getötet worden. Hier macht er eine Kunstpause und ich sehe mich nach Nisse um, kann ihn aber nirgendwo entdecken. Sind meine Gebete erhört worden? Hoffentlich nicht. Es geht auch nicht um ihn – sondern um Anette, Nisses große Schwester, die mit ihrem Moped verunglückt ist. Sie ist mit einem entgegenkommenden Lastwagen zusammengestoßen und nun nicht mehr länger unter uns, sagt der Rektor, also wird es auch stimmen. Ihr zum Gedenken bleibt die Schule für den Rest des Tages geschlossen.

Hat Gottes Engel gemeinsam mit Tarzan Nisses große Schwester etwa über einen Abhang geschubst? Ich frage mich, ob es zu einem Missverständnis gekommen ist, ob mein Gebet nicht richtig verstanden wurde, aber auch nicht *ganz* verkehrt, und ob ich irgendwie zur Rechenschaft gezogen werden kann? Aber dann bin ich doch der Meinung, dass meine beiden Beschützer zu klug sind, um solch einen Bock zu schießen. Auf der anderen Seite ist es schon ein merkwürdiges Zusammentreffen ...

Fräulein Port scheucht uns in die Klassenzimmer und bittet uns, auf unsere Plätze zu gehen. Wir haben gerade eben erst frei bekommen, das ist schon ein bisschen eigenartig, aber wir trauen uns nicht zu protestieren. Sie legt die Hände aufs Pult, faltet sie und schließt die Augen. Wir machen es ihr nach, falten die Hände – und schauen uns mit halb zugekniffenen Augen um. Fräulein Port betet, dass der liebe Gott Anette bitte freundlich aufnehmen möge, wenn sie in seinen Himmel kommt. Und dass er in dieser schweren Zeit gnädig auf die Familie Budde herabschauen möge und so weiter und so weiter. Ich muss immer daran denken, dass Anette Fräulein Port mal Fräulein Verdorrt nachgerufen hat, aber niemand spricht jetzt über so etwas. Wenn es wirklich ernst wird, gibt es ja auch Vergebung, jedenfalls wenn man sich totgefahren hat – und danach schulfrei für alle. Schade, dass Anette das nicht mehr miterleben kann. Am Ende des Gebets sagen wir Amen und gehen still und leise mit unseren Ranzen hinaus; normalerweise rennen wir ja so schnell wir können.

Vor der Schule ruft irgendein Idiot: »Hurra, wir haben frei!« Dann noch einer und ein paar Mädchen zischen »psst«, denn darüber kann man sich doch nun wirklich nicht freuen, sagen sie. Eigentlich haben sie ja recht, darum lassen wir auch ein bisschen die Köpfe hängen. Aber dann bäumt sich einer mit seinem Fahrrad auf und wiehert wie ein Pferd.

Die große Frage bei uns zu Hause ist, ob Vater bei der Beerdigung eine Rede halten soll oder ob er die Beerdigung ›überspringt‹, wie er es nennt. Normalerweise hält er eine Rede, wenn jemand gestorben ist, den wir kennen, er redet auch bei Hochzeiten und runden Geburtstagen und solchen Sachen, aber alle sagen, dass er am besten ist, wenn jemand beerdigt wird. Aber ob Budde das will? Andererseits, zum Teufel noch mal, irgendjemand muss doch was sagen. Denn den Pastor versteht kein Mensch, der kommt aus Kopenhagen und benutzt lange und vornehme Worte, die wir noch nie gehört haben. Vater hingegen redet natürlich südjütländisch, was ihm gleich einen gewissen Vorteil verschafft; und wenn er richtig gut ist, erreicht er außerdem mit ganz einfachen Worten die Herzen der Leute und bringt sie zum Weinen – und so gehört sich das schließlich. Wahrscheinlich ärgert sich der Pastor, aber es hilft nichts, so wird's hier nun mal gemacht. Dafür darf Vater nicht in der Kirche reden, sondern nur draußen am Grab, unmittelbar bevor der Sarg in die Erde gelassen wird. Aber das ist gar keine so üble Stelle, denn am liebsten stellt er sich auf den Erdhügel und schaut dabei auf die Angehörigen, oft hat das eine gewaltige Wirkung.

In den Tagen vor dem Begräbnis wartet Vater auf einen kleinen Fingerzeig, vielleicht von Frau Budde, aber es kommt nichts. Schließlich meint er, wir sollten vielleicht besser zu Hause bleiben, denn wenn er erst einmal da ist, erwarte man doch von ihm, dass er ein paar Worte sagt; und dann kann er schlecht nein sagen. Und wenn Budde es nicht möchte, also ... Ich sehe es schon vor mir, wie Budde Vater in den Hintern tritt und Vater kopfüber ins Grab fällt.

»Vielleicht möchte er es ja gern, bringt es aber nicht über sich, es zu sagen«, meint Mutter. »Nach der Sache mit der Hecke sähe ihm das ähnlich.«

Sanne steht in der Ecke und guckt Löcher in die Luft; sie

ist genauso alt wie Anette und mit ihren Gedanken ganz woanders.

»Die ganze Stadt kommt. Was sollen denn die Leute denken, wenn wir zu Hause bleiben?«, fährt Mutter fort und wendet sich an Vater: »Du musst einfach nur nicht reden, nur ein einziges Mal, das schaffst du schon, ich werde dich daran erinnern.«

Und das führt bei Vater zu einem Entschluss: Wir müssen hin. Es soll hinterher nicht heißen, wir seien wegen einer kleinen Meinungsverschiedenheit über eine alberne Hecke zu Hause geblieben, schließlich sind wir erwachsene Menschen. Er jedenfalls.

Die Kirche ist voll, ich sehe viele aus der Schule, und in einer der hintersten Reihen entdecke ich auch Fräulein Port. Sie hat sich eine Dauerwelle machen lassen, ihr Haar leuchtet leicht bläulich, wie immer bei solchen Anlässen. Irgendwie sieht sie aus wie aus einem Altarbild.

Der Pastor hält eine lange Rede und gibt sich bestimmt viel Mühe, und einige sehen auch traurig aus, aber es gibt niemanden, der weint. Erst als der Sarg herausgetragen wird, sehe ich eine Frau, die ihr Taschentuch herauszieht; aber das ist die Mutter der Toten, sie hätte ohnehin geweint, das zählt also nicht. Ich mache mir einen Spaß daraus, im Takt der Kirchenglocken zu gehen, bedauere im Grunde aber, dass ich mitgegangen bin, denn es passiert zu wenig. Wenn in unserer Familie jemand begraben wird, ist einfach mehr los; manche beschimpfen sich lauthals in der Kirche, andere heulen oder stürzen sich auf den Sarg und müssen weggeschleppt werden, so was in der Art.

Budde ist natürlich einer der Sargträger, dahinter geht Nisse zusammen mit seiner Mutter. Ich versuche einen kurzen Blick auf Nisse zu werfen, um zu sehen, wie sein Gesicht aussieht, ob *er* möglicherweise weint, aber er schaut die ganze Zeit hinunter auf die Kieselsteine. Er tut mir richtig leid, so wie er da geht, und ich überlege, ob ich ihm irgendetwas schenken kann, worüber er sich freuen würde. Aber mir fällt nichts ein.

Als wir uns an der Grabstelle versammeln, habe ich das Gefühl, dass gleich etwas geschehen wird. Vater räuspert sich ein paar Mal, wartet auf ein Zeichen. Budde ist völlig in sich versunken. Seine Frau schaut Vater ein paar Mal an, fordert sie ihn nicht geradezu auf, ein paar Worte zu sagen? Ich spüre, dass Vater kurz davor ist, das Wort zu ergreifen. Mutter flüstert ihm etwas ins Ohr, ich glaube, sie versucht ihn davon abzuhalten, denn als er vortritt, zerrt sie ihn am Ärmel. Aber so einfach ist Vater nicht aufzuhalten. Er tritt bis ganz an den Erdwall, noch ein Schritt und er fällt in die Grube. Dann fängt er an. Ich summe das Lied vom kleinen Kobold, der auf Reisen geht, vor mich hin; ich will nicht zuhören, ich will nicht dastehen und weinen, wenn fremde Leute zusehen. Die Macht der Worte kann auch zu groß sein. Doch Buddes Gesicht bleibt verschlossen. Möglicherweise ist es ein Riesenmissverständnis, niemand scheint ernsthaft ergriffen zu sein, macht Vater sich möglicherweise selbst zum Narren? Und plötzlich, mittendrin, bleibt er hängen! Er bleibt mitten in seiner Rede hängen, ich glaube, das ist ihm noch nie passiert. Er ist häufig von seinen eigenen Worte angerührt, und es kommt auch schon mal vor, dass es ihm schwer fällt auszusprechen, was er sagen will, aber eigentlich hat das immer einen günstigen Effekt; etwas anderes ist es, wenn man hängenbleibt! Vielleicht kommt es daher, dass Budde überhaupt keine Regung zeigt. Die Leute beginnen unruhig an sich herumzunesteln. Vater quält sich immer mehr, er scheint angestrengt nachzudenken, aber ohne Erfolg. In diesem Moment unternehme ich etwas, ich weiß nicht, was mich treibt. Ich trete ein paar Schritte vor und nehme ihn bei der Hand. Vater schaut auf mich herab und lächelt dankbar, dann richtet er sich auf, findet den Faden wieder und fährt fort. Er hat die Situation wieder unter Kontrolle, oder besser: *wir*. Vater und ich stehen nebeneinander am Grab und schauen auf die Angehörigen, und unsere Augen heften sich an Budde. Man hat mir oft erzählt, dass ich große blaue Augen habe, und ich habe mir selbst einen Trick beigebracht: Nämlich den Kopf schräg zu legen und richtig lange nicht zu blinzeln. Und dann langsam zu zwinkern, wie die Kälber unten auf der Weide. Wenn mir dabei eine Träne über die Wange läuft, wische ich sie nicht ab, die Erwachsenen fangen dann immer an ganz tief zu seufzen, vor allem bei Beerdigungen. Das macht Budde jetzt auch, großer Gott, wie er seufzt. Und so schaffen wir es endlich, dass sich sein Gesicht auflöst und verzerrt wie das Gesicht eines kleinen Kindes, er hält eine Hand vor die Augen, niemand soll es sehen. Aber jetzt gibt es gar keinen Zweifel mehr, der mächtige Körper schüttelt sich, Schlachter Budde weint! Und nun laufen auch Nisse die Tränen! Beide stehen sie da und schluchzen, und wir schauen sie einfach weiter an, wir schauen ihnen direkt in die Augen. Vaters Wort ist *mächtig*.

Hinterher setzen Vater und ich uns auf eine Bank zwischen den Gräbern und erholen uns. Frau Budde kommt zu uns, gibt Vater die Hand und bedankt sich. Sie gibt auch mir die Hand.

»Danke für die Rede«, sagt sie zu Vater. »Es war richtig, dass du ein paar Worte gesagt hast.«

»Das fehlte auch noch«, erwidert Vater, »man muss doch helfen, wo man kann.«

Hinter ihr stehen Budde und Nisse; sie grüßen nicht, sie sehen nicht einmal zu uns rüber, sie stehen nur so merkwürdig abweisend da.

»Du kannst meine Tarzanhefte haben«, rufe ich Nisse zu.

Er schüttelt nur den Kopf, ohne sich umzudrehen, aber jetzt habe ich sie ihm zumindest angeboten.

»Das ist aber nett von dir«, sagt seine Mutter, und dann gehen sie alle drei.

»War doch gut, dass wir gekommen sind«, sage ich zu Vater.

»Das war es wohl«, antwortet er. »Aber trotzdem wollen sie uns beim Kaffee im Gasthaus nicht dabeihaben ...«

Wir bleiben noch ein wenig sitzen. Ich stupse ihn an und zwinkere ihm zu, aber dann habe ich das Gefühl, dass das vielleicht zu weit geht, dass es sich nicht gehört. Aber ich sehe, dass auch er ein Lächeln nicht unterdrücken kann, obwohl er es versucht.

Kurz darauf kommt eine Dame mit einem großen schwarzen Hut auf uns zu. Sie stellt sich als eine Schwester von Budde vor,

»Ich glaube, mein Bruder hat sich darüber gefreut«, sagt sie. »Weinen erleichtert das Herz.«

Ihr Mann nickt und bietet Vater eine Zigarre an. Vater nimmt die Zigarre, steckt sie aber für später in die Tasche. Ich merke, dass die beiden auch mir gern etwas schenken wollen, vor allem sie. Schließlich bietet sie mir ein Bonbon an. Ich fummele eins aus der Tüte, lasse mir aber viel Zeit dabei, weil zwei Bonbons zusammenkleben. Doch dann bittet sie mich, die ganze Tüte zu behalten. Ich sage nein danke, wie ich es gelernt habe, nehme die Tüte aber trotzdem; es sind Malzbonbons, die mag ich am liebsten und die Tüte ist noch fast voll.

Seltsamerweise scheint Mutter das alles egal zu sein, sie freut sich überhaupt nicht über den Erfolg von Vater und mir. Sie zieht Vater sogar ein Stück zur Seite und sagt irgendetwas zu ihm, das ihn ärgert, ja, sie fangen sogar an sich zu zanken. Ich weiß nicht worüber. Es enttäuscht mich ein bisschen; Vater und ich waren gerade noch so glücklich, und ich bin, um es mal ganz direkt zu sagen, ziemlich stolz auf mich. Was wäre denn passiert, wenn ich nicht vorgetreten wäre und Vater bei der Hand genommen hätte? Aber es gibt so viele Dinge, die Mutter nicht versteht, aber sie interessiert sich ja auch nicht für die Macht der Worte. Begreift sie denn nicht, dass viele Leute Vater jetzt auf eine ganz andere Art und Weise ansehen, mit größerem Respekt? Und mich auch? Wir haben Schlachtermeister Budde persönlich zum Weinen gebracht, das wird nicht so einfach vergessen.

Mich würde interessieren, ob wir nun auch das Milchmannkäppi zurückbekommen.

KAPITEL 2

Das rote Sofa

Als wir nach der Beerdigung nach Hause gehen, ist Mutter verärgert, und jetzt weiß ich auch warum. Ich habe eine Tüte Bonbons bekommen, Vater eine Zigarre, und sie? Nichts, und jetzt ist sie neidisch. Ich biete ihr einen Bonbon an, aber sie will keinen.

»Das ist dafür, dass Vater eine Rede gehalten und ich ihm dabei geholfen habe. Wir beide haben eine Belohnung verdient«, sage ich und denke mir: Und was hast du getan?

Aber hilft nichts, es macht alles eher nur noch schlimmer.

Sie sagt: »Oh, entschuldigt bitte, dass ich nicht geklatscht habe.«

Mutter hält mich an der einen Hand, Vater an der anderen, allerdings sind sie sich nicht einig, wie schnell wir gehen sollen und zerreißen mich beinahe.

Als wir nach Hause kommen, setzt sich Vater mit der Zeitung aufs Sofa. Mutter stellt sich ans Fenster, dreht ihm den Rücken zu und zupft an einer Topfpflanze. Ich merke, dass sie nur darauf warten, daß ich das Wohnzimmer verlasse, damit sie sich die Meinung sagen können. Aber ich verpasse nur ungern etwas, darum setze ich mich in die Küche und lasse die Tür einen Spalt offen. Dort sitze ich nun mit meinen Malzbonbons und kann sie ausgezeichnet verstehen.

»Hat dir meine Rede gefallen?«, erkundigt sich Vater.

»Ja und nein«, antwortet Mutter. »Wenn du dich erst einmal warm geredet hast, klingst du, als ob du ...«

»Als ob ich was?«

»Als ob du glaubst, Jesus zu sein«, sagt sie. »Und das bist du nicht.«

Was meint sie bloß? Natürlich ist Vater nicht Jesus, er sieht ihm ja nicht mal ähnlich.

»Und dann ziehst du deinen Sohn da mit hinein«, fährt sie fort.

Ja und, wieso soll er mich denn nicht mit hineinziehen? Aber in diesem Moment klingelt das Telefon. Es dauert lange, bis Vater endlich abnimmt. Es ist ein Kunde, der Ware bestellt, und als Vater den Hörer auflegt, sagt er: »Das war Frau Simonsen. Sie war auch bei der Beerdigung, und *ihr* hat meine Rede gefallen. Sie hat für über fünfhundert Kronen bestellt.«

Das geschieht Mutter ganz recht. Frau Simonsen wohnt oben in der Stadt und kauft gewöhnlich bei Kaufmann Frisk.

Als Mutter mich ins Bett bringt, spricht sie über alles mögliche, nur nicht über die Beerdigung. Dann fällt ihr Blick auf das Bild vom Engel Gottes, das ich neben Tarzan gehängt habe.

»Glaubst du, das ist der Erzengel Gabriel?«, will ich von ihr wissen, denn über den haben wir etwas in der Schule gelernt.

»Vielleicht.«

»Ist er ebenso stark wie Tarzan?«

»Ja, nur auf eine andere Weise.«

»Und wer würde gewinnen, wenn sie gegeneinander kämpfen?«

»Dazu wird es nicht kommen, denn ein Engel prügelt sich nicht. Ein Engel tröstet denjenigen, der verhauen worden ist.«

Zumindest habe ich diesmal nicht das Gefühl, Vater fragen zu müssen, denn ich spüre, dass Mutter weiß, wovon sie spricht. Bevor sie geht, hält sie mir noch ein wenig die Hand. Ihre Hand ist so anders. Vaters Hand ist groß und warm. Ihre ist schmal und krumm, ein bisschen wie die Hand einer Hexe. Aber Mutter ist keine Hexe, sie hat auch keine Warzen auf der Nase.

Sie flüstert Gutnacht, küsst mich auf die Wange und geht hinunter zu Vater. Wer weiß, ob sie sich wieder vertragen haben, auf jeden Fall ist es unten jetzt ruhig.

Mutter hat mir mal erzählt, dass sie als Kind mit ihrer Hand in einer ganzen Menge Schweine war. Wenn ein Ferkel in der Sau quer lag und die Sau Bauchschmerzen hatte, dann wurde meine Mutter geholt. Mutters Hand war nämlich so schmal, dass sie sie in die Sau hineinstecken konnte, ja, sie konnte sogar den größten Teil ihres Arms hineinstecken. Sie hatte auch keine Angst davor, nicht so wie die meisten Kinder. Hauptsache, es gab einen Erwachsenen, der das Tier festhielt, dann steckte sie ganz vorsichtig ein paar Finger in den Schlitz der Sau, und danach, soweit wie nötig, die ganze Hand und drehte den kleinen Schlingel um. Auf diese Weise konnte die Sau weiter ferkeln, der Rest der Ferkel kam auf die Welt und man hatte das Geld für den Tierarzt gespart. Von nah und fern wurde nach Mutter geschickt – es passierte manchmal mitten im Rechenunterricht oder nachts, wenn sie im Bett lag und schlief ... Plötzlich kommt mir der Gedanke, dass Mutter bestimmt eine Tüte Bonbons als Belohnung bekommen hat, genau wie ich, weil ich Vater bei der Grabrede geholfen habe.

Mit derselben Hand hat Mutter auch mal einem Deutschen die Hand gedrückt, der Goebbels hieß. Da war sie in den Ferien bei ihren Großeltern, Oma und Opa unten in

Hamburg. Sonntags liefen die großen Jungen immer in schicken Uniformen durch die Straße und sangen, und Mutter und die anderen Mädchen gingen mit brennenden Laternen hinter ihnen her. Sie blieben an einem Platz stehen, und dann kam ein Erwachsener in einer noch schickeren Uniform und hielt eine Rede. Oma und Opa wohnten direkt an diesem Platz und konnten alles vom Fenster aus verfolgen. Am Ende hob der Redner gewöhnlich ein Mädchen hoch aufs Rednerpult und hielt es auf dem Arm, wenn Sieg Heil geschrien wurde. Wer wusste denn schon, ob Mutter nicht auch mal an die Reihe kommen würde? Oma und Opa verfolgten alles gespannt am Fenster. Aber meine Mutter hatte dunkles Haar und normalerweise wurden nur blonde Mädchen hochgehoben, sie kam also nie dran. Am nächsten kam sie der Sache, als Goebbels seine Hand ausstreckte – aber nur, um Mutters Hand zu drücken. Dann nahm er Mutters blonde Freundin auf den Arm und küsste sie auf die Wange. Alle sagten Sieg Heil und die Eltern der Freundin standen irgendwo im Gedränge und hatten Tränen in den Augen. Wenn es doch bloß Mutter gewesen wäre. Aber dass Goebbels ihr die Hand gedrückt hat, vergisst sie nie! Normalerweise beendet sie die Geschichte mit dem Satz: »Denkt nur, wenn er gewusst hätte, in wie vielen Schweinen diese Hand schon gesteckt hatte ...«

Dann höre ich Mutter die Treppe heraufkommen – und ins Bett gehen. Ich warte, wann kommt Vater? Ich warte und warte, es ist so, wie ich's befürchtet habe: Vater kommt nicht, er bleibt unten im Wohnzimmer. Dass Mutter ihn einfach so verlassen kann. Jetzt schläft er auf dem Sofa, wenn er denn schlafen kann – und das ist überhaupt nicht in Ordnung, er soll bei Mutter schlafen!

Wir haben das Sofa von Mutters Mutter, die wir Deutschenoma nennen. Es fließt nämlich ziemlich viel deutsches

Blut in ihr, aber dafür kann sie nichts. Bei Vaters Mutter ist das nicht so, darum heißt sie auch einfach nur Oma. Deutschenoma wollte ein neues Sofa, darum haben wir ihres bekommen, und obwohl es schon alt ist, ist es doch neuer als das Sofa, das wir vorher hatten. Mutter gefällt es, aber Vater behauptet, es hätte Flöhe. Er bekommt Pusteln an den Beinen, wenn er darauf sitzt. Wir anderen bekommen keine Pusteln, das ist eigenartig, aber Vater schon, ich hab's selbst gesehen. Mutter glaubt nicht, dass ihre Mutter Flöhe hat; hat sie aber, behauptet Vater. Auch wer Bücher auf Deutsch liest und klassische Musik im Radio hört, hat Flöhe. Deutschenoma hat sich damals nicht besonders gefreut, als Mutter und Vater geheiratet haben, das hat Vater mir erzählt. Sie meint, Vater hätte psychische Nerven. Also ist es doch nicht eigenartig, wenn er rote Pusteln bekommt, sobald er auf ihrem ausrangierten Sofa liegt? Wie kann Mutter ihn nur so liegen lassen, so ganz allein?

Mutter versteht Vater nicht, jedenfalls nicht so wie ich, das ist der Haken. Es kann sein, dass sie ihn ab und zu mal versteht, aber sie nimmt ihn nicht ernst. Darum ist er nicht glücklich. Und sie ist es auch nicht. Darum ist niemand von uns glücklich. Irgendjemand muss etwas unternehmen, und da es sonst niemand wagt, muss ich es in die Hand nehmen. Ich lege eine Hand auf das Bild von Tarzan und bitte ihn um Stärke.

Als ich ins Wohnzimmer komme, liegt Vater tatsächlich auf dem Sofa. Aber der Fernseher läuft noch und das überrascht mich, denn wir haben heute bereits eine Stunde ferngesehen und mehr ist nicht gut. Vater erklärt mir, dass er nur sehen wollte, ob das Bild auf Deutschland auch ruhig steht. Glücklicherweise ist es so und er schaltet den Fernseher rasch aus.

»Willst du nicht ins Bett, Vater?«, frage ich ihn.

»Nein.«

»Wieso nicht? Was ist denn los?«

»Da musst du deine Mutter fragen«, sagt er.

Ich setze mich neben ihn, aber er zieht die Decke über sich und dreht mir den Rücken zu. Ich lege mich zu ihm, viel Platz gibt es nicht, ich presse mich an ihn. Er riecht nach Schweiß, aber Vaters Schweiß rieche ich gern. Trotzdem liege ich nicht richtig gut, und dann schiebt er auch noch seinen Hintern zurück, dass ich auf den Boden falle. Ich habe mich gestoßen und fange an zu weinen – aber da weint er auch und sagt, dass er zu nichts taugen würde, nicht einmal dazu, ein guter Vater zu sein. Aber nein, das stimmt doch nicht, er ist der beste Vater auf der Welt, aber er will nichts davon hören. Ich versichere ihm, dass ich mich nur ein bißchen gestoßen habe.

Ich laufe hoch zur Mansarde, in Sannes Zimmer, ohne anzuklopfen.

»Wieso weinst du?«, will sie wissen. »Ist es wegen Vater?«

Ich nicke.

»Hat er dich gehauen?«

Ich schüttele den Kopf.

»Ist er traurig? Mutter ist ins Bett gegangen? Und jetzt liegt er auf dem Sofa ...?«

Ich nicke nur noch.

»Dann muss ich wohl runtergehen«, seufzt sie und steht auf.

»Ich glaube auch«, sage ich.

In der Tür dreht sie sich um, schüttelt sich und sieht aus, als würde sie frieren.

»Nein, ich mach's nicht«, erklärt sie.

»Du musst aber«, sage ich, »du musst! Es geht ihm dreckig. *Richtig* dreckig, und du bist die Einzige, die ihm helfen kann.«

Endlich nimmt sie sich zusammen.

Ich schleiche hinter ihr die Treppe hinunter und sehe durch die Küchentür, wie Vater sich aufsetzt, als sie zu ihm kommt. Er umarmt sie. Sie steht merkwürdig steif da und er schaut sie vorwurfsvoll an. Dann endlich legt auch sie die Arme um ihn. Vaters Augen strahlen. Ich wusste, dass Sanne ihn glücklich machen kann. Er setzt sie auf seinen Schoß, streicht ihr übers Haar und küsst sie auf die Wange. Sie kuschelt sich an ihn. Sie trägt ein kurzes Nachthemd. Normalerweise gefällt es ihm gar nicht, wenn man ihre Beine sehen kann, denn die Männer haben angefangen, ihr hinterherzuschauen. Aber innerhalb der eigenen vier Wände geht's schon noch.

Sie legen sich aufs Sofa und Vater zieht eine Decke über sich und Sanne. Ich bleibe noch ein bisschen stehen, schaue ihnen zu und lächele innerlich. Als wäre mir ein Stein vom Herzen gefallen, dann schleiche ich zurück in mein Bett. Es ist mein Verdienst, dass trotz allem wieder Ruhe in die Familie eingekehrt ist, ich und Tarzan sind es gewesen. Ich schicke ihm ein dankbares Lächeln.

Doch dann schrecke ich plötzlich auf, ich habe etwas ganz Unheimliches geträumt: Sanne lag auf dem Grund des Baches unten am Garten. Mutter, Vater und ich fuhren über sie hinweg, wir sahen, wie sie mit offenen Augen dort unten lag und uns zulächelte, wir winkten ihr zu und fuhren weiter ... Und plötzlich packte sie die Reling, aber nicht, um sich an Bord, sondern um uns hinunterzuziehen, hinunter zu sich auf den Grund ... Zum Glück bin ich in diesem Moment aufgewacht.

Ich lege die Hand auf das Bild von Gabriel und bitte ihn um Hilfe gegen böse Träume.

Ich mag es nicht, wenn Fräulein Port mich auf diese Art ansieht. Und so lange zögert, um meine Frage zu beantworten.

»Der Erzengel Gabriel und Tarzan? Ob sie verwandt sind?«

»Ja«, sage ich.

Eigentlich war es eine richtig gute Stunde, wir haben gehört, wie Christus damals in den Himmel fuhr, und Fräulein Port hat mehrmals auf mich herabgesehen, als würde sie das Ganze speziell für mich erzählen. Ich glaube, das liegt daran, dass ich so gut zuhöre. Vielleicht erinnert sie sich aber auch an meinen Vater und mich auf der Beerdigung; jedenfalls wurde ich heute einfach respektvoller behandelt als sonst. Sogar Nisse schlägt die Augen nieder, wenn ich ihn anspreche.

Und nach der Stunde wollte ich mit Fräulein Port sprechen. Aber ich habe mich wohl selbst zum Narren gemacht, weil ich besonders klug sein wollte – wie gewöhnlich.

»Kann man Tarzan denn nicht als eine Art modernen Erzengel ansehen?«, frage ich.

»Nein«, antwortet sie, »Tarzan ist kein Erzengel und er und Gabriel sind auch nicht im Entferntesten miteinander verwandt.«

»Dacht ich's mir doch «, sage ich und zwinkere, als sei alles nur ein Spaß gewesen; damit habe ich mich schon aus vielen Situationen gerettet. Und Fräulein Port lächelt.

Aber dann versuche ich es noch einmal, ich kann es einfach nicht lassen; mir ist da noch etwas eingefallen, als sie von der Himmelfahrt erzählte.

»Damals, als Jesus von den Toten auferstand und am dritten Tag zum Himmel fuhr«, beginne ich.

»Ja?«, sagt sie und in ihrer Stimme ist jetzt eine gewisse Wärme, denn über die Himmelfahrt wird sie gern befragt.

»Könnte es nicht sein, dass er gar nicht zum Himmel auffuhr, sondern alle anschmierte und stattdessen in den Dschungel ging, um König der Tiere zu werden – denn auf die kann man sich schließlich verlassen, aber auf uns Menschen doch eher nicht?«

»Du meinst, Tarzan als Reinkarnation von Jesus?«, fragt sie und bekommt wieder diesen Blick, den ich gar nicht mag.

Ich weiß nicht, was Reinkarnation bedeutet, nicke aber.

»Das ist ja wohl der größte Unfug, den ich seit langem gehört habe«, sagt sie dann, »und ich begreife nicht, wie du so etwas fragen kannst. Deine Religionskenntnisse sind doch sonst so gut.«

Ich entschuldige mich und mache mich rasch auf den Weg. Zu ärgerlich, dass so etwas gerade jetzt passieren musste, wo Fräulein Port anfing mich zu mögen. Vielleicht sollte ich versuchen Beweise zu finden, ich muss die Geschichten in den Religionsbüchern mit den Geschichten in meinen Tarzanheften vergleichen, vielleicht habe ich ja wirklich etwas Neues herausgefunden.

Auf dem Weg von der Schule nach Hause läuft Mette mir nach. Ständig hängt sie sich an mich. Und ich weiß eigentlich kaum, worüber ich mit ihr reden soll. Aber heute fällt mir etwas ein.

»Ist dein Vater nachts manchmal auch wach und weint?«

»Nein«, antwortet sie und schaut mich skeptisch an. »Wieso?«

»Hat er keine ›psychischen Nerven‹ oder wie das heißt?«

»Ich glaube nicht, hat deiner so was?«

»Liegt er nachts nicht manchmal auf dem Sofa?«

»Na ja, manchmal schläft er im Gästezimmer, also, wenn er besoffen ist.«

Im Gästezimmer, es muss aber auch immer gleich so vornehm sein bei denen.

»Geht deine große Schwester dann zu ihm?«

»Meine große Schwester? Nein, sie schläft in ihrem eigenen Zimmer. Du stellst aber auch komische Fragen.«

Überhaupt nicht. Eher sind Mette und ihre Familie komisch. Im Grunde genommen gibt es eine gewisse Gefühllosigkeit in allen Arbeiterfamilien, so viel habe ich jetzt jedenfalls verstanden. Und außerdem kann man ihnen nie ganz trauen. Zum Beispiel hat Mette mal gesagt, dass die Fabrik, in der ihre Mutter arbeitet, sie gefeuert hätte. Nun qualmt es dort ja immer aus dem großen Schornstein, und ich denke mir, das liegt daran, dass die Heizkessel angefeuert sind. Aber der Gedanke, dass sie Mettes Mutter in die Flammen geworfen haben, gefiel mir gar nicht. Merkwürdigerweise sah ich Mettes Mutter dann ein paar Tage später auf der Straße, als sei nichts geschehen; nicht einmal das Haar oder irgendetwas sonst schien sie sich verbrannt zu haben. Das meine ich, wenn ich sage, dass man denen da drüben nie ganz trauen kann; und soweit ich es verstanden habe, sollte man auch ein waches Auge auf alle Fabrikarbeiter haben. Mal abgesehen davon, dass sie am Monatsersten auch nicht immer bezahlen, was sie schulden. Jedenfalls nicht bei uns im Laden.

»Es kommt jetzt mehr Kundschaft in den Laden«, erklärt Vater, als er eines Abends die Abrechnung erledigt. »Seit ein paar Wochen ist das so.«

Vor ein paar Wochen wurde Anette Budde beerdigt.

»Wer weiß, wie lange es anhält«, erwidert Mutter.

»Musst du mir denn jedes Mal Vorhaltungen machen, wenn ich ein bisschen Licht am Horizont sehe.«

Er hat doch recht. Vater war bei der Beerdigung von Anette Budde gut, wieso will Mutter das nicht zugeben? So etwas hat schließlich eine gewisse Bedeutung in einem Ort wie unserem, in dem viele »Fromme« leben, wie die Mitglieder der Inneren Mission von uns genannt werden. Sie loben Vater, wenn sie einkaufen, und sie haben um Erlaubnis gebeten, die schriftliche Fassung der Rede lesen zu dürfen, und Vater hat nicht nein sagen können. Er hat eine wirklich hübsche Handschrift und manchmal lässt er sich auch überreden, für Kunden Postkarten, ja sogar Briefe zu schreiben, nach Diktat, wenn die Kunden meinen, dass ihre eigene Schrift nicht so hübsch ist. Aber Vater besteht darauf, dass sie selbst unterschreiben, sonst sei das ungesetzlich, sagt er, ja, direkt strafbar. Seine eigene Unterschrift ist unvergleichlich, sie ist ein richtiges kleines Kunstwerk, wie bei einem Arzt oder einem Schriftsteller. Ich habe allerdings auch schon oft gesehen, wie er abends dasitzt und übt, er kann ganze Kladden mit seinem Namen füllen, zwischendurch steckt er den Druckknopf des Kugelschreibers ins Ohr und dreht ihn herum.

»Vielleicht hast du ja recht«, sagt Mutter nach einiger Zeit. Ich könnte sie auf der Stelle umarmen und auf den Mund küssen, denn sofort ändert sich die Stimmung. So muss man mit Vater reden. Nur so wird es bei uns gemütlich.

Er schiebt die Abrechnung zur Seite und schaut mich mit einem kleinen Lächeln an.

»Wollen wir?«, fragt er.

Ich nicke.

Dann schaltet er den Fernseher ein. Ich klatsche und stampfe vor Freude mit dem Fuß auf den Boden, obwohl ich eigentlich für so was zu groß bin.

Nachdem wir eine Weile ferngesehen haben, wir alle drei miteinander, führt Vater eine kleine Nummer vor. Immer zeigt er sie, wenn es ihm gutgeht, bevor es Zeit zum Schlafengehen ist.

Er versteift einen Arm und lässt ihn neben sich herunterhängen – um ihn dann langsam anzuheben, bis er schräg in der Luft steht. Es sieht aus, als würde der Arm sich von allein nach oben bewegen, Vater tut so, als wäre es ihm peinlich, und er versucht, ihn mit der anderen Hand herunterzudrücken. Aber der Arm schnellt sofort wieder nach oben und wippt auf und ab, am liebsten vor dem Gesicht von Mutter. Zwischendurch gibt Vater ein kleines Grunzen von sich, genau wie der Eber bei Onkel Sigurd. Mutter lässt sich nichts anmerken und konzentriert sich auf den Fernseher, aber wenn man genau hinschaut, sieht man, dass sie ein bisschen rot geworden ist. Ich finde, es steht ihr.

Ich habe festgestellt, dass Vater die Nummer nie vorführt, wenn Sanne im Zimmer ist, aber gern, wenn ich da bin; er glaubt wohl, ich wüsste nicht, was hier vorgeht. Eigentlich sollte er sehen, wie froh es mich macht, daß Mutter und Vater kurz darauf zusammen ins Schlafzimmer gehen und ich ihr Bett knarren hören kann.

Aber ein bisschen Sorgen mache ich mir um Sanne. Sie geht immer öfter abends in die Stadt, zu Festen und solchen Sachen, und es kommt vor, dass Vater aufbleibt und bis spät in die Nacht auf sie wartet. Er wird dann sehr böse, wenn sie einen kurzen Rock trägt, denn er hat gesagt, dass man so nicht in die Stadt zu gehen hat, angezogen wie eine Nutte. So darf sie nur innerhalb der eigenen vier Wände herumlaufen. Aber sie hört nicht immer auf das, was er sagt. Ich hoffe, ich werde nie so wie Sanne.

Sanne hat einen Freund in der Stadt, Mutter und ich wissen es. Vater weiß es noch nicht und ich hoffe, er wird es auch nie erfahren. Mutter hat ihr gesagt, es wäre ein bisschen früh, denn sie ist doch gerade erst konfirmiert worden. Sie solle aufpassen. Sanne sagt, sie passt auf. Sie will mir gern von ihrem Liebsten erzählen, ich sehe ihr an, dass sie richtig verliebt ist und dies mit irgendjemandem teilen muss. Aber ich bin nicht der Richtige dafür. Ich bin regelrecht betrübt, wenn ich sehe, wie blank ihre Augen jedes Mal werden, wenn sie seinen Namen sagt.

»Freust du dich denn nicht für mich?«, will sie von mir wissen.

»Nein. Und du weißt genau, warum.«

Ihr sogenannter Freund ist der Sohn von Kaufmann Frisk und Frisk ist unser Konkurrent. Er kann bei Beerdigungen keine Reden halten, sagt Vater, obwohl er es wohl einmal versucht hat. Aber er muss etwas anderes können, denn er hat seinen Kaufmannsladen schon zweimal erweitert und Selbstbedienung eingeführt, wie im Supermarkt. Als hätten wir nicht schon einen Supermarkt. Als der seinerzeit eröffnete, waren Vater und Frisk sich eigentlich einig, dass sie jetzt zusammenhalten müssten. Es gibt nicht viele, auf die man sich heutzutage noch verlassen kann.

Ich kann mich noch erinnern, wie Vater und Mutter lachten, als Frisk das erste Mal erweiterte. »Seht euch die große Kühltheke und die vielen Lampen an«, hatte Vater gesagt,

»der ganze Strom, der dafür nötig ist, das geht doch nie gut.« Frisk hielt sich damals noch immer für einen kleinen Kaufmann, nur dass sein Laden etwas größer geworden war. Aber dann erweiterte er ein zweites Mal, und nun lachten wir nicht mehr; er kauft en gros ein und seine Waren sind billiger als bei uns. Und jetzt geht Sanne mit seinem Sohn, das ist eine schöne Geschichte.

Seit der Beerdigung ist mehr als ein Monat vergangen und Vater sitzt wieder über der Abrechnung. Aber besser, man fragt nicht danach, denn seine Rede hat durchaus nicht alles verändert, jedenfalls nicht auf Dauer. Die Leute vergessen, auch die Frommen. Die Menschen sind treulos.

»Budde war heute hier«, sagt Mutter.

»Schlachter Budde?«, fragt Vater nach und sein Gesicht hellt sich ein bisschen auf. »Er kauft doch sonst nicht bei uns ein.«

»Er wollte auch nichts haben.«

»Was zum Teufel wollte er dann?«

»Er wollte wohl nur mal nach seinen Kühen sehen. Und bei der Gelegenheit Guten Tag sagen ... und uns auffordern zu inserieren.«

»Inserieren«, sagt Vater, »wir haben doch noch nie inseriert, was hat er sich denn da einzumischen?«

»Irgendetwas musst du unternehmen«, fährt Mutter fort. Und fügt dann eilig hinzu: »Na ja, das hat Budde gesagt. Du solltest dich einfach umstellen, sagte er, hier in der Stadt würde ein Käseladen fehlen.«

»Wir wissen, was wir haben, aber wir wissen nicht, was wir bekommen«, erwidert Vater.

Genau, Vater hat die Macht über die Worte, was um alles in der Welt sollen wir denn mit einem Käseladen? Doch was ich höre, gefällt mir ohnehin nicht.

»Kommt nicht mehr so viel Kundschaft in den Laden?«, frage ich vorsichtig.

»Na ja«, sagt Vater. »Vormittags kommen ein paar, aber am Nachmittag zieht sich's dann hin.«

Er kann so komisch sein, wirklich, auch wenn er ganz ernst ist. Ich lache, aber es klingt falsch, denn außer mir lacht niemand; dafür lache ich so lange und so laut, bis Mutter mich schüttelt, damit ich wieder aufhöre.

Dann sitzen wir alle drei da und schauen aus dem Fenster in die Nacht. Es wäre toll, wenn jetzt ein Auto vorbeifahren würde, dann hätten wir ein Gesprächsthema: Wer das wohl war, um diese Zeit? Und so weiter. Aber es fährt kein Auto vorbei, nicht einmal ein Fahrrad.

Ich schließe die Augen und denke an Tarzan. Ich sehe ihn vor mir und bete zu ihm, dass Vater stark ist und ihm etwas einfällt, irgendein Gegenschlag, den Tarzan ihm zeigt. Dann beginnt die Standuhr zu schlagen und ich öffne die Augen. Kurz darauf sagt Vater noch einmal: »Wir wissen, was wir haben, aber wir wissen nicht, was wir bekommen.«

Dann hören wir Geräusche an der Haustür. Draußen wird getuschelt und geflüstert, aber niemand kommt herein. Eigenartig.

Mutter schaut aus dem Wohnzimmerfenster, Vater aus dem Toilettenfenster; er steigt auf die Schüssel, um besser sehen zu können. Vorsichtig öffnet er das Fenster und wir können die Stimmen von draußen hören. Mutter versucht, ihn zurückzuwinken, so etwas gehört sich nicht, meint sie, doch er ist da ganz anderer Ansicht. Es ist Sanne, die aus der Stadt nach Hause kommt, und offenbar küsst sie gerade direkt vor unserer Haustür ihren Freund.

Vater reißt die Haustür auf und verpasst dem Jungen eine Ohrfeige, das Klatschen höre ich bis ins Wohnzimmer. Das hat er nun davon, bestimmt rennt er jetzt sofort nach Hause. Zu seinem Vater, ha! Und was Sanne angeht, sie bekommt eine Woche Stubenarrest. Ich finde, dass sie damit billig davongekommen ist.

Sanne sitzt jeden Abend in ihrem Zimmer und hört Musik. Ihr Freund ruft an, aber sie darf nicht mit ihm reden. Mir tut sie schließlich richtig leid, und da sie noch ein paar Abende von ihrem Stubenarrest vor sich hat, gehe ich zu ihr hinein. Sie freut sich, mich zu sehen. Eigentlich bekomme ich ja nicht so oft die Erlaubnis, ihr Zimmer zu betreten. Es ist ein Zimmer voller Geheimnisse, zum Beispiel hat sie in der untersten Kommodenschublade Zigaretten und einen Aschenbecher, und hin und wieder steckt sie sich eine Zigarette an und setzt sich bei offenem Fenster auf die Fensterbank. Sie macht es nicht einmal heimlich. Sie weiß, dass ich nicht petzen werde, sagt sie. Aber sie soll sich da nur nicht so sicher sein.

Sie fragt, ob wir Karten oder Mikado spielen wollen; mir ist es egal, sie gewinnt sowieso immer. Sanne ist drei Jahre älter als ich und kennt die Spielregeln, und das macht viel aus. Ich kenne die Regeln auch, aber sie kennt sie ein bisschen besser. Bei Mikado glaube ich eine Chance zu haben, denn hier sind die Regeln ganz einfach, aber nein. Wenn sie sagt, dass sich ein Stäbchen bewegt hat, dann hat es sich bewegt, und ich kann das Gegenteil behaupten, so lange ich will. Als letztes Mittel bleibt mir nur, ihr zu erklären, dass ich nicht mehr mitspiele, wenn es so weitergeht. Das hilft – besonders jetzt, wo sie sich nach Gesellschaft sehnt.

Nach einer Weile hören wir Vaters Schritte auf der Treppe. Sanne schließt schnell die Tür ab, denn sie hat den Schlüssel von innen stecken, das darf man nämlich, wenn man konfirmiert ist.

Es klopft an der Tür.

»Sanne?«

Sanne antwortet nicht, und als ich etwas sagen will, legt sie den Finger an den Mund und zischt: »psst«. Offenbar möchte sie ein Spiel spielen und vielleicht ist es ja lustig.

Vater klopft erneut, wir sagen nichts, dann fasst er an die Türklinke. Als er entdeckt, dass abgeschlossen ist, wird es ganz still draußen – und dann klopft er wieder, diesmal allerdings fester.

»Willst du wohl aufmachen?« Es ist ihm anzuhören, dass er es nicht länger komisch findet. Als wir noch immer nicht antworten, rüttelt er heftig an der Tür, aber dann wird seine Stimme plötzlich freundlich.

»Du kannst jetzt gern herunterkommen«, sagt er. »Sanne? Du darfst herunterkommen und fernsehen.«

Er kratzt an der Tür, genau wie eine Katze, und fummelt ein bisschen am Schlüsselloch herum.

»Was machst du denn da drin?«

Mir fällt es immer schwerer, nichts zu sagen, ich finde, so kann man Vater nicht behandeln, doch Sanne hält mir den Mund zu. Es gefällt mir gar nicht, aber sie schäumt beinahe über vor Freude.

»Schließ jetzt auf!«, brüllt er von draußen.

Er klingt so verzweifelt, es ist einfach nicht auszuhalten, und plötzlich tritt er gegen die Tür und ruft nach Mutter – dann ist es still. Ist er wieder nach unten gegangen? Wir haben ihn nicht auf der Treppe gehört, das kann also nicht sein. Doch nun hören wir etwas hinter der Wand, als ob ein großes Tier angekrochen kommt – und auf einmal wird die kleine Tür zum Dacherker aufgestoßen. Vater steckt den Kopf zu uns herein, er ist über und über mit Staub und Spinnweben bedeckt.

»Was treibt ihr denn hier? Wieso schließt ihr nicht auf?«, jammert er.

Er versucht zu uns hereinzuklettern, aber sein Bauch ist zu dick, er steckt in der Öffnung fest. Sanne packt seine Arme, aber erst, als ich mithelfe, gelingt es uns, ihn ins Zimmer zu ziehen.

»Ich dachte schon, du hast dir vielleicht etwas angetan, Sannemaus, ich hatte solche Angst. Das würdest du doch nicht tun, nicht wahr?«

»Natürlich nicht«, sagt sie.

»Versprichst du es? Ich hatte solche Angst, solche Angst.«

Und dann legt Sanne seinen Kopf in ihren Schoß und streicht ihm übers Haar. Sie streichelt ihn lange, während ich den Staub und die Spinnweben von seinem Gesicht wische.

»Na, na«, sagt sie.

»Ich liebe dich doch«, flüstert er.

»Ach, Väterchen«, sagt sie.

Plötzlich wird mir klar, wie schön er ist, so wie er da auf den Knien liegt, mit dem Kopf in Sannes Schoß. Wieder und wieder flüstert er ihren Namen, mich scheint er überhaupt nicht wahrzunehmen.

Als wir hinunter ins Wohnzimmer gehen, fragt Sanne, ob sie mal telefonieren darf. Obwohl wir uns ja vorstellen können, wen sie anrufen will, erlaubt es Vater.

Mutter schenkt Kaffee ein und singt leise vor sich hin.

»Hast du mich gerade gerufen?«, erkundigt sie sich.

»Dich? Nein«, entgegnet Vater.

Er setzt sich mit der Zeitung aufs Sofa und räuspert sich

ein paar Mal, jetzt ist beinahe alles so wie immer. Mutter geht zum Fernseher und beugt sich vor, um ihn anzuschalten.

»Wir können doch wohl auf Sanne warten«, sagt Vater.

Mutters Finger zucken zurück, als hätte sie sich verbrannt. Was denkt sie sich auch dabei? Anfangen, bevor wir alle versammelt sind ...!

Ich schaue Vater über die Schulter. Er liest die Todesanzeigen, soweit ich sehen kann.

»Jemand gestorben, Vater?«

»Nein«, antwortet er, »jedenfalls niemand, den wir kennen.«

Und dann seufzt er. Und ich seufze auch.

An einem Samstag, als ich Vater helfe die Milch auszufahren, werden ihm zwei Kronen gestohlen. Es gibt überhaupt keinen Zweifel, denn ich habe ja gesehen, wie Vater in dem offenen Lieferwagen ein Zweikronenstück auf den Rand der Kasse gelegt hat.

»Normalerweise können sie da nicht widerstehen«, sagt er.

Er hat einen bestimmten Jungen im Verdacht, der ein paar Mal mit dem Rad an unserem Auto vorbeigefahren ist, langsam und ohne einen triftigen Grund. Vater hat die glänzendste Zweikronenmünze genommen, die er finden konnte – dann verstecken wir uns hinter einer Hecke um eine Ecke.

Es dauert nicht lange, bis der Bursche wiederkommt. Er heißt Robert, ich kenne ihn flüchtig; er geht in die Parallelklasse und macht eigentlich einen ziemlich netten Eindruck. Er schaut sich um, versichert sich, dass die Luft rein ist – und streckt die Hand nach der Münze aus. Es stimmt schon, was die Erwachsenen sagen: Man kann bei den Menschen nur bis zu den Zähnen sehen.

Als wir zurückkommen, sind die zwei Kronen verschwunden.

»Ha!«, stößt Vater aus, »jetzt haben wir ihn.«

»Ha!«, sage ich.

Und dann besuchen wir zusammen Roberts Mutter, sie ist alleinstehend. Und außerdem gehört sie zu den Kunden, denen es schwerfällt, pünktlich zu bezahlen.

Es überrascht uns nicht sonderlich, dass sie mit einer Kippe im Mund auf dem Sofa liegt und nichts als einen Schlafanzug anhat. Es stehen auch Flaschen auf dem Tisch und überhaupt herrscht ein heilloses Durcheinander.

»Wo ist dein Junge?«, erkundigt sich Vater. So fängt er immer an.

»Welcher?«, bringt sie mühsam heraus. Sie hat zwei Jungen, weiß aber offenbar auch nicht, wo der Älteste ist. Wie peinlich!

»Der Jüngste«, sagt Vater.

»Wieso? Ist ihm was passiert?«

»Vielleicht solltest du ein bisschen besser auf ihn aufpassen?«

Sie begreift noch immer nicht, worauf er hinauswill, aber sie merkt schon, dass irgendetwas ganz und gar nicht in Ordnung ist. Ich halte mich ein wenig im Hintergrund, bin aber doch nah genug dran, um alle Details mitzubekommen.

Vater macht eine längere Pause und schaut ihr tief in die Augen; das ist der Moment, der mir am besten gefällt.

»Darf ich fragen, worum es eigentlich geht?«, sagt sie.

»Aber natürlich. Dein Junge hat Geld aus meiner Kasse gestohlen!«

Als ich das verblüffte Gesicht der Mutter sehe, muss ich im Stillen lachen.

»Was hat er? Bist du sicher?«

Vater nickt. Manchmal ist es wirkungsvoller, zu nicken oder den Kopf zu schütteln, als etwas zu sagen.

»Ich hab's auch gesehen«, sage ich.

»Wie viel?«

»Zwei Kronen«, sagt Vater.

»Zwei Kronen?«, wiederholt sie, und dann *lacht* sie, geradezu erleichtert, und beginnt in ihrem Portemonnaie zu wühlen. Lach nur, denke ich mir, das wird dir schon noch vergehen.

Vater schlägt auf den Tisch, dass die Flaschen klirren.

»Diebstahl ist Diebstahl«, erklärt er, und als sie ihm das Geld zurückgeben will, schlägt er ihr auf die Hand, dass das Zweikronenstück auf den Boden fällt.

»Außerdem glaube ich, dass es nicht das erste Mal war, denn ich habe ihn beobachtet.«

»Was hast du? Was heißt das? Wo ist er?«, fragt sie und schaut aus dem Fenster.

»Tja, besser, du findest ihn, denn wir gehen jetzt zur Polizei. Ich habe eine Verabredung mit Bosack.«

Und sieh an, nun hört sie zu. Bosack ist unser Landpolizist und Vater trinkt oft einen Vormittagskaffee in seinem Büro, das wissen alle in der Stadt.

»Wenn so etwas passiert, dann unterrichte ich ihn, das habe ich ihm nämlich versprochen.«

»Nun mal mit der Ruhe«, versucht sie. Ihr wird allmählich klar, dass Vater es ernst meint.

»So etwas akzeptieren wir hier in der Stadt nicht, Bosack und ich. Wenn wir nicht rechtzeitig hart durchgreifen, nimmt das überhand. Er soll ja wohl nicht so enden wie sein großer Bruder.«

Sie tut so, als verstünde sie nicht, was Vater sagt, aber ich glaube, sie versteht ihn recht gut; alle wissen doch, dass Roberts großer Bruder vor ein paar Jahren nach der siebten Klasse abgegangen ist und noch immer keine Lehrstelle gefunden hat. Er ist selbst schuld, denn er kümmert sich um nichts – er ist nichts als ein Mopedrowdy, der überall Ärger hat. Mit dem Gesetz ist er auch schon in Konflikt geraten.

Sie murmelt: »Wir können doch sicher darüber reden?«

»Ich weiß nicht, ob wir das können«, erwidert Vater.

»Es kam doch so viel zusammen in letzter Zeit«, fügt sie hinzu und ihre Mundwinkel zucken. Jaja, ich sehe, dass Vaters Worte ihre Wirkung nicht verfehlen.

»Find ihn und dann Abmarsch, ich kann hier schließlich nicht den ganzen Tag herumstehen.«

Sie wischt sich eine Träne aus dem Gesicht, Vater sieht es. So etwas erweicht ihn jedes Mal wieder.

»Nun ja, lassen wir's für dieses Mal dabei bewenden«, erklärt er. »Aber beim nächsten Mal gibt's kein Pardon.«

Sie begleitet uns zur Tür und wir gehen zurück zum Milchauto. Der Junge ist noch immer nicht wieder aufgetaucht, wahrscheinlich ist er bei Kaufmann Frisk, um sich für das Geld Süßigkeiten zu kaufen.

»Arme Frau«, sagt Vater.

»Gehen wir nicht zu Bosack?«

Vater antwortet nicht.

»Das hattest du ihm doch versprochen«, sage ich.

»Ich bringe es einfach nicht fertig. Du hast doch gesehen, wie sie geheult hat. Als würde sie ausgepeitscht.«

Ich weiß nicht recht, eigentlich habe ich nur gesehen, wie sie sich eine einzige Träne abgewischt hat, aber Vater weiß es natürlich besser. Vielleicht hat er etwas gesehen, was ich übersehen habe, als ich mich umdrehte.

»Und bestimmt bekommt er eine Tracht Prügel, wenn er nach Hause kommt«, sagt Vater.

»Das glaub ich auch.«

»Aber es ist auch notwendig, bei diesen jungen Lümmeln hart durchzugreifen, solange es noch geht. Man muss den Ast biegen, solange er jung ist.«

»Welchen Ast?«

Er antwortet nicht und wir setzen uns auf die vordere Sitzbank.

»Man muss den Ast biegen, solange er jung ist«, wiederholt er mehr für sich selbst, als er den Wagen anlässt. »Sie hat doch geradezu *gebrüllt*!«

Vater schlägt sich auf die Knie und ich mache es ihm nach, weiß allerdings nicht so genau warum, und dann hupt er plötzlich hinter einem Mädchen her, das in einem kurzen Rock an uns vorbeiradelt. Wir fahren dem Mädchen ein paar hundert Meter weit nach. Vater überholt nicht, aus irgendeinem Grund haben wir es nicht eilig.

Ganz anders als ein paar Halbstarke, die auf ihren aufgebohrten Mopeds mit Lederjacken und Cowboyhüten an uns vorbeisausen. Einer von ihnen war doch Roberts großer Bruder? Es sollte mich wirklich nicht wundern. Sie haben keinerlei Respekt vor irgendwas, nicht einmal vor Bosack. Hoffentlich werde ich niemals wie sie. Gerade will ich Vater fragen, ob sie die Äste sind, die nicht rechtzeitig gebogen wurden – als er plötzlich auf die Bremse tritt.

In dem Garten vor uns hisst jemand eine Flagge.

»Ist jemand gestorben, Vater?«

»Das werden wir gleich sehen«, erwidert er.

Zuerst wird die Flagge bis an die Spitze des Fahnenmastes gezogen und wir wollen schon weiterfahren, doch dann wird das Seil ein wenig gelockert und der Dannebrog auf halbmast gesetzt.

»Bingo«, sage ich.

»Hast du denn gar keinen Respekt vor dem Tod?« Vater versetzt mir einen Schlag in den Nacken, dass ich mit der Stirn gegen die Scheibe knalle.

KAPITEL 3

Die Menagerie

Die Kirche ist voll und der Pastor predigt, aber niemand weint, also alles wie gehabt. Bei unserem alten Pastor ist das ganz anders gewesen, sagt Vater immer, ein großer Verlust für die Stadt, dass er gestorben ist. Aber eigentlich denke ich, dass auch das Gegenteil richtig ist, denn wenn der alte Pastor noch am Leben wäre, gäbe es ja keinen Bedarf für Vater. Und fast hätte ich gesagt: und einen Jungen wie mich.

Wir singen ein letztes Lied und es will überhaupt kein Ende nehmen. Wirklich spannend wird's ja erst draußen am Grab, ich kann's kaum erwarten. Ich habe nicht ganz verstanden, wer gestorben ist, nur dass es sich um einen alten Mann handelt, der irgendwann mal Apotheker war. Ich glaube auch nicht, dass Vater ihn besonders gut gekannt hat. Jedenfalls nehmen nicht viele von unseren Bekannten an der Beerdigung teil.

Endlich tragen sie den Sarg aus der Kirche. Vater ist eingenickt, ich versetze ihm einen kleinen Stoß. Wir stehen auf und folgen dem Sarg. Es ist ein eigenartiges Begräbnis, denn nicht genug, dass niemand weint, einige Leute, die direkt neben dem Sarg gehen, lächeln oder plaudern sogar miteinander. Außerdem werden Vater und ich so komisch angesehen.

»Gibt's hier niemanden, der traurig ist?«, flüstere ich.

Vater tut so, als würde er mich nicht hören, aber ich glaube, er wundert sich auch.

»Die weinen nicht. Sieh mal, sie lächeln.«

»Wart's ab«, sagt er aufmunternd.

»Vielleicht sind es keine von den Frommen?« Das ist die einzige Erklärung, die mir einfällt. Nicht alle in der Stadt gehören zur Inneren Mission, aber Vater sagt immer, das läge nur daran, dass noch nicht alle dem Ernst des Lebens ins Auge gesehen hätten. Hätte man es erst einmal getan, würde man unweigerlich die Hände falten. Hoffentlich bringt Vater sie dazu, dem Ernst des Lebens ins Auge zu sehen, denke ich.

Ein Mann kommt auf uns zu und gibt uns die Hand. Er gefällt mir nicht, denn er schaut uns so merkwürdig prüfend an. Und dann fragt er Vater aus, wer wir wären, woher wir den Toten kannten und so weiter, und ich spüre, dass Vater unruhig wird.

»Bitte kommen Sie doch hinterher ins Gasthaus«, sagt der Mann schließlich, »auf ein Glas Bier.«

»Auf ein Glas BIER?«, fragt Vater.

Der Mann nickt und geht, und Vater und ich schauen uns an und verstehen überhaupt nichts mehr. Haben sie vor, ein Saufgelage zu veranstalten? Wir müssen unter die Heiden geraten sein.

»Wo ist denn die Frau des Toten?«, will ich von Vater wissen; meine Erfahrung mit Beerdigungen sagt mir, dass wir bei ihr ansetzen müssen.

»Sie ist schon vor ein paar Jahren gestorben«, antwortet Vater. Jetzt verstehe ich es ein bisschen besser, aber: »Und wo sind seine Kinder?«

Vater deutet auf zwei erwachsene Männer, älter als Vater; einer von ihnen ist der Mann, der uns zum Bier eingeladen hat. Und der andere steht jetzt beim Pastor, lächelnd und plaudernd.

»Vielleicht mochten sie ihren Vater nicht?«

Vater erwidert: »Möglicherweise ist ihnen der Ernst des Lebens noch nicht aufgegangen.«

Da war es wieder.

»Sie gehören wohl nicht zu den Frommen?«

»Der eine ist Zahnarzt und der andere Kunstmaler«, sagt Vater. Wir heben beide die Augenbrauen. So viel ist sicher, das ist ein anderer Menschenschlag als wir, die Sache wird schwierig. Vielleicht sollten wir doch lieber nach Hause gehen.

Doch es sieht nicht so aus, als würde Vater nach Hause gehen wollen. Allerdings ist es auch schon ziemlich lange her, dass bei uns eine Beerdigung stattfand, beinahe hat es den Anschein, als hätten wir uns nach einer Beerdigung gesehnt. Als der Sarg in die Grube gelassen ist, ergreift Vater das Wort. Ich schließe die Ohren und summe wie gewöhnlich das Lied vom kleinen Kobold, der auf Reisen geht. Zunächst schauen die Leute noch interessiert und lächeln freundlich. Aber nach und nach scheint ihr Lächeln zu gefrieren, sie schauen weg. Vaters Worte haben keine Macht hier. Ich gebe mir alle Mühe, meine Augen so groß und blau wie möglich werden zu lassen, ich lege den Kopf schief und höre auf zu blinzeln, bis mir die Tränen die Wangen hinunterlaufen, aber es hilft alles nichts; die Leute wenden sich ab und wirken beinahe verärgert.

Der Sohn von vorhin tritt heran und flüstert Vater etwas zu, mitten in Vaters Rede. Vater schaut mich an, aber ich schaue weg, als ob ich ihn nicht kennen würde, als ob er nicht mein Vater wäre. Wenn er doch nur bald aufhören würde und wir nach Hause zu Mutter kämen, denke ich. Aber er redet weiter, bis einige der Angehörigen ihn unter die Arme fassen und wegzerren. Dann wenden sie sich dem Pastor zu, als wollten sie zeigen, dass sie *seine* Form vorziehen.

Ich renne davon, laufe so schnell ich kann. Vater läuft hinter mir her und schlägt nach mir, aber er erwischt mich nicht. Er glaubt wohl, es sei meine Schuld, dass es schiefgegangen ist – weil ich ihn im Stich gelassen habe. Ich hätte zu ihm gehen und wie abgesprochen seine Hand nehmen sollen, aber ich brachte es einfach nicht fertig.

»Warte, bis ich dich in die Finger kriege!«, brüllt er und gibt's auf, mich einholen zu wollen.

Mutter muss nur einen einzigen Blick auf mich werfen, um zu wissen, was geschehen ist.

»Ich habe doch gesagt, ihr sollt zu Hause bleiben. Wir kennen diese Leute doch gar nicht.«

»Das waren keine von den Frommen«, sage ich.

»Wo ist Vater?«

»Er kommt, er will mich verhauen.«

Sie will mich festhalten, aber ich laufe weiter und verstecke mich im Garten hinter dem Haus.

Damit die Wartezeit schneller vergeht, spiele ich ein bisschen Fußball mit mir selbst. Irgendwann entdecke ich, dass Vater am Küchenfenster steht. Also ist er nach Hause gekommen, aber wieso lässt er mich in Ruhe? Ich will meine Strafe, ich will es hinter mir haben. Aber er kommt nicht. Hat Mutter ihn etwa davon abgebracht? Dann läuft er jetzt bestimmt missmutig herum und sieht aus wie eine Gewitterwolke, die nicht donnern darf. Ich habe das schon so oft erlebt, es ist fast schlimmer.

Mutter kommt mit einem Einkaufszettel und Geld zu mir.

»Vater ist nicht mehr böse auf dich«, behauptet sie.

»Hm«, erwidere ich, ich weiß es nämlich besser.

»Fährst du für mich zum Metzger?«

»Kannst du das nicht selbst machen?«

Sie schaut mich verdutzt an, merkt aber, dass ich mich nicht überreden lasse. Dann nimmt sie das Rad und fährt selbst.

Und jetzt ist die Zeit zum Handeln gekommen. Ich schieße den Ball auf das Küchenfenster – und nach ein paar Versuchen kommt es zum gewünschten Resultat: Die Scheibe ist kaputt. Zwei Sekunden später holt Vater mich ins Wohnzimmer und fordert mich auf, die Hose herunterzuziehen.

Wenn Vater mir den Hintern versohlt, sind die Abstände zwischen den Schlägen immer gleich; er schlägt ausdauernd, im Takt von alten Schlagern. Ich weiß das, denn die Schlager singen wir nicht nur am Samstag, und oft läuft auch das Wunschkonzert, wenn ich den Hintern voll bekomme. Natürlich tut es weh, aber es stört mich auch nicht besonders; Hauptsache, es gibt niemanden, der es sieht. Ich mag es überhaupt nicht, wenn er mir auf der Straße eine Ohrfeige gibt und die Nachbarn schauen zu, oder im Laden, wenn er voller Kunden ist, die mich so mitleidig ansehen. Ich kann die mitleidigen Blicke der Leute nicht leiden.

Als er fertig ist, bleibe ich stehen und warte, die Hose ist mir bis auf die Hacken gerutscht.

»Du kannst die Hose jetzt wieder anziehen«, sagt er.

Ich ziehe sie hoch und fühle mich erleichtert, jetzt ist es überstanden. Aber was ist mit ihm, wie geht es ihm? Ich schaue mir seinen Gesichtsausdruck genau an und stelle fest, dass auch er erleichtert ist. Eigentlich bin ich ein bisschen stolz auf mich, ich richte mich auf und frage: »Geht's dir jetzt besser, Vater?«

Aber irgendetwas hat er wohl missverstanden, denn er antwortet gar nicht, sondern packt mich noch mal und hat dabei einen richtig wilden Ausdruck in den Augen.

»Willst du etwa auch noch frech werden?«

Und dann beginnt er von vorn, aber nicht wie eben; nun schlägt er zuerst schnell, dann langsam, dann wieder schnell, ohne jeden Rhythmus, und einmal schlägt er sogar daneben! Und als ich denke, er ist fertig, macht er lediglich eine Pause, er muss offenbar Atem holen. Ich entschließe mich, etwas zu tun, was ich nur sehr ungern mache und worauf ich eigentlich nicht sonderlich stolz bin, aber die Schmerzen sind unerträglich. Ich schreie nach Mutter. Und ich schreie so laut ich kann.

»Sie ist zum Metzger gefahren«, sagt Vater und schlägt weiter.

Endlich kommt sie nach Hause. In dem Moment, in dem sie in der Tür erscheint, hört Vater auf.

»Er hat eine Scheibe zerballert«, erklärt er hastig, »und ist dann obendrein noch frech geworden.«

Ohne ein Wort zu sagen, nimmt Mutter mich bei der Hand und zusammen gehen wir nach oben in mein Zimmer. Ich lege mich aufs Bett, auf den Bauch, und sie setzt sich auf die Bettkante.

»Gabriel«, sage ich.

Sie versteht, nimmt das Bild meines Engels von der Wand und gibt es mir.

»Ich würde gern allein sein«, sage ich.

Als sie mich kurz danach verlässt, ziehe ich die Hose herunter und lege das Bild mit dem Engel auf meinen nackten Hintern. Es fühlt sich an, als würde Gabriel pusten.

◆

Am Wochenende bekommen wir Besuch von meinem großen Bruder. Er kommt aus Sønderborg, wo er auf die Technische Hochschule geht. Er ist ein erwachsener Mann von fast zwanzig und trägt eine Brille und einen kleinen Schnurrbart. Mutter umarmt ihn stürmisch, Vater drückt ihm lediglich die Hand. Ich weiß nicht so genau, ob Vater sich überhaupt freut, ihn zu sehen; Vater wirkt immer so verschlossen, wenn mein großer Bruder zu Hause ist.

Er hat Zeichnungen mitgebracht, die er uns zeigt: Eine Mühle aus verschiedenen Blickwinkeln, sogar das Innere kann man sehen, Treppen und Deckenbalken, mit schwarzer Kreide gezeichnet. Mein großer Bruder heißt Asger und will Architekt werden.

Als wir zu Abend essen, sieht Asger auf einmal kurz zu Mutter hinüber und sagt: »Hm, schmeckt gut.«

Einfach so. Wir schauen auf und halten die Luft an, was hat er da gesagt?

»Danke«, sagt Mutter und wird ein bisschen rot.

»Schmeichel dich nur bei ihr ein«, brummt Vater. Er hat Mutters Essen noch nie gelobt, wir anderen allerdings auch nicht, das ist bei uns einfach nicht üblich. Wir essen, was auf den Tisch kommt, und halten den Mund.

Asger hat auch nicht ständig das Ekstrabladet neben seinem Teller liegen, so wie Vater, und er isst mit Messer und Gabel! Dabei ist nicht einmal Sonntag. Und auch kein Feiertag. Was kommt wohl als Nächstes? Als Asger nach dem Essen auf dem Klo ist, geht das Gerede los. Vater hat Angst, dass er schwul ist, was immer das auch bedeuten mag. Mutter ist da anderer Ansicht; sie behauptet, in den größeren Städten sei das so üblich, da isst man mit Messer und Gabel, nicht nur bei Festen, sondern auch unter der Woche.

Abends singen wir Schlager, und nun klingt es wirklich gut, denn wir sind jetzt zu fünft. Asger weint nicht mehr ganz so viel mit uns wie früher, aber er singt gut und kann die Texte auswendig. Mutter legt ihren Kopf an seine Schulter und weil Vater das sieht, legt Sanne rasch ihren Kopf an Vaters Schulter, damit er sich nicht ausgeschlossen fühlt. Sanne ist ein gutes Mädchen.

In der Nacht wache ich auf, weil ich Streit im Wohnzimmer höre. Ich liege in Vaters und Mutters Schlafzimmer, da Asger immer sein altes Zimmer wiederbekommt, wenn er zu Hause ist. Mutter ist auch aufgewacht und steht auf, Vaters Hälfte des Doppelbetts ist leer.

»Was ist?«, frage ich.

»Leg dich hin und schlaf«, erwidert sie und sucht ihre Pantoffel. »Ich komme gleich wieder.«

Aber ich schleiche ihr auf der Treppe nach, ich muss sehen, was dort unten passiert. Es ist das Übliche: Vater liegt mit aufgerissenem Hemd auf dem Küchenboden, er hat alle viere von sich gestreckt. Wenn man es nicht besser wüsste, könnte man meinen, er hätte sich geprügelt, aber er war es selbst; er reißt sich oft das Hemd auf, wenn ihm jemand widerspricht. Als wollte man ihn erwürgen. Er keucht und zerrt, bis die Knöpfe in sämtliche Richtungen fliegen. Ich habe es auch einmal probiert, als ich meinen Willen nicht bekam, aber das Ergebnis war nur eine Tracht Prügel, weil ich mein Hemd zerrissen hatte.

Sanne sitzt dabei und schaut schuldbewusst zu Boden. Statt ins Bett ist sie offenbar in die Stadt gegangen und Vater ist wach geblieben und hat gewartet, bis sie nach Hause kam – er musste lange warten, und dann hat sie auch noch den kurzen Rock an! Kein Wunder, dass Vater wütend ist. Aber Asger sitzt neben ihr und streitet sich mit Vater.

»Was ist denn nur los?«, erkundigt sich Mutter. Sie greift zu einem Geschirrtuch und stellt sich in eine Ecke der Küche, dann entdeckt sie mich.

»Und was willst du?«

»Ich muss mal pinkeln«, sage ich und gehe auf die Toilette. Aber ich mache die Tür nicht zu, denn so kann ich hören, worüber sie reden.

»Ich will nicht, dass sie in diesem Aufzug in die Stadt geht«, erklärt Vater. »Ich habe gesagt, ich verbiete es ihr, aber sie hat es trotzdem getan, und nun nimmt Asger sie auch noch in Schutz!«

»Wieso darf ich denn nicht in dem Rock in die Stadt, wenn ich ihn hier zu Hause anziehen darf?«, fragt Sanne.

»Das weißt du ganz genau«, erwidert Vater, doch jetzt mischt sich Asger ein. Offenbar versucht er Vater zu beruhigen. Dann reden sie alle drei durcheinander und es ist schwer zu verstehen, was sie sagen. Plötzlich ist es ruhig. Ich ziehe die Spülung und gehe zurück in die Küche.

Es scheint so, als hätten sich alle wieder beruhigt und vertragen, glücklicherweise. Das heißt, Vater sieht noch immer ein bisschen kleinlaut aus. Ich möchte ihn aber am liebsten vergnügt sehen, so richtig glücklich, und daher schlage ich etwas vor.

»Wie wär's, wenn Sanne und Vater heute Nacht auf dem Sofa schlafen?«

Nun werde ich von allen so seltsam angesehen.

»Na ja, das machen sie doch oft genug, und hinterher geht's Vater immer richtig gut«, füge ich hinzu.

»Nein, ich will nicht!«, schreit Sanne und fängt an am ganzen Körper zu zittern. Das kann sie doch nicht machen, ich hasse es, wenn sie so zittert. Asger sperrt die Augen auf und die Stimmung ist wieder total ruiniert.

»Was soll denn das heißen?«, fragt er, aber ich halte jetzt lieber den Mund. Er wendet sich an Sanne.

»Frag Vater«, sagt sie.

Vater antwortet nicht, aber sein Kinn bebt, und dann sollte man ihn in Ruhe lassen. Ich bin allerdings nicht sicher, ob Asger das weiß, denn er schaut Vater weiterhin mit so merkwürdig zusammengekniffenen Augen an. Es macht mir Angst und Mutter nimmt mich bei der Hand und zieht mich nach oben. Wir legen uns ins Doppelbett, wer weiß, ob ich hier einschlafen kann. Sonst darf ich das nur, wenn ich krank bin und Fieber habe, aber ich bin kerngesund. Einschlafen ist schwierig, denn unten in der Küche wird das Gebrüll nun immer lauter. Ich kuschele mich an Mutter, sie lächelt mir zu und schüttelt den Kopf, so als wollte sie sagen, dass doch alle verrückt sind, nur wir zwei zum Glück nicht. Dann höre ich, wie Asger laut und deutlich das Wort ›Polizei‹ ausspricht. Nun verstehe ich überhaupt nichts mehr, soll Vater sich etwa von der Polizei die Erlaubnis holen, mit seiner eigenen Tochter auf dem Sofa zu schlafen? Ich reiße mich aus Mutters Armen los, ich muss runter zu den anderen. Und dort erwartet mich ein Anblick, von dem ich wirklich nicht weiß, was ich davon halten soll: Vater mit heruntergelassener Hose und Asger hat ihn übers Knie gelegt und versohlt ihm den blanken Hintern! Sanne wirft sich dazwischen, ich auch; ich klettere Asger sogar auf den Rücken und beiße ihn ins Ohr. Aber unser großer Bruder ist stark und schlägt oft zu, bevor Sanne und ich ihn stoppen können. Vater heult, als ich ihm in die Hose helfe. Sanne und ich umarmen und trösten ihn, aber es scheint nicht zu helfen. Wie peinlich, so etwas dürfte bei uns gar nicht passieren; soweit ich verstanden habe, kommt so was doch nur in Arbeiterfamilien vor.

Sonntagvormittag ist die Stimmung besonders bedrückend; wir reden nicht viel und schleichen umeinander, ohne zu wissen, was wir mit uns anstellen sollen. Vater verlässt nicht einmal das Bett. Ich mache mir ein bisschen Sorgen, möglicherweise hat Asger ihn so verhauen, dass er nicht stehen kann. Aber Asger meint, er schämt sich.

»Was hat er denn eigentlich gemacht?«, will ich wissen.

»Er hat gar nichts gemacht«, sagt Mutter.

Aber ich weiß nicht recht, Asger lacht so kalt. Und Sanne, die es ja eigentlich am besten wissen müsste, sagt nichts.

Ich schleiche mich in die Mansarde und schaue durchs Schlüsselloch hinein zu Vater; es ist selten, dass ich die Gelegenheit habe zu sehen, wie er sich schämt. Er liegt im Bett und liest Micky Maus-Hefte. Micky Maus haben wir nämlich abonniert, jeden Dienstag kommt eine neue Nummer und erst wenn Vater das Heft ausgelesen hat, dürfen wir es haben. Und das kann dauern. Im Zimmer liegt ein großer Stapel, er liest die Hefte ziemlich oft, bevor er sie freigibt. Aber schließlich bezahlt er sie ja auch. Ich bin froh, denn immerhin hat er sich nicht hingelegt, um zu sterben. Als ich durchs Schlüsselloch gucke, lässt er gerade einen ordentlichen Furz und dreht sich im Bett um.

»Was hat er mit Sanne gemacht?«, frage ich meinen großen Bruder noch einmal, als wir allein sind.

»Ein Vater hat nachts nicht zusammen mit seiner Tochter zu schlafen, nicht, wenn sie bereits konfirmiert ist. Er hat bei seiner Frau zu schlafen.«

»Aber Sanne wollte es doch selbst«, wende ich ein.

»Da bin ich nicht so sicher. Jetzt hat sie es jedenfalls ausprobiert und will es nicht mehr.«

»Ja, aber was haben sie denn gemacht?«

»Du bist noch nicht alt genug, um das zu verstehen.«

»Wird Vater jetzt bei der Polizei angezeigt?«

»Wenn es noch mal passiert, ja. Dann ruft Sanne mich an, das hat sie mir versprochen, und ich rufe die Polizei an.«

Versteht Asger denn nicht, dass es einen *Grund* dafür gibt, dass Sanne und Vater zusammen auf dem Sofa schlafen? Er sollte sich wirklich mal überlegen, was passieren würde, wenn sie es *nicht* täten. Wie würde es Vater dann wohl gehen? Und was für Unheil könnte er anrichten – zum Beispiel auch an sich selbst? Es ist ja so leicht zu wissen, was richtig oder falsch ist, wenn man von zu Hause ausgezogen ist und in Sønderborg wohnt. Vater soll jedenfalls nicht von der Polizei abgeholt werden.

»Und wenn Sanne lügt?«, sage ich.

»Das glaube ich nicht«, erwidert er. »Aber man kann natürlich nie wissen.«

»Worüber redet ihr?« Mutter ist zu uns gekommen.

Ich frage sie: »Was glaubst du, Mutter? Sagt Sanne die Wahrheit?«

»Nein«, sagt sie und beißt sich auf die Lippen, »sie ist auf Vater böse, weil sie nicht in dem kurzen Rock in die Stadt gehen darf. Darum will sie ihn bestrafen.«

»Da bin ich nicht so sicher«, widerspricht Asger. »Wir müssen auf jeden Fall auf ihn aufpassen, vor allem du, Mutter.«

Mutter nickt und ich sehe, wie sie mit den Händen hinter dem Rücken die Heizung umklammert, dass die Finger ganz weiß werden.

Als Asger seinen Koffer packt, steht Vater auf. Er setzt sich ins Wohnzimmer und pult sich mit dem Ende eines Kugelschreibers im Ohr.

»Ich schäme mich«, erklärt er plötzlich, laut und deutlich.

»Das musst du doch nicht«, sagt Sanne, »du hast doch versprochen, es nicht wieder zu tun.«

»Jetzt gibt es erst einmal Kaffee«, sagt Mutter. Sie hat auch Butterwecken gebacken, wie immer am Sonntagnachmittag.

Aber weder Sanne noch ich können etwas essen und Asger packt; und so sitzen Mutter und Vater allein im Wohnzimmer. Sanne und ich haben uns in die Küche gesetzt. Kurz darauf kommt Mutter zu uns.

»Du kannst dich ruhig zu ihm setzen«, sagt sie zu mir.

»Ich hab aber keine Lust«, antworte ich.

»Er sitzt so allein da. Magst du nicht doch? Ich finde, er hat seine Strafe bekommen.«

Aus irgendeinem Grund habe ich aber wirklich keine Lust, ich bin selbst völlig überrascht.

»Er hat einfach nur im Bett gelegen und Micky Maus gelesen«, sage ich, »ich hab's durchs Schlüsselloch gesehen.«

»Auch wenn es einem sehr schlecht geht, kann man durchaus Micky Maus lesen«, entgegnet sie.

Darüber habe ich noch nie nachgedacht. Vielleicht hat sie ja recht.

Ich stehe auf, grinse Sanne entschuldigend zu und setze mich mit einem Butterweck zu Vater.

Fast dankbar lächelt er mich an. Es ist offenbar mein Schicksal, denke ich, dass ich derjenige bin, der dafür zu sorgen hat, dass die Dinge einigermaßen im Gleichgewicht bleiben. Denn würden sich alle gegen Vater verschwören, wäre es hier überhaupt nicht mehr auszuhalten, und außerdem würde auch er immer unerträglicher werden. Auch Mutter gegenüber, und das weiß sie genau. Mit einem Mal bin ich unglaublich müde. Ich habe das Gefühl, dass ich das alles allein einfach nicht schaffe, aber das muss ich doch. Muss ich wirklich?

Als Asger seine Koffer heruntergetragen und sich verabschiedet hat, begleite ich ihn zur Busstation. Unter dem Vorwand, dass ich ihm bei seinem Gepäck helfen will. Als er mir zum Abschied die Hand gibt und in den Bus steigt, klammere ich mich plötzlich an ihn, als sei er meine letzte Rettung.

»Nimm mich mit nach Sønderborg«, bettele ich. »Nimm mich mit!«

»Ich kann nicht.«

»Ich halte das nicht mehr aus, ich muss weg. Kann ich nicht bei dir wohnen?«

»Das geht nicht. Du bist erst elf, was denkst du dir bloß? Du hast doch noch Mutter.«

»Nein, habe ich nicht«, sage ich.

Mein großer Bruder weiß, was ich meine und er würde mir gern helfen, das sehe ich, aber er weiß nicht wie. Schließlich fällt ihm etwas ein.

»Schaff dir ein paar Kaninchen an«, schlägt er vor. »Dann geht's dir besser, ich hab das damals auch gemacht. Auf Kaninchen kann man sich verlassen, besorg dir ganz viele.«

Dann setzt er sich in den Bus und fährt davon.

Ich leihe mir von Mutter ein bisschen Geld, um Kaninchen zu kaufen. Genau wie Asger ist sie der Ansicht, dass es mir guttun würde, wenn ich mir ein paar Tiere anschaffe, die mir etwas bedeuten und denen ich etwas bedeute. Auch Vater hat nichts dagegen.

Mutter bekommt jede Woche Taschengeld von Vater, zwanzig Kronen für Kleider und irgendwelche persönlichen Sachen, die sie braucht. Sonst hat sie eigentlich nichts, was ihr gehört. Manchmal bekommt sie fünf Kronen zusätzlich, weil sie sich einen Bonus verdient hat, wie Vater es nennt, und das heißt – soviel kann ich mir schon zusammenreimen, ganz dumm bin ich schließlich nicht –, dass sie im Bett besonders nett zu ihm gewesen ist. Es ist schon komisch mit den beiden. Es sieht so aus, als würde Vater sich wieder mehr um Mutter kümmern, jetzt, da die Sache mit Sanne nicht mehr so im Vordergrund steht. Normalerweise gibt's nämlich kaum Anlass für einen Bonus. Trotzdem können Sanne und ich uns immer etwas von Mutter leihen, denn sie kauft sich nur selten etwas.

Ich schaue in die Wochenzeitung, ob Kaninchen zum Verkauf angeboten werden, und rufe ein paar Leute an. Es stellt sich heraus, dass es die billigsten Kaninchen in unserer eigenen Straße gibt, nämlich bei Frede Warming – auch ›Der Warming‹ genannt. Seinen Beinamen hat er von seiner Frau, die aus Deutschland stammt und nur gebrochen Dänisch spricht. Sie ist die zweite Frau von Der Warming, aber die erste kam auch aus Deutschland. Es heißt, Der Warming hätte eine Kontaktanzeige im Nordschleswiger aufgegeben, weil er der Meinung ist, dass deutsche Frauen anspruchsloser und daher leichter zufriedenzustellen sind. Ich verstehe das nicht ganz, denn die erste Frau schimpfte ziemlich oft mit ihm. Sie zerschlug auch Porzellan und zog ihm den Besenstiel über den Kopf. Wir Kinder haben häufig auf dem Fußweg vor ihrem Haus gestanden und zugehört, wenn sie sich prügelten. Manchmal rannte er plötzlich aus der Haustür und lief in den Garten – und die Frau mit dem Besenstiel hinter ihm her. Es war durchaus nicht ungewöhnlich, dass er anschließend ins Krankenhaus musste und mit einem Arm in Gips oder einem Verband am Kopf nach Hause kam. Am Ende hat die Frau ihn dann doch verlassen, sie hatte wohl keine Lust mehr, ihn zu verprügeln. Aber er hat eine neue gefunden – übrigens nach dem gleichen Rezept, denn er hätte halt Pech gehabt, behauptet er. Tatsächlich schlägt ihn die neue Frau auch nicht so oft, aber es kommt durchaus vor.

Doch es gibt nichts, das so übel ist, dass es nicht auch wieder etwas Gutes hat, denn jetzt ist Der Warming abgehärtet. Er lebt davon, dass er überall in der Stadt ›zu Schaden kommt‹ und hinterher Schmerzensgeld fordert. Erst war da die Geschichte mit der Weihnachtsgirlande, die ihm auf den Kopf fiel. Er hatte eine Gehirnerschütterung – wahrscheinlich konnte er tatsächlich nichts dafür und man gönnte ihm gern den Schadenersatz von der Gemeinde. Aber dann muss er Blut geleckt haben, denn nicht lange danach wurde er – bestimmt als Einziger im ganzen Land – von einer Straßenwalze überfahren! Das heißt, sein großer Zeh wurde zerquetscht und er bekam von der Straßenverwaltung eine stattliche Summe Schmerzensgeld. Wenn die Erwachsenen im Laden über ihn reden, sagen sie, er hätte sich absichtlich vor die Walze gestellt und den Fuß hingehalten. Der Warming hat auch noch einen anderen Trick: Er fährt mit dem Fahrrad langsam an Leuten vorbei, die ihm mit einem Schäferhund entgegenkommen. Und dann schlenkert er ein bisschen mit dem Bein. Ein paar Mal wurde er dabei schon gebissen, fiel vom Rad und hat sich schlimm verletzt – aber er hat jedes Mal Geld bekommen, zumindest für eine neue Hose. Ansonsten lebt er davon, mit dem Fahrrad Zeitungen auszufahren, das heißt die Jydske Tidende und Vestkysten, und außerdem hält er Kaninchen. Die Kaninchen verspeist er mit seiner Frau oder er verkauft sie an die Federvieh- und Kaninchenschlachterei in Wamdrup. Man bekommt sieben Kronen pro Kilo Lebendgewicht.

Ich kaufe vier Zippen und einen Bock bei Der Warming; die Weibchen gehören zur Rasse Weißes Land, der Bock ist ein Französischer Widder – denn das ergibt eine gute Kreuzung, sagt Der Warming, aus den Jungen kämen große Filetstücke. Dazu empfiehlt er eine Senfsoße, seine Frau hätte das Rezept, wenn's soweit sei. Schließlich zeigt er mir, wie man Kaninchenkisten baut und gibt mir gute Ratschläge und Hinweise über Futter und Krankheiten und all so was. Und dann ein bisschen übers Decken.

»Du musst die Zippe immer zum Bock setzen, niemals umgekehrt. Niemals den Bock zur Zippe.«

»Wieso nicht?«

»Weil es dann für ihn plötzlich zwei neue Sachen auf einmal gibt, mit denen er zurecht kommen muss, nämlich ein Weibchen UND eine neue Umgebung. Das ist zuviel. Das verwirrt ihn und das ist überhaupt nicht gut in dieser Situation, schließlich soll er ja etwas leisten«, erklärt Der Warming und versetzt mir einen kameradschaftlichen Stoß in die Seite. »Und wenn nach zwei Minuten nichts passiert ist, musst du sie wieder trennen, weil es dann nicht in ihren Zyklus passt. Dann kann es vorkommen, dass sie aufeinander losgehen, Im schlimmsten Fall beißt sie ihm die Eier ab.«

»Die Zippe zum Bock«, wiederhole ich.

»Genau, damit er sich wie zu Hause fühlt, dann wird's schon gehen.«

»Aber dann ist das Weibchen doch verwirrt«, wende ich ein.

»Das macht gar nichts, das ist nur von Vorteil«, erwidert er.

Als ich nach Hause komme und die Kaninchen zeige, setzt Vater – noch bevor ich protestieren kann – den Bock zu einer der Zippen.

»Das Weibchen zum Männchen«, will ich ihn aufhalten,

»das sagt Der Warming. Der Bock soll sich wie zu Hause fühlen.«

»Dummes Geschwätz«, entgegnet Vater. »Das macht gar nichts, wenn es ein richtiger Bock ist.«

Und es ist ein richtiger Bock. Er springt auf die Zippe, beißt sich im Nacken fest und deckt sie – ein Wort, das ich jetzt gelernt habe –, um dann ein Grunzen auszustoßen und seitlich umzukippen. Die Zippe bleibt augenscheinlich unbeeindruckt stehen und frisst weiter.

»Gut, dass er zur Seite gefallen ist«, sagt Vater. »Wenn er hintenüber gefallen wäre, hätte man dich betrogen. Dann ist er nämlich noch nicht alt genug, dann kommt nur dünne Brühe aus ihm raus.«

»Vater kennt sich mit Kaninchen gut aus«, sagt Mutter. »Er hatte als Junge selbst welche, außerdem hat er Asger oft bei seinen Kaninchen geholfen.«

An die Kaninchen von meinem großen Bruder kann ich mich noch gut entsinnen, aber meiner Erinnerung nach war ich es, der ihm am meisten geholfen hat, zum Beispiel beim Graspflücken oder Ausmisten. Und außerdem war es ja eigentlich so gedacht, dass diese Kaninchen meine Kaninchen sein sollten.

Vater lässt den Bock eine weitere Zippe bespringen, und dann noch eine und noch eine, bis sie alle gedeckt sind, und Mutter kann nicht anders, sie muss ebenfalls zusehen. Und jedes Mal, wenn der Bock zur Seite kippt, stößt sie ein kleines Juchzen aus. Vater lacht und ich weiß nicht, wo ich hinsehen soll.

»Jetzt haben sie Junge im Bauch«, behauptet Vater.

»Schon?«, fragt Mutter. »Nach einem Mal und noch dazu so schnell?«

Ich weiß nicht genau, was hier vorgeht, aber Mutter schaut Vater auf eine Weise an, dass seine Stimme belegt klingt.

»Man kann natürlich nicht ganz sicher sein«, räumt er ein. Und dann verständigen sie sich darauf, dass alle Kaninchen eine Nacht in meinem Spielhaus aus Holz, das im Garten steht, zusammenbleiben dürfen, damit sie es sich in aller Ruhe gemütlich machen können, denn dann kann man *ganz* sicher sein.

An diesem Abend stehen die beiden mit einer Taschenlampe unten im Garten, schauen den Kaninchen zu und teilen sich eine Flasche Wein. Mutter juchzt jeden zweiten Augenblick, Vater lacht und ich muss allein ins Bett gehen und mein Nachtgebet sprechen, denn sie kommen erst spät in der Nacht nach oben. Und als Mutter das nächste Mal ihr Taschengeld bekommt, erhält sie zehn Kronen als Bonus!

Es erinnert mich an damals, als ich als Weihnachtsgeschenk ein Luftgewehr bekam. Vater wollte Mutter unbedingt zeigen, wie gut er schießen konnte, und Mutter war imponiert und wollte es auch versuchen, aber sie konnte es überhaupt nicht. Er musste ihr zeigen, wie man lädt und zielt. Und die restlichen Weihnachtstage liefen sie im Garten herum und schossen abwechselnd auf Vögel, worüber vor allem Sanne sehr ärgerlich war. Aber dann hatten sie genug und ich bekam mein Luftgewehr zurück. Darum bleibe ich verhältnismäßig gelassen; ich weiß, dass ich meine Kaninchen bald für mich allein haben werde.

Als die Zippen geworfen haben, kommen meine Schulkameraden zu mir nach Hause und dürfen sich die Jungen anschauen. Die besonders Glücklichen erhalten sogar die allergnädigste Erlaubnis, eines der Neugeborenen in der Hand zu halten. Auch Sanne darf eins halten, aber ihr Gesicht strahlt nicht so wie das meiner Schulkameraden, es braucht schon mehr, um sie zu beeindrucken. Wenn wir zu Abend essen, sitzt sie oft am Tisch und zittert am ganzen Körper, obwohl Vater nicht mehr mit ihr auf dem Sofa schläft. Es heißt, das läge daran, dass sie in der Pubertät ist und die ganze Zeit die Aufmerksamkeit auf sich lenken will. Ich kann gut verstehen, dass Mutter und Vater überhaupt nicht mehr mit ihr reden.

Mette hingegen kommt so gut wie jeden Tag und will die Kaninchenjungen sehen, und ich bringe es nicht übers Herz, sie wegzuscheuchen. Oft bringt sie Löwenzahnblätter mit, die sie selbst gepflückt hat. Wegen ihr lasse ich eine Hand über eins der Nester gleiten, damit sie sieht, wie die Jungen ihre Köpfe herausstrecken; sie glauben dann nämlich, es sei ihre Mutter. Als eins der Jungen eines Tages einen Spaziergang im Käfig wagt und über einen Grashalm fällt, kriegt sie sich kaum ein vor Lachen.

Eine der Zippen hat noch nicht geworfen. Sie hat wie die anderen ein Nest gebaut, ist nun aber bereits eine Woche über der Zeit. Jeden Abend stehe ich mit einer Sturmlaterne an ihrem Käfig, sie hoppelt im Kreis, als ob sie Schmerzen hätte, aber es geschieht nichts. Mutter meint, dass sich vielleicht eines der Jungen quer gelegt hat, aber ein Tierarzt ist zu teuer, sagt Vater; und wer hat schon eine Hand, die schmal genug ist, um in ein Kaninchen zu kommen? Und dann, eines Morgens, hängt ihr irgendetwas zwischen den Hinterläufen; ein langes, lebloses Ding, das aussieht, als würden gerade die Gedärme herauskommen. Gegen Abend liegt dann ein totgeborenes Monsterjunges im Käfig, sechsmal so groß wie ein normales Junges und ganz grau und runzlig. Es ist mausetot und Vater schmeißt es auf den Mist; er verscharrt es und sagt, so was könnte halt vorkommen. Trotzdem sehe ich ihm an, dass es auch ihm unheimlich ist. Und dann schlägt er mir auch noch auf die Schulter, was nun wirklich selten geschieht – und das macht alles fast noch schlimmer.

Es dauert nicht lange, bevor Der Warming vorbeikommt; er hat von meinem Unglück gehört und bietet mir an, die Zippe zurückzukaufen, denn mit ihr kann man nicht weiterzüchten. Ich schlage ein und kraule sie ein letztes Mal hinter dem Ohr.

»Darf ich ab und zu mal nach ihr sehen?«, frage ich ihn.

»Tja, da musst du dich aber beeilen, denn heute Abend kommt sie in den Topf«, erwidert er. Dann nimmt er die Zippe unter den Arm und geht.

Mette und ich suchen lange im Mist, bis wir das tote Junge gefunden haben. Wir begraben es in einer großen Streichholzschachtel und müssen es regelrecht zusammenfalten, bis es endlich hineinpasst. Ich halte eine kleine Rede, in der ich ihm wünsche, dass es in Frieden ruhen möge, und versichere, dass ich ihm nicht vorwerfe, als Missgeburt auf die Welt gekommen zu sein. »Möge seine Seele Ruhe finden«, schließe ich. Und Mette singt dazu ein bisschen. Man kann ja viel über sie sagen, aber wenn irgendetwas mit meinen Kaninchen ist, kann ich mich auf sie verlassen.

Als die Beerdigung überstanden ist, fassen wir uns – ohne darüber nachzudenken – bei den Händen und gehen in mein Zimmer. Mette ist noch nie in meinem Zimmer gewesen, aber auch sonst war dort kaum jemand. Wir sitzen auf meinem Bett, jeder an einem Ende, und lesen Tarzanhefte. Ich bin ehrlich gesagt nicht sicher, wie viel sie davon versteht, also krabbele ich neben sie und fange an ihr vorzulesen. Es gibt auch bei den Bildern ein paar Sachen, die ich ihr erklären muss. Für ihr Alter ist Mette ein erstaunlich kluges Mädchen, und außerdem hat sie nichts gegen meine Theorie, dass der Erzengel Gabriel und Tarzan verwandt sind. Ihre blonden Haare sind zerzaust, ich erkenne ihren Geruch; er erinnert mich an die Zeit, in der Mutter auf Mette aufgepasst hat und wir zusammen Mittagsschlaf halten mussten. Immer bekam ich ihre Haare in die Nase. Auch an ihrem Herzschlag erkenne ich sie und stelle fest, dass sie eingeschlafen ist. Ich sitze hinter ihr und habe meine Arme um sie gelegt, so wie Mutter es manchmal bei mir macht. Und als ich auf die Wand über dem Bett schaue, sehe ich, dass Tarzan und Gabriel auf uns herablächeln. Und sich dann zulächeln.

KAPITEL 4

Jemand gestorben?

Mein großer Bruder ist ein kluger Mann. Er hatte völlig recht mit den Kaninchen; seitdem ich sie habe, geht's mir viel besser. Ich wünschte, dass so etwas auch bei Sanne funktionieren würde, aber wie es aussieht, braucht es dazu mehr. Vielleicht sollte sie es mit einem Pferd versuchen? Eigentlich hatte sie ja einen Freund, aber ich glaube, der hat Schluss gemacht, jedenfalls treffen sie sich nicht mehr. Wenn sie zu Hause ist, sitzt sie die meiste Zeit in ihrem Zimmer und raucht Zigaretten. Wenn sie wenigstens Schallplatten spielen würde, so wie sie es früher immer gemacht hat, aber es ist einfach nur still bei ihr. Als ich an die Tür klopfe, antwortet niemand.

»Ich bin's nur«, sage ich.

Dann warte ich einen Moment und endlich schließt sie auf. Als ich ins Zimmer komme, liegt sie auf dem Bett und starrt an die Decke. Dann richtet sie ihren Blick auf mich. Sie hat rote Augen, allerdings nicht vom Weinen, sie hat Heuschnupfen. Hin und wieder muss sie niesen, überall liegen Taschentücher herum. Ein paar hebe ich auf und lege sie auf die Heizung.

»Was hältst du von einem Pferd?«, frage ich sie. »Es gibt viele Mädchen, die Pferde sehr mögen. Du könntest es pflegen, füttern und tränken und ... du könntest natürlich auch darauf reiten.«

»Wo sollte ich denn hinreiten?«

»Nach Westen, du solltest nach Westen reiten, so wie die das in den Cowboyfilmen immer machen.«

Zumindest lächelt sie jetzt und setzt sich auf. Es ist lange her, dass ich sie habe lächeln sehen.

»Dann komme ich aber nicht weit«, meint sie. »Es sei denn, das Pferd kann schwimmen. Aber ich will wirklich schon bald nach Westen, genauer gesagt nach London. Ich soll in einem Film mitspielen. Du darfst es aber Mutter und Vater nicht sagen, es soll eine Überraschung sein.«

»Einem Film?«

»Ja, einem Dokumentarfilm über Inzestopfer. Ich habe eine Anzeige gesehen und hingeschrieben, sie brauchen genau so jemanden wie mich. Es ist nicht schwer, ich soll nur die Wahrheit sagen. Und es macht auch nichts, wenn ich vor der Kamera zusammenbreche, dann weiß man nämlich, dass es echt ist. Darf ich erzählen, dass du mir den Vorschlag mit dem Pferd gemacht hast?«

»Öh ... ja.«

»Du brauchst nur nein zu sagen, dann erzähl ich's nicht.«

»Wollen wir Rommé spielen?«, frage ich, denn ich weiß ehrlich gesagt nicht, was ich antworten soll; und was ist eigentlich ein Inzestopfer? Ich weiß schon, was ein Opfer ist, aber Inzest klingt, als könnte man sich daran anstecken, so wie mit Filzläusen. Es würde mich nicht wundern, wenn Sanne sich bei Vater angesteckt hätte. Und er hat es von Deutschenomas Sofa. Hätten wir bloß dieses Sofa nicht genommen, es hat nichts Gutes gebracht. Aber abgesehen davon ist es spannend, was Sanne erzählt. Es freut mich, dass sie anfängt ihr Leben in den Griff zu kriegen, wie die Erwachsenen das nennen.

»Glaubst du auch, dass ich allmählich wahnsinnig werde?«, fragt sie mich plötzlich. Ich weiß nicht so genau, was sie meint, aber noch bevor ich antworten kann, fügt sie hinzu: »Doktor Madsen glaubt es. Ja, gern, lass uns Rommé spielen.«

Sie holt die Karten und beginnt zu mischen.

»Hast du mit Doktor Madsen geredet?«, frage ich nach.

»Jaja, er hat auch mit Vater geredet und sagt, wir sind beide wahnsinnig, und Mutter auch, nur bei dir ist er sich nicht ganz sicher. Du bist nicht so wie wir, du fällst quasi aus dem Rahmen, du kommst nie ins Fernsehen, sagt er.«

Darüber bin ich natürlich schon betrübt. Aber als wir anfangen zu spielen, ist es eigentlich ganz gemütlich, ein bisschen so wie früher – abgesehen davon, dass ich jetzt gewinne. Ich gewinne jede Runde, als könnte sie sich überhaupt nicht auf das Spiel konzentrieren; so viel Spaß hatte ich lange nicht mehr.

»Ich bekomme kein Pferd«, sagt sie plötzlich. »Ich habe schon gefragt, aber es ist viel zu teuer, stattdessen bekomme ich Tabletten.«

»Was für Tabletten?«

»Die hier«, sagt sie und zeigt mir eine Schachtel; sie war also wirklich bei Doktor Madsen! »Die sollen mir helfen, Träume von Phantasien zu unterscheiden. Ich weiß nur nicht, ob sie wirken.«

Mit einem Mal wirft sie die Karten fort, obwohl wir überhaupt noch nicht fertig sind, aber protestieren nützt nichts. Mich regt so etwas auf, ich werde richtig wütend, weil sie einfach eine schlechte Verliererin ist. Wenn ich dasselbe bei ihr machen würde, hätte sie mich an den Haaren gezogen und mir ins Gesicht gespuckt. Aber ich muss wohl Rücksicht darauf nehmen, dass sie nicht ganz gesund ist. Jetzt liegt sie wieder auf dem Bett und starrt an die Decke. Ich nehme die Tablettenschachtel vom Tisch und lese das Etikett, aber sie reißt sie mir aus der Hand – allerdings nicht schnell genug.

»Die sind ja gegen Heuschnupfen«, sage ich. »Du bist gar nicht verrückt!«

»Du glaubst mir also auch nicht«, schluchzt sie.

Ich weiß bald nicht mehr, was ich überhaupt noch glauben soll. Diese Geschichte mit London und dem Fernsehen stimmt wahrscheinlich auch nicht. Aber was stimmt dann? Eigentlich ging es ihr fast besser, als sie noch mit Vater auf dem Sofa schlief.

Ich habe siebenundzwanzig Kaninchenjunge, drei Zippen und einen Bock, ich habe mich also um genug zu kümmern. Einer meiner Schulkameraden trägt nach der Schule Zeitungen aus, um ein bisschen zusätzliches Taschengeld zu verdienen, und ein anderer pflückt Erdbeeren, aber ich finde, das kann man nicht richtig vergleichen. Ich meine, ich trage ja die Verantwortung für die Tiere. Sie müssen schließlich versorgt werden, und es gibt nichts Schlimmeres als Kinder, die Tiere geschenkt bekommen und dann nicht für sie sorgen.

Der Warming war zweimal hier und er sagt, er hätte noch nie Kaninchen gesehen, die besser gedeihen würden. Aber das kommt nicht von allein, das muss man ernst nehmen. So wie ich. Direkt nach dem Aufstehen werden sie gefüttert, noch vor meinem eigenen Frühstück. Und bevor ich ins Bett gehe, wünsche ich ihnen eine gute Nacht. Wenn es den Kaninchen gutgeht, geht es mir auch gut, so ist das, wenn man Tiere mag.

Mette hilft mir oft beim Pflücken. Wir fahren mit den Rädern über die Feldwege, jeder mit einem Sack auf dem Gepäckträger, bis wir eine Weide mit saftigem Gras und Kleeblättern finden. Dann hocken wir uns hin und pflücken, was sich in unserer Reichweite befindet, legen es auf einen Haufen, gehen an eine andere Stelle und pflücken weiter. So lange, bis wir die Haufen einsammeln. Und das frischgepflückte Gras duftet so gut. Wenn ein Sack voll ist, stecken wir jedes Mal den Kopf hinein und schnuppern.

Manchmal werden wir regelrecht erwartet, wenn wir nach Hause kommen. Die Kaninchen laufen aufgeregt hin und her, sie wissen genau, was jetzt passiert. Die Kleinen werden völlig begraben, wenn wir das Grünfutter durch die Klappe hineinwerfen. Aber sobald das Gras aufgefressen ist, tauchen ihre kleinen Köpfe nach und nach wieder auf.

Ich habe Mette eines der Jungen versprochen, wenn sie so alt sind, dass sie der Mutter weggenommen werden können. Sie hat es verdient. Aber sie kann sich nicht entscheiden, welches sie haben möchte, am liebsten würde sie alle nehmen, weil sie sich nicht an den Gedanken gewöhnen kann, dass sie geschlachtet werden sollen. Aber so ist es nun mal, und das sage ich ihr auch, es hilft ja nichts. Da muss man einfach durch.

Aber ich verstehe schon, was sie meint. Oft sitzen wir uns mit gespreizten Beinen auf dem Rasen gegenüber, und dann lassen wir ein oder zwei Junge zwischen uns herumhoppeln. Und wenn eines von ihnen irgendetwas unternimmt, was besonders süß aussieht, dann sagt sie: »Das möchte ich haben.« Aber kurz darauf ist es doch das andere, das verschont werden soll. Irgendwann sitzen wir wieder so da, als plötzlich ein Junge auf dem Rasen steht und uns zusieht, ein Junge, den ich noch nie gesehen habe. Er ist ziemlich groß und hat rote Haare und eine Menge Sommersprossen.

»Tag«, sagt er und schaut Mette an. »Deine Mutter hat gesagt, dass du hier bist.«

Ich höre sofort, dass er nicht von hier ist.

»Was willst du?«, frage ich ihn.

»Das ist mein Vetter«, sagt Mette. »Vetter Klaus.«

Was geht mich ihr Vetter an. Und wer hat ihm die Erlaubnis gegeben, in unseren Garten zu kommen? Mette fügt noch hinzu: »Er ist in den Ferien vierzehn Tage bei uns zu

Besuch, viel Zeit, um mit dir zu spielen, habe ich sicher nicht.«

»Und beim Pflücken kannst du mir auch nicht mehr helfen?«

Sie steht auf und stellt sich neben ihren Vetter. Ich nehme die Kaninchen auf den Arm, er schaut sie nicht einmal an. Er hat nicht das geringste Interesse an meinen Kaninchen!

»Ich glaube nicht«, antwortet sie.

So ist das also. Sie will lieber mit ihm spielen und ich kann sehen, wo ich bleibe. Na großartig.

»Er kommt aus Kopenhagen«, sagt Mette.

Und dann gehen sie. Jetzt geht mir ein Licht auf, so ein Kopenhagener lässt sich natürlich nicht von ein paar Kaninchenjungen beeindrucken. Ich setze sie zurück in den Käfig. Gut, dass ich wenigstens die Kaninchen habe, denke ich, auf Kaninchen kann man sich zumindest verlassen. Da beißt mich eins in den Finger.

Mette und ihr Vetter spielen oft im Garten, ich beobachte sie. Wenn ich in meinem Zimmer das Fenster aufmache und mich ein wenig hinauslehne, kann ich sie sehen. Sie können mich auch sehen, und anfangs haben sie ein paar Mal gewunken. Dann habe ich mich zurückgezogen und das Fenster zugemacht, aber kurz darauf wieder geöffnet. Und jetzt sieht es so aus, als hätten sie mich vergessen. Sie haben ein Indianerzelt auf dem Rasen aufgebaut, und weil sie darin sitzen und Geheimnisse haben, kann ich sie nicht sehen.

Mettes Vater sprengt das Blumenbeet mit einem Wasserschlauch, und als er fertig ist, dürfen sie mit dem Schlauch spielen. Sie rennen herum, bespritzen sich und juchzen laut. Sie haben sich fast ganz ausgezogen und dieser Vetter ist ganz weiß; Mann, sieht das komisch aus. Aber auch die Art, wie er lacht, ist so merkwürdig, er lacht irgendwie ›durchdringend‹, laut und brüllend. Hier bei uns gibt es nicht viele, die so lachen. Möglicherweise hat er den Ernst des Lebens auch noch nicht verstanden.

Aber ich kann hier nicht den ganzen Tag herumstehen, ich muss Gras für die Kaninchen holen. Sie wachsen und wachsen und es ist ein trockener Sommer, es ist also nicht so einfach. Gut, dass Ferien sind und ich nicht auch noch in die Schule gehen muss, sonst würde ich es überhaupt nicht schaffen. Manchmal denke ich, dass ich mit der ganzen Zeit, die ich zum Pflücken brauche, auch etwas Lustigeres anstellen könnte. Aber so darf man nicht denken; wenn man Tiere hat, gibt's halt nicht nur Süßes, sondern auch Saures.

Langsam schiebe ich mein Fahrrad an Mettes Garten vorbei, in der Hoffnung, dass sie mich sehen. Ich habe zwei Säcke auf dem Gepäckträger, die ich füllen muß. Vielleicht bekommt Mette ja ein schlechtes Gewissen. Doch plötzlich tauchen die beiden mit dem Schlauch auf, sie hatten sich hinter einem Busch versteckt – und bespritzen mich! Noch bevor ich davonlaufen kann, bin ich klatschnass. Sie sind unglaublich doof. Doch jetzt ruft mich Mette zurück. Ich bleibe stehen und drehe mich um.

»Willst du nicht mitspielen?«

Sie lächeln mich an und ich weiß nicht, was ich sagen soll. Sie wollen mit mir spielen? Beide? Etwa zu dritt? An diese Möglichkeit habe ich bisher überhaupt nicht gedacht.

Ich stelle das Fahrrad ab und komme vorsichtig näher. Es könnte ja sein, dass es sich um eine Falle handelt. Dann springe ich über die Hecke.

Als ich nach Hause komme, steht mein Abendessen auf dem Herd. Die anderen haben offenbar bereits gegessen, es ist schon spät. Eigentlich ist es nicht meine Art, zu spät zu kommen.

»Du bist ja ganz nass«, sagt Mutter. »Was hast du angestellt? Bist du in den Bach gefallen?«

Ich lache und versuche auf diese neue Art zu lachen, so wie Klaus. Allerdings gelingt es nicht ganz, aber vielleicht klingt so ein Lachen auch einfach nur merkwürdig in unserer Küche.

»Ich habe gespielt«, antworte ich und setze mich an den Tisch. »Und jetzt habe ich Hunger.«

»Da bist du nicht der Einzige.«

Die Bemerkung kommt von Vater, der plötzlich in der Tür zum Wohnzimmer steht. Er macht ein ernstes Gesicht und ich weiß nicht genau, was los ist.

»Hast du nicht etwas vergessen?«, fragt er.

Die Kaninchen! Ich stehe sofort auf, setze mich aber wieder. Sie hätten schon vor mehreren Stunden gefüttert werden müssen.

»Äh ... nein, ich habe etwas gepflückt«, behaupte ich. »Ich bin nur noch nicht fertig.«

»Das ist doch nicht wahr«, sagt Mutter. »Vater hat nach ihnen gesehen. Sie haben weder zu fressen noch zu trinken bekommen.«

»Ich habe noch etwas ... irgendwo ... in meinem Spielhaus«, stottere ich und esse hastig auf.

Als ich zu den Käfigen komme und die Kaninchen mich sehen, drehen sie sich im Kreis, völlig außer sich vor Erwartung. Aber ich muss sie enttäuschen. Die Säcke sind leer, ich fummele ein bisschen daran herum, während ich darüber nachdenke, was ich tun soll. Bevor es dunkel wird, schaff ich es nicht, noch irgendetwas zu pflücken.

Vater taucht hinter mir auf. Jetzt setzt es einen Anschiss oder Schlimmeres, aber ich habe es verdient.

»Und was willst du jetzt machen?«, fragt er.

Ich weiß es nicht. Ich bin wohl doch noch nicht alt genug, um Tiere zu haben, denke ich. Ich fange an zu weinen.

»Soll ich dir helfen?«

Ich nicke und putze mir die Nase mit meinem Hemdsärmel. Habe ich richtig gehört? Vater bietet mir seine Hilfe an? Hat er denn Zeit dazu?

Er holt eine alte Sense aus der Garage und startet das Milchauto, ich setze mich neben ihn. Wir fahren die Landstraße in Richtung Nustrup. Irgendwie ist dort immer alles üppiger als anderswo. Wenn überall Trockenheit herrscht, wächst das Gras in Nustrup noch immer. Witzigerweise wurden Vater und Mutter hier geboren.

Wir finden einen Grabenrand voller Gras und Kleeblätter. Vater schleift die Sense und fängt an zu mähen. Huitsch, huitsch, ich fülle die Säcke. Nach zehn Minuten haben wir genug. Als wir zurückfahren, fällt kaum ein Wort.

»Ist es schwer, mit einer Sense zu mähen?«, will ich wissen.

»Ja«, sagt er. Und dann, nach einer langen Pause. »Aber so lange es so trocken bleibt, helfe ich dir.«

Als hätte er nicht Sorgen genug, mit dem Laden und überhaupt. Ich habe den besten Vater der Welt und schäme mich, dass ich je etwas anderes gedacht habe.

Bevor wir zu Hause ankommen, fängt es an zu regnen.

Mettes Eltern sind heute Abend ausgegangen, deshalb kümmern wir uns um sie, und natürlich auch um Klaus, denn er ist noch nicht wieder nach Hause gefahren. Ich finde ihn immer besser, aber ich glaube, er findet uns ein bisschen komisch. Als wir zu Abend essen, setzt sich Vater ans Tischende und betet ›Komm Herr Jesus, sei unser Gast‹ und so weiter, wie immer. Und Klaus begreift überhaupt nichts, er hält sich die Händen vor den Mund und prustet: »Was zum Teufel war das denn?«

Vater bekommt einen ganz roten Kopf. Sanne und ich sehen uns erst gegenseitig an und dann Mutter, die noch am besten die Fassung bewahrt.

»In unserer Familie ist es üblich, ein Tischgebet zu sprechen«, sagt sie. Einfach so, mehr nicht. Man kann einem Ferienkind ja schlecht eine Ohrfeige geben.

»Tischgebet?«, wiederholt er und schaut uns ungläubig an.

Aber beim Essen greift er trotzdem zu. Und als Vater nach dem Nachtisch ›Wir danken dem Herrn, denn er ist gut‹ und so weiter betet, sagt Klaus nichts mehr, aber ich glaube, er hat was zu erzählen, wenn er nach Kopenhagen zurückkommt.

Dafür ist er ziemlich scharf auf mein Luftgewehr, und als wir nach dem Essen im Garten spielen, schießt er auf alles, was ihm vor die Flinte kommt, allerdings ohne zu treffen. Vor allem hat er das Problem, Vögel zu treffen, und ich muss ihm ein paar Mal zeigen, wie man es macht: Warten, bis der Vogel sich auf einen Ast gesetzt hat, so nahe wie möglich an ihn heranschleichen, zielen – am besten mit einer Stütze, zum Beispiel einem Baumstamm – und dann abdrücken. Mette mag es nicht, wenn die Vögel herunterfallen, vor allem dann nicht, wenn sie nicht sofort tot sind, sondern noch einen Schuss brauchen. Das lass ich Klaus machen; er setzt den Lauf direkt auf den Vogel und drückt ab, so trifft er wenigstens. Mette sieht weg, aber sie ist ja auch ein Mädchen. Sie legt die Vögel in einer ordentlichen Reihe auf ein Brett und Klaus sagt, sie lägen auf dem ›Lit de parade‹, was auch immer das bedeutet. Er will mir nicht glauben, dass ich mal drei Spatzen auf einmal getroffen habe, aber das stimmt; sie saßen auf einem Futterbrett ganz dicht beieinander. Das Schrot durchbohrte zwei und streifte den Dritten – der sich dann hinter einen Busch schleppte und von einer Katze gefressen wurde.

Als Klaus zum werweißwievielten Mal bei einem Vogel danebenschießt, entdeckt er das Vieh auf Buddes Weide. Und dann fängt er an, auf die Rinder zu schießen. Ich versuche ihn davon abzubringen, weil ich Angst habe, dass Budde mir die Schuld geben wird, wenn er Schrot in seinen Tieren findet; er hat mich nämlich schon ein paar Mal mit dem Luftgewehr im Garten gesehen. Aber die Kühe laufen so weit weg, dass die Schrotkörner an ihnen abprallen. Wenn sie getroffen werden, zucken sie ein bisschen mit dem Bein, wie bei einem Mückenstich, und fressen weiter. Aber dann hat Klaus die verrückte Idee, auf den Stier zu schießen. Der steht in einer eigenen Einfriedung neben den Kühen, und ich glaube, Klaus trifft ihn zwischen den Beinen, dort, wo die Haut am dünnsten ist. Denn plötzlich springt der Stier einen halben Meter in die Luft und schaut sich verwirrt um, er brüllt und stampft auf die Erde – und dann reißt er den Zaun zu den Kühen ein und rennt hinter ihnen her. Nicht um sie zu decken, sondern um sie aufzuspießen. Verängstigt rennen die Kühe davon, eine von ihnen sogar in den Bach. Klaus lacht laut und dröhnend, aber das ist jetzt richtig dumm, denn dadurch wird der Stier auf uns aufmerksam. Er hämmert seine Hörner in den Zaunpfahl, der die Grenze zu unserem Garten bildet, wieder und wieder, und Klaus zielt mit dem Luftgewehr auf ihn ...

Ich bitte Vater, den Fernseher etwas leiser zu stellen, denn ich habe den Eindruck, als könnte ich den Stier noch immer hören, aber vielleicht bilde ich mir das auch nur ein. Klaus weiß nicht einmal, dass man drei Meter vom Bildschirm entfernt zu sitzen hat, wenn man fernsieht. Die komischsten Sachen weiß er nicht und er schämt sich nicht einmal dafür. Bei ihnen zu Hause steht der Apparat so dicht am Sofa, sagt er, dass man nicht aufstehen muss, um umzuschalten. Aber vermutlich schalten sie in Kopenhagen auch häufiger um.

Ich weiß nicht so recht, ob ich heute Abend Lust habe, Lieder zu singen, obwohl Samstag ist, aber Mutter bereitet sich schon darauf vor – und nun kommt auch Sanne aus ihrem Zimmer, um mit uns zu singen. Sanne gefallen unsere Liederabende, warum, weiß ich nicht, denn sonst sehen wir nicht sonderlich viel von ihr. Sie singt auch nicht bei allzu vielen Liedern mit, aber dafür weint sie umso mehr, ja, sie heult manchmal so herzzerreißend, dass sie schon fast über sich selbst erschrocken ist. So weit geht es bei mir dann doch nicht.

Mette ist schon früher an Samstagen bei uns gewesen, sie weiß also, was nun kommt; und Klaus sagt, dass ihn ohnehin nichts mehr überraschen kann. Er kennt die Lieder sowieso nicht – dafür trommelt er aber den Rhythmus auf einer Keksdose mit; und er trommelt ziemlich laut, so laut, dass Vater ihn bittet, einen Moment still zu sein, denn nun kann auch er etwas im Garten hören. Als wir aus dem Küchenfenster schauen, nimmt der Stier gerade mein Spielhaus auf die Hörner. Soweit ich sehen kann, hat er die Kaninchenbauer in Ruhe gelassen, aber Mutter deutet mit offenem Mund auf das, was einmal ein Staudenbeet gewesen ist.

Vater läuft zum Telefon und ruft Budde an; so etwas darf ganz einfach nicht passieren, brüllt er in den Hörer, ob Budde denn überhaupt keine Kontrolle über sein Vieh habe? Als Vater aufgelegt hat, setzt er sich in den Sessel und lächelt auf eine Art, die ich lange nicht mehr bei ihm gesehen habe.

»Was hat er gesagt?«, will ich wissen.

»Er hat sich vorbehaltlos entschuldigt. Und wir werden für alles entschädigt, das ist klar.«

»Vielleicht gibt er ja auch das Milchmannkäppi zurück?«

»Na ja, wieso nicht? Das werde ich ihm sagen: Und übrigens hätte ich gern mein Käppi zurück. Ha!«

Vater grinst über das ganze Gesicht und ich möchte am liebsten mitgrinsen; ich versuche es, aber das Grinsen bleibt mir gewissermaßen im Halse stecken. Klaus und Mette wollen jetzt gern nach Hause.

Als Budde einige Tage später erscheint, um mir die Schrotkörner zurückzubringen, die er aus seinen Kühen gepult hat, lege ich natürlich sofort ein Geständnis ab. Es fällt mir nicht einmal schwer, mich zu entschuldigen, denn ich bin ja dabei gewesen. Und da Klaus wieder in Kopenhagen ist und Mette zu klein, muss ich es halt auf mich nehmen. Aber das Schlimmste ist, mit anzuhören, wie Vater sich bei Budde entschuldigt, weil er ihn am Telefon so angebrüllt hat. Jetzt sind es nicht wir, die mit einer Anzeige drohen, sondern umgekehrt! Was würde Bosack wohl sagen, wenn Budde uns anzeigt, Bosack, mit dem Vater so gut befreundet ist?

Ich erwarte keine Tracht Prügel und tatsächlich passiert auch nichts, denn wenn ich wirklich etwas Schlimmes angestellt habe, verdrischt Vater mich nicht. Dann schaut er mich nur so traurig an, und das ist fast schmerzhafter. Dann habe ich das Gefühl, als würde ihm zur Zeit gar nichts gelingen und ich alles nur noch schlimmer machen. Ich wünschte, ich könnte ihm helfen, aber ich weiß nicht wie. Mutter meint, ich soll einfach nicht mehr daran denken, das seien doch bloß Dummejungenstreiche, sie versteht es einfach nicht. Abends versucht sie Vater zu trösten; sie schenkt ihm ein Glas Wein ein und huscht in einem kurzen Rock vor dem Fernseher hin und her – aber es hilft nicht. Und bei Sanne traut sich Vater keinen Trost mehr zu holen, denn sonst ruft sie unseren großen Bruder an und *der* telefoniert dann mit der Polizei.

Als ich irgendwann abends im Bett liege und erst Sanne und dann Mutter schlafen gehen höre, nicht aber Vater, gehe ich zu ihm hinunter. Ich setze mich auf seinen Schoß, so wie Sanne es früher immer getan hat. Ich bin froh, denn er lässt mich ein bisschen sitzen.

»Müssen wir nicht bald mal wieder nach Nustrup«, schlage ich vor.

»Es hat geregnet«, antwortet er, »die Wiesen sind wieder grün, du kannst selbst etwas für deine Kaninchen pflücken.«

»Ich meine zum Friedhof in Nustrup.«

Das ist nämlich eine Sache, die Vater und ich normalerweise gemeinsam machen und bei der es uns richtig gutgeht. Wir schauen uns die Grabstätten seiner Familie an, jäten zwischen den Pflanzen und harken den Kies, so was eben. Aber vor allem erzählt Vater von seiner Kindheit; es sind zwar jedes Mal die gleichen Geschichten, aber ich höre sie gern, und ihm geht es hinterher besser.

Es gelingt mir sogar, ihn zu überreden; dankbar küsse ich ihn auf die Wange und gehe wieder ins Bett.

Aber als wir am nächsten Tag nach Ladenschluss losfahren, ist es überhaupt nicht so gemütlich wie sonst. Im Auto sagt er kein Wort und auf dem Friedhof ist es auch nicht viel besser.

»Wie war das noch«, frage ich, »wie oft hat es in deiner Kindheit bei euch gebrannt?«

»Dreimal«, antwortet er.

Und dann kommt nichts mehr, er jätet einfach weiter zwischen ein paar Grabsteinen und ich gieße eine Pflanze.

»Und wie viele Kühe habt ihr gehabt?«

»Eine«, antwortet er.

Ich hole in der Gießkanne frisches Wasser, und als ich zurückkomme, säubert er auf allen vieren die Inschrift auf dem Grabstein seines Vaters. Er putzt auch die leere Stelle darunter, wo irgendwann einmal Großmutters Name stehen soll, aber das dauert hoffentlich noch lange.

»Erzähl mir von damals, als Großvater in den Krieg musste«, bitte ich ihn. »Och, Vater, komm schon. Hat er den Schock durch eine Granate schon am ersten Tag an der Front bekommen? Und als sie ihn dann nach Hause schickten, konnte er überhaupt nicht mehr arbeiten? Hat er einfach so auf einem Stuhl gesessen und gegrinst, und Oma musste für andere Leute waschen ... und ... und ...?«

Aber Vater hat sich längst umgedreht und ist zu einem anderen Grab gegangen; jetzt fängt er an, vor sich hin zu pfeifen, bestimmt irgendeinen Schlager, ich finde das eher unpassend.

Auf dem Heimweg im Auto denke ich: Hoffentlich stirbt bald jemand, irgendwer, den wir kennen, damit Vater endlich die Gelegenheit bekommt, das zu tun, was er am besten kann, nämlich eine Grabrede halten. Das ist das Einzige, was ihn aufmuntern kann. Aber zur Zeit stirbt niemand. Neulich hat in der Straße jemand geheiratet und Vater hat aus diesem Anlass wahrscheinlich ein paar Worte gesagt; allerdings bin ich nicht auf der Hochzeit gewesen und weiß es daher nicht so genau. Zu Hause wurde nicht viel darüber gesprochen. Vater ist gut bei Hochzeiten, aber noch besser bei Begräbnissen; vor allem, wenn einer von den Frommen gestorben ist. Leider leben immer weniger von ihnen in der Stadt, sie scheinen auszusterben. Plötzlich kommt mir jemand in den Sinn, der noch am Leben ist. Wenigstens halbwegs.

»Wie geht es eigentlich Tante Didde?«, frage ich ihn.

Vater schaut mich verwundert an, vermutlich ist es das erste Mal, dass ich mich nach ihr erkundige.

»Geht's ihr besser?«

»Ich glaube schon, aber richtig gut geht es ihr nicht«, sagt Vater.

»Glaubst du, sie stirbt?«

»Ob Tante Didde stirbt? Das wollen wir doch nicht hoffen. Wieso?«

»Können wir sie nicht mal besuchen? Wir kommen doch sowieso dort vorbei.«

Ich habe das Gefühl, dass ich keinen ganz schlechten Einfall hatte. Vater denkt ernsthaft darüber nach, er lächelt sogar ein bisschen. Tante Didde ist schon seit vielen Jahren krank, sie lag das ganze Frühjahr über im Krankenhaus und alle glaubten, sie würde sterben, aber auf wundersame Weise ging es ihr plötzlich besser – wie immer. Es ist schon komisch mit ihr, als ob der Herrgott sie nicht haben wollte. Und doch wird sie mit jedem Jahr schwächer und kraftloser, und jetzt hat die Gemeinde ein kleines Haus für sie gefunden, etwas außerhalb der Stadt.

»Wir haben doch nicht mal angerufen«, wendet er ein. »Wieso fällt dir eigentlich plötzlich Tante Didde ein?«

»Ich vermisse sie«, erwidere ich.

»Das ist aber das erste Mal.«

»Ach, lass uns doch, Vater. Nur um zu gucken, wie es ihr geht. Ich glaube, sie würde sich freuen.«

Vater trommelt mit den Fingern auf dem Lenkrad, jetzt ist er kurz davor nachzugeben. Ich setze nach: »Wir kommen doch sowieso vorbei.«

Er sagt: »Wir können ja mal sehen, ob Licht brennt.«

Und natürlich brennt Licht, so spät ist es ja nun auch wieder nicht. Wir klingeln und es dauert eine Ewigkeit, bis sie aufmacht. Sie erschrickt geradezu, als sie uns sieht, aber sie freut sich gewaltig.

»Ihr seid es? Nein, so etwas ...«

»Tag, Didde, wir wollten nur mal nach dir sehen«, sage ich. »Wie geht's dir?«

»Wir sind in Nustrup gewesen«, erklärt Vater, »auf dem Friedhof.«

»Aber kommt doch herein, meine Lieben, nein, so etwas ... kommt ihr einfach vorbei und besucht mich? Das ist aber auch eine Überraschung.«

Sie lässt uns herein. Überall hängen Heiligenbildchen und Kruzifixe, Tante Didde ist eine von den Frommen.

»Und wie geht's dir?«, erkundigt sich jetzt auch Vater.

»Na ja, ich lebe noch«, sagt sie.

Vater und ich beobachten sie und denken das Gleiche, glaube ich: Sie kann jeden Moment tot umfallen. Dünn wie ein Skelett und vor Schmerzen gebeugt steht sie vor uns und lächelt uns an. Außerdem hat sie große blaue Flecken am Kopf, die ich mir überhaupt nicht erklären kann.

»Ja«, sagt sie, »ich sehe fürchterlich aus, ich bin hingefallen.«

»Wie ist denn das passiert?«, erkundige ich mich.

»Mir ist die Bibel aus der Hand geglitten, als ich abends hier gelesen habe, und am nächsten Tag bin ich darüber gestolpert.«

»Du hättest uns anrufen sollen«, sagt Vater.

»Ach, es war nichts Schlimmes, ich wurde mit vier Stichen genäht, aber ich hätte ebenso gut tot sein können. Ach ja, Herr Jesus.«

»Wo bist du denn hingefallen?«, will ich wissen.

Sie zeigt mir die Stelle; und soweit ich sehen kann, muss ihr Kopf nur wenige Zentimeter von der Heizung entfernt auf den Boden geschlagen sein.

»Du bist wohl ein wenig unsicher auf den Beinen?«, frage ich und sie bestätigt es mit einem Seufzer, der mir zu Herzen geht.

Wir setzen uns in ihre kleine dunkle Stube und sitzen dort ein paar Minuten, ohne zu wissen, worüber wir reden sollen; dann schaltet Vater den Fernseher ein. Auf Dänemark gibt es Sport. Ich finde dafür auf dem Wohnzimmertisch etwas Interessantes, nämlich eine Menge unterschiedlicher Pillengläser.

»Ist es nicht schwierig, dir zu merken, welche du wann nehmen musst?«

»Und wie«, antwortet sie. »Und wenn ich die Falsche nehme, ach, dann kann es mir ja so schlecht gehen. Es ist mir schon mal passiert, es war ein Gefühl, als hätte ich mich umgebracht.«

Sie zeigt mir die stärkste Pille und erklärt, dass sie davon eine am Tag nehmen muss. Sie sind klein und hellgrün, sie sehen aus wie Bonbons.

»Guck mal, Vater«. Ich zeige ihm ein paar. »Davon kann man sterben, wenn man zu viele nimmt.«

Er schaut mich entsetzt an und ich stopfe die Pillen hastig zurück ins Glas.

Tante Didde fängt an von der Gemeindeverwaltung zu erzählen, die sie angeblich im Stich gelassen hat, und von der neuen ambulanten Pflegerin, und ich setze mich zu Vater und der Sportsendung. Kurz darauf schläft Tante Didde ein. Sie sieht so nett aus, wie sie dasitzt, das Kinn auf der Brust und die Hände gefaltet. Aber sie schnarcht so laut, dass Vater und ich so gut wie nichts verstehen, was im Fernsehen gesagt wird. Also stehen wir auf und schleichen uns aus der Haustür, ohne sie zu wecken. ›Gottes Friede‹ hängt im Flur – wir ziehen die Tür zu und gehen zum Auto.

»Sie stirbt bald«, sage ich. »Glaubst du nicht, Vater?«

»Das wollen wir doch nicht hoffen«, erwidert er.

Ich zwinkere ihm zu und gebe ihm einen Stoß in die Seite. Er will mir eine Ohrfeige geben, aber ich sehe seine Hand auf mich zukommen und ducke mich. Seine Hand trifft die Wagentür. Er hat sich böse weh getan, darum bleibe ich ganz still stehen, als er mit der anderen zuschlägt.

Dann sind die Sommerferien zu Ende. Aber eigentlich gehe ich ja auch lieber zur Schule; ich finde, dort kann man sich weit besser entspannen als an vielen anderen Orten. Ich sitze da, schaue aus dem Fenster und schöpfe neue Kraft. Inzwischen gelingt es mir auch schon ganz gut, mich auf den Tisch zu legen und ein kleines Nickerchen zu halten – mit dem Kopf auf dem Arm.

Das Gute nach dem Ende der Sommerferien ist, dass es lange dauert, bis wir wieder Noten bekommen. Ich mag es nicht, Noten zu bekommen, und vor allem keine ›Bemerkungen‹. Letztes Jahr bekam ich meine erste Bemerkung, und zwar in Rechnen; ich war so neugierig, was da stand, aber ich konnte die Handschrift des Lehrers nicht lesen. Zur Sicherheit zeigte ich die Bemerkung erst Sanne, bevor Vater und Mutter sie zu sehen bekamen. Sanne hatte kein Problem, sie zu lesen. Dort stand: »Anhaltender, steter Rückschritt«. Vater wurde böse – merkwürdigerweise nicht auf mich, sondern auf den Rechenlehrer – und wollte ihn anrufen, denn er schuldete uns noch das Geld für einen Kasten Bier. Gott sei Dank war er nicht zu Hause, was hätte es auch genutzt? »Anhaltender, steter Rückschritt«. Ich sitze doch hier, ich bin in eine höhere Klasse versetzt worden, ich gehe jetzt in die 6 b – also geht es also doch wohl vorwärts. Jedenfalls bin ich guten Muts. Und Fräulein Port bestimmt auch, ich glaube, sie hat sich gefreut, dass sie uns wieder in Religion unterrichtet.

»Was ist eigentlich eine Seele?«, frage ich sie.

Fräulein Port sieht mich mit so liebevollen Augen an, sie liebt es, wenn ich derartige Fragen stelle, und ich liebe es, wenn sie mich so liebevoll ansieht.

»Das ist eine gute Frage. Gibt es jemanden, der weiß, was eine Seele ist?«, gibt sie die Frage weiter und schaut über die Klasse. Nisse meldet sich. Was um Himmels willen weiß er denn darüber?

»Das ist das, was von uns zurückbleibt, wenn wir sterben«, sagt er.

»Gar nicht so schlecht«, lobt Fräulein Port und ich ärgere mich ein bisschen, denn das hätte ich auch sagen können.

»Ja, und was ist das?«, frage ich noch einmal.

Und nun fängt Fräulein Port an, es zu erklären, sie lässt sich viel Zeit dabei, verweist auf die Bibel und auf die Psalmen, und ich schaue sie mit meinen großen blauen Augen aufmerksam an und halte den Kopf ein wenig schräg, aber in Wahrheit höre ich überhaupt nicht zu. Ich warte nur darauf, dass sie fertig wird und ich weiterfragen kann.

»Und was ist mit den Tieren? Haben die auch eine Seele?«

»Nein«, gibt Nisse zur Antwort. Unglaublich, wie er sich heute beteiligt. »Zumindest Kühe haben keine, das sagt mein Vater, und Hunde auch nicht.«

Und Fräulein Port ist mit ihm einer Meinung. Tiere haben keine Seele, sagt sie.

»Auch Kaninchen nicht?«, frage ich.

Damit bin ich am Ziel, jetzt habe ich gefragt. Es entsteht eine kleine Pause, in der alle mich anschauen – und dann fangen sie in den hinteren Reihen an zu lachen.

»Bleibt nichts von ihnen zurück, wenn sie sterben? Es ist nämlich so, ich habe achtundzwanzig Kaninchen, die in die Kaninchenschlachterei nach Wamdrup sollen, und darum will ich wissen, ob einfach ALLES zu Kaninchenbraten wird oder ob vielleicht irgendwas zurückbleibt ...«

Um mich herum wird das Gelächter immer lauter und Fräulein Port muss mit dem Buch auf ihr Pult schlagen, um für Ruhe zu sorgen.

»Alles, was sich auf der Erde findet, ist Gottes Werk«, sagt sie, »auch Kaninchen, aber nur uns Menschen hat Gott eine Seele gegeben. Nur wir können zwischen Gut und Böse unterscheiden.«

»Ist es böse, ein Tier zu töten?«, frage ich.

»Nicht, wenn es einem Zweck dient«, antwortet sie nach einigem Zögern. »Wenn die Tiere zum Beispiel als Nahrung für uns Menschen dienen, denn ohne Nahrung können wir nicht leben.

»Dann kann es doch auch einem Zweck dienen, einen Menschen zu töten«, sage ich. »Wenn es zum Beispiel einen Krieg gibt, dann muss man doch auf den Feind schießen; oder wenn es sich um Selbstverteidigung handelt oder es um einen Menschen geht, der gar keine Seele hat oder nur eine ganz kleine? Oder um eine ganz alte Person, die ohnehin bald sterben wird, Schmerzen hat und heim zu Gott möchte?«

Ich bin ganz außer Atem und Fräulein Port weiß nicht, wo sie anfangen und wo sie enden soll. Sie sieht mich so erschöpft und bekümmert an, dass ich es kaum ertragen könnte, wenn sie jetzt anfangen würde, mir das alles zu erklären.

»Ist auch egal«, sage ich. »Ich hab' nur so zum Spaß gefragt.«

Dann beginnt der Unterricht, ich lege den Kopf auf den Arm und ruhe mich ein bisschen auf dem Tisch aus.

Gestern war Mette hier und hat sich eines der Kaninchenjungen ausgesucht – übrigens sind es keine Junge mehr, man nennt sie jetzt Jungtiere – und heute besucht sie mich nicht. Sie hat keine Lust zuzusehen, wie der Rest abgeholt wird. Eigentlich hatte ich gehofft, sie würde mir zur Seite stehen, denn um die Wahrheit zu sagen, mag ich es auch nicht besonders. Vater schlägt vor, dass der Bock noch einmal die Zippen decken darf, bevor der Lastwagen von der Schlachterei kommt; er behauptet, das sei eine alte Tradition. Ich finde, es klingt ziemlich einleuchtend und es ist auch rasch überstanden, aber als Vater den Bock zu den jungen Weibchen setzen will, protestiere ich.

»Sollen die in den Tod gehen, ohne zu wissen, was es heißt, gedeckt zu werden?«, fragt er. »Das ist doch Sünde. Und außerdem ist es doch egal, ob sie dann Junge im Bauch haben.«

Aber mir gefällt der Gedanke nicht, schließlich ist der Bock doch der Vater der ganzen Jungtiere. Auch Mutter ist auf meiner Seite und so wird nichts daraus.

In dem Laster sitzen zwei Männer und sie packen jeweils fünf, sechs Kaninchen auf einmal. Das sieht schon ein bisschen brutal aus, denn sie heben die Kaninchen an den Hinterläufen hoch und es ist ihnen egal, wenn sie nur ein Bein erwischen. Ein paar Mal fiept ein Kaninchen wie ein kleines Kind, mir geht das jedes Mal durch Mark und Bein. Ich hätte den armen Kerl auf der Stelle losgelassen, aber das machen die Männer nicht. Kaninchen haben so einen Angstschrei, sagen sie, es ist eine Art Verteidigungsmechanismus, der bei ihnen aber nicht mehr verfängt.

Dann fahren sie davon.

»Nächstes Jahr kannst du von vorn anfangen«, sagt Vater, und ich glaube, er meint es als Trost. Aber es tröstet mich überhaupt nicht, denn ich habe keine Lust, noch einmal zu erleben, was ich gerade erlebt habe. Mutter kommt zu mir und ich stecke meinen Kopf unter ihren Arm, damit niemand sieht, dass ich weine.

Sanne schaut mir beim Abendessen in die Augen und hält den Kopf schief, und schon laufen mir wieder die Tränen. Es hilft auch nichts, dass sie jetzt auch anfängt zu weinen. So wie es aussieht, scheint überhaupt nichts zu helfen, jedenfalls nicht ernsthaft, nicht einmal Gabriel. Sonst versuche ich immer, mit dem Erzengel unter dem Kopfkissen zu schlafen, aber wenn man bloß Tiere verloren hat, zählt das vielleicht nicht, weil die ja keine Seele haben.

Erst als ich den Scheck von der Schlachterei erhalte, geht es mir wieder besser. Er ist höher, als ich erwartet hatte: siebenhundertzweiundfünfzig Kronen! So viel Geld habe ich noch nie besessen. Mutter und Vater sind auch ganz beeindruckt und wollen wissen, wozu ich das Geld denn verwenden will. »Das kommt auf mein Konto und soll Zinsen bringen«, erkläre ich, und eigentlich sollte man doch davon ausgehen, dass sie dies für eine gute Idee halten, aber irgendetwas scheint nicht in Ordnung zu sein. Vater geht spazieren und Mutter setzt sich mit einem Geschirrtuch in der Hand mir gegenüber.

»Ich finde, du solltest Vater die Hälfte des Geldes abgeben«, sagt sie.

»Nie im Leben! Wieso eigentlich?«

»Weil er dir beim Pflücken geholfen hat, als es so trocken war«, sagt sie. »Das erwartet er.«

»Das war nur ein einziger Tag! Er ist nach Nustrup gefahren und hat am Grabenrand mit einer Sense gemäht.«

»Er hat dir aber auch auf andere Art geholfen. Vater kennt sich gut mit Kaninchen aus, du hast eine Menge Ratschläge und Hinweise von ihm bekommen.«

Ich traue meinen Ohren nicht, er kann doch nicht die Hälfte meines Geldes haben wollen! Und wieso fragt er nicht selbst? Wieso muss Mutter fragen?

»Und er kann das Geld tatsächlich gut gebrauchen«, sagt sie schließlich und versetzt dem Geschirrtuch noch eine Extradrehung.

Jetzt wird mir einiges klar, er braucht Geld. Aber trotzdem. Ich habe insgeheim daran gedacht, das Geld für eine Reise nach Sønderborg zu verwenden, um meinen großen Bruder Asger zu besuchen. Und ich wollte Sanne anbieten mitzufahren.

»Er kann hundert bekommen«, sage ich. Aber ich sehe Mutter an, dass es nicht ausreicht. Ich gehe in mein Zimmer und lese Tarzanhefte.

Als Vater zurückkehrt, kommt er direkt in mein Zimmer. Er steht einen Moment in der Tür und erwartet bestimmt, dass ich ihn hereinbitte, aber das mache ich nicht. Schließlich sagt er mit gesenktem Kopf: »Du könntest mir ruhig dreihundert geben.«

»Hundert«, antworte ich mit fester Stimme, »und nicht eine Krone mehr.«

»Du bekommst hier schließlich Kost und Logis. In deinem Alter war ich längst aus dem Haus und musste Geld verdienen! Verzogener Rotzbengel!«

Er knallt die Tür zu, als er geht. Und abends, vor dem Fernseher, versucht er es noch einmal.

»Asger hat mir immer ein bisschen abgegeben, wenn er

Geld für seine Kaninchen bekam. Er hat mir sogar mal fünfhundert geschenkt, da kannst du ihn selbst fragen.«

Ich tue so, als würde ich nicht zuhören, fange aber an weich zu werden.

»Na gut«, bettelt er, »dann wenigstens zweihundert.«

Am nächsten Tag gehe ich auf die Bank. Ich fühle mich wie ein König, als ich nach Hause komme und das Portemonnaie vor Mutter und Vater zücke.

»Du könntest mir ruhig hundertfünfzig geben«, sagt Vater, als ich ihm einen Hundertkronenschein überreiche. »Geizhals.«

Ich habe so etwas ja schon geahnt und deshalb tatsächlich zweihundert Kronen abgehoben, also bekommt er noch fünfzig Kronen zusätzlich. Er freut sich ein bisschen. Und ich bin ein wenig betrübt, denn er scheint wirklich Probleme zu haben. Den letzten Fünfziger gebe ich Mutter, obwohl sie protestiert. Für mich habe ich nichts abgehoben, ich will sparen.

»Unglaublich, sich so zu erniedrigen und seinen elfjährigen Sohn um Geld anzubetteln!«, sagt Sanne, als ich ihr die ganze Geschichte erzähle.

»Das Geschäft scheint nicht sonderlich gut zu laufen«, vermute ich. »Es wäre schön, wenn wir irgendwie helfen könnten.«

Sanne sagt nichts.

Ein paar Tage später höre ich, dass Tante Didde Weihnachten bei uns verbringen soll. Es ist immer ein Problem, wo Didde an Heiligabend hinkommt, in der Familie wechselt man sich ab, und dieses Jahr sind also wir an der Reihe. Ich habe das deutliche Gefühl, dass Mutter und Vater darüber ziemlich verärgert sind, obwohl sie es nicht so direkt sagen.

Auch Sanne ist sauer. Aber Asger kommt nach Hause, und daher denke ich, dass es ganz gemütlich werden wird. Und wer weiß schon, ob Tante Didde bis Weihnachten noch lebt? Vielleicht fällt sie ja noch einmal hin und verletzt sich, noch schlimmer als beim letzten Mal – oder sie nimmt versehentlich zu viele von den falschen Pillen. Es kann so viel passieren. Aber es passiert nicht immer von allein.

»Was wünschst du dir zu Weihnachten, Vater?«

»Nichts«, antwortet er. »Nichts anderes als ein schönes Weihnachtsfest.«

Ich bin bestimmt kein guter Mensch, denn plötzlich sehe ich vor mir, wie Tante Didde hier bei uns umfällt und ihre Seele aushaucht – unter dem Weihnachtsbaum mit all den Päckchen!

KAPITEL 5

Weihnachtsfreude

Tante Didde kommt mit einem Taxi, und sie ist nicht in der Lage, selbst zu gehen, so dass der Fahrer sie den ganzen Weg bis zur Haustür tragen muss. Hier wird sie von Vater und Asger übernommen, die beiden tragen Didde ins Wohnzimmer und legen sie aufs Sofa. Aber der Taxifahrer steht noch immer so merkwürdig in der Tür und wartet. Schließlich sagt er leise und beinahe entschuldigend: »Das macht vierundsechzig Kronen.«

»Didde, du musst das Taxi noch bezahlen«, ruft Vater, aber Didde antwortet nicht, sie liegt da, starrt an die Decke und schnappt nach Luft. Vielleicht hat sie gedacht, dass Vater das Geld vorstreckt, das sähe ihr ähnlich, aber da hat sie sich wohl geirrt.

»Wo hast du dein Geld?«, fragt er und Didde zeigt auf ihre Handtasche. Vater zieht einen Hundertkronenschein heraus und aus dem Augenwinkel sehe ich, dass noch einige Hundertkronenscheine in ihrem Portemonnaie stecken. Das Gerede stimmt also, dass Didde eine gute Schwerbehindertenrente bekommt und es ihr an nichts fehlt. In der Tasche sind sonst nur noch Pillengläser, die ich nacheinander auf dem Sofatisch aufbaue, damit ihre Pillen bereitstehen, wenn sie eine braucht. Sie sieht ein bisschen blass aus, also fange ich schon mal an.

»Musst du nicht eine Pille nehmen, Tante?«

Sie schüttelt den Kopf, zeigt aber auf ein Fenster, das einen Spalt offen steht, und Mutter schließt es hastig. Wer weiß, wer es geöffnet hat; Tante Didde darf jetzt bloß keine Lungenentzündung bekommen, sie hat nämlich keine Widerstandskräfte, das hat ihr Arzt gesagt. An ihrer Stelle wäre ich zu Hause geblieben.

»So, nun essen wir«, sagt Mutter und wir gehen zu Tisch.

Didde isst nicht mit, sie hat keinen Appetit. Das ist nicht weiter schlimm, denn sie redet beim Essen sowieso immer nur über Krankheiten und hat solche Probleme beim Kauen, dass es unappetitlich ist. Und lästig für Mutter, denn hinterher muss sie alles, was Didde angefasst hat, in einem großen Topf auskochen. Tassen und Teller und so, wir wollen uns schließlich nicht mit irgendwas anstecken.

Alles in allem sieht es so aus, als würde es ein schöner Heiliger Abend. Das Essen ist gut, und unter dem Weihnachtsbaum liegen ordentlich viele Geschenken. Mich irritiert allerdings ein bisschen, dass Asger nicht allein gekommen ist. Er hat seine neue Freundin mitgebracht, eine große Blonde mit langen Vorderzähnen. Sie sitzen am Tisch und füttern sich gegenseitig, als wären sie ein paar Vogeljungen; und Mutter schaut sie so zärtlich dabei an, dass ich am liebsten brechen würde. Himmel hilf, und jetzt fängt sie auch noch an, Vater so zu füttern; ich stehe unter Protest auf und setze mich zu den Geschenken. Kurz darauf setzt sich Sanne zu mir. Auch mit dem Nachtisch können sie uns nicht locken, obwohl ich Pfirsich in Sirup eigentlich sehr mag; bei uns gibt's nämlich keinen Mandelreis und kein Geschenk für den, der im Reis die ganze Mandel findet.

»Wie groß ihr geworden seid«, flüstert Tante Didde vom Sofa herüber und schaut Sanne und mich fast ein wenig erschrocken an.

Und wie alt du geworden bist, denke ich mir, aber in Wahrheit ist sie noch gar nicht so alt, sie war nur immer krank.

»Sanne, ich erkenne dich gar nicht wieder. Wie alt bist du denn jetzt?«

»Vierzehn«, antwortet meine Schwester, »bald fünfzehn.«

»Sei vorsichtig«, sagt Tante Didde, »das ist ein gefährliches Alter. Ich bin mit vierzehn schwanger geworden, aber das weißt du sicher.«

»Ich passe auf«, verspricht Sanne.

»Und unser Vater hat mich mit der Peitsche verprügelt, als er es herausfand, aber es half ja nichts. Es war die Peitsche, die er für die Pferde benutzte.«

»Vater hat uns nie geschlagen«, mischt Vater sich plötzlich mit vollem Mund vom Tisch her ein.

»Und als ich Ingelise zur Welt brachte, musste ich allein damit zurechtkommen, ohne Hebamme oder so, denn es sollte ja geheim gehalten werden, versteht ihr. Als sie größer wurde, sollte sie nichts zu essen bekommen. Wenn es nach unserem Vater gegangen wäre, denn wir hatten ja selbst so wenig und sie war schließlich ein uneheliches Kind. Darum musste ich nachts aufstehen und aus der Speisekammer Essen stehlen.«

»Uns wurde niemals etwas verwehrt«, widerspricht Vater. »Wir hatten es gut zu Hause.«

»Ja, das sagst du.«

Es ist immer dasselbe, wenn Tante Didde zu Besuch ist; sie erzählt irgendetwas aus ihrer Kinder- oder Jugendzeit und Vater protestiert. Wenn er von ihrem Elternhaus erzählt, klingt das alles so gemütlich, aber wenn sie erzählt, klingt es wie etwas aus dem Fernsehen, das für Kinder verboten ist. Ich mag Vaters Version ja lieber, und mir gefällt es überhaupt nicht, wenn er sich so auf seinem Stuhl windet. Ich glaube, Asger ist da ganz anders. Er setzt sich zu Didde und fragt sie aus, er will noch mehr Details hören – während Vater versucht, mit der Blonden mit den Vorderzähnen ein Gespräch aufrechtzuerhalten. Es sieht allerdings nicht so aus, als würde es ihm sonderlich gut gelingen, und als er sie mit einem Stück Bratwürstchen füttern will, das er vorher selbst im Mund gehabt hatte, tritt ihm Mutter ans Schienbein.

Nun erzählt Didde Asger von damals, als Mutter mit mir schwanger war, und meine Eltern übereinkamen, das Kind wegmachen zu lassen, weil sie sich weitere Kinder nicht leisten konnten. Ich habe die Geschichte schon mal gehört, aber nicht so, ich muss einfach zuhören: Sie hatten eine Adresse in Toftlund, bei einem Arzt, der solche Sachen für Wucherpreise erledigte, aber ich wusste nicht, dass Vater Mutter die letzten paar Kilometer allein hatte dorthin laufen lassen. Er selbst wartete währenddessen außerhalb des Ortes im Auto, weil er von niemandem erkannt werden wollte. Ich wusste auch nicht, dass es Mutter sehr schwer gefallen war, den Weg zurück zum Wagen zu gehen, weil sie starke Schmerzen im Unterleib hatte.

»Das stimmt ja gar nicht«, sagt Mutter.

»Das hast du doch selbst erzählt«, entgegnet Tante Didde, »sei jetzt ehrlich.«

»Na ja, ich habe gelogen, es fiel mir überhaupt nicht schwer, den Weg zurück zu gehen, denn ich bin ja gar nicht zu dem Quacksalber gegangen. Ich habe mich einfach auf eine Bank gesetzt und mich ausgeruht.«

»Was hast du gemacht?«, fragt Vater. »Kein Wunder, dass es nicht funktioniert hat. Aber wieso hast du gesagt, du hättest Schmerzen?«

Mutter zuckt die Achseln und lächelt; sie benimmt sich jetzt schon ein wenig seltsam.

»Und was ist mit dem Geld, das du dabeihattest? Das hast du wohl behalten?«

Und so gibt es immer Krach, wenn Tante Didde zu Besuch ist, vor allem, wenn Asger dabei ist. Eigentlich endet es immer damit, dass Vater der Leidtragende ist. Mir gefällt das gar nicht. Asger klatscht sich auf die Schenkel vor Lachen, denn in genau dieser Art von Geschichten wühlt er gern herum, doch als Sanne anfängt, am ganzen Körper zu zittern, schleiche ich zum Fenster und öffne es wieder einen Spalt. Ich war es nämlich auch, der das Fenster vorher geöffnet hat.

»Uh nein, ich kann keinen Zug vertragen«, protestiert Didde sofort. Wenn es sein muss, ist sie offenbar hellwach, und wie es aussieht, hat sie durch das Gespräch mit Asger richtig Farbe bekommen.

»Hier zieht's nicht«, sagt Vater, »aber es ist so verqualmt.«

»Mach dieses Fenster wieder zu«, fordert Mutter mich auf und schaut mich dabei streng an, und natürlich gehorche ich. Sanne sieht mich mit so einem merkwürdigen Blick an. Ich glaube, sie weiß, worauf ich es abgesehen habe, aber sie verpetzt mich bestimmt nicht. Nur wird das alles gar nicht so einfach, denn ich habe bereits festgestellt, dass das größte Geschenk unter dem Weihnachtsbaum für mich ist – ausgerechnet von Tante Didde. Und ich habe auch bereits eine Ahnung, um was es sich handeln könnte, nämlich um eine Modelleisenbahn mit Schienen. Die wünsche ich mir schon seit Jahren, aber Vater und Mutter konnten sie sich nicht leisten.

Aber zuerst muss der Tisch abgeräumt werden, das machen die Damen, und dann wird der Weihnachtsbaum angezündet. Das übernimmt Vater, und da der Weihnachtsbaum bis hoch unter die Decke reicht, muss er einen Besenstiel, an dem eine Kerze befestigt ist, benutzen, um die obersten Kerzen anzuzünden. Dann singen wir ›Süßer die Glocken nie klingen‹ – »so ist es ja auch, trotz allem«, seufzt Tante Didde.

Und was soll ich sagen, ich hatte mit der Vermutung über mein Geschenk recht. Es sind Schienen, eine Lokomotive und zwei Anhänger, und ich freue mich so sehr, dass ich zu Tante Didde laufe und ihr einen Kuss auf die Wange gebe. Sie umarmt mich, zieht mich zu sich aufs Sofa und gibt mir den Kuss zurück – auf den Mund! Ich sehe zu, dass ich wegkomme, denn ich bin noch nie so geküsst worden, nicht einmal von Mutter. Es ist so eklig, dass es fast schon wieder interessant ist. Ein bisschen, als würde man einen Frosch küssen.

»Ich liebe diesen Jungen«, sagt sie zu Mutter, beinahe entschuldigend.

»Er mag dich auch sehr«, erwidert Mutter.

»Und ein Transformator!«, rufe ich.

Die anderen Geschenke sind auch toll, sie sind zwar nicht größer als gewöhnlich, aber auch nicht kleiner, und ich hatte Letzteres befürchtet. Ich habe nur sehr kleine Geschenke verteilt und kann mir vorstellen, dass der ein oder andere jetzt vielleicht enttäuscht ist, weil ich doch Geld auf der Bank habe. Aber da bleibt's ja nicht, wenn ich es einfach so rechts und links verteile. Und wenn ich's mal zusammenrechne, habe ich nicht annähernd so viel Geld ausgegeben, wie ich an Geschenken bekommen habe. So soll es doch sein.

Vater ist auch zufrieden, er hat von seiner Mutter ein Paar rote Wollstrümpfe bekommen – genau solche haben ihm gefehlt. Er lässt sie herumgehen, damit wir alle sehen können, wie schön sie sind. Tante Didde lacht heiser, sie ist offenbar anderer Ansicht. Mutter sagt nichts.

»Oma hat sie selbst gestrickt«, sagt er.

Als er sie anzieht, sind sie viel zu klein.

»Es ist der Gedanke, der zählt«, meint er.

»Wieso besucht Oma euch eigentlich nie zu Weihnachten?«, fragt Didde.

»Sie hat viele Kinder, sie kann ja nicht überall gleichzeitig sein«, gibt Vater ihr zur Antwort. »Sie kommt nächstes Jahr. Das ist ganz sicher, sie hat es versprochen.«

Er behält die Strümpfe an, obwohl sie sich gerade mal über die Hacken ziehen lassen. Dann lacht Didde noch einmal heiser auf und schaut mich an; ich weiß nicht, was dieser Blick bedeuten soll.

Wir singen noch ein paar Weihnachtslieder, das heißt, Vater singt nicht mit. Er hält mit beiden Händen den langen Besenstiel zwischen den Beinen und bewegt ihn im Takt der Musik, während er den Weihnachtsliedern zuhört und ihm die Tränen übers Gesicht fließen.

Was im Laufe des Abends sonst noch passiert, weiß ich nicht so genau, denn ich muss ehrlich zugeben, dass ich vollkommen davon in Anspruch genommen bin, mit meinem Zug zu spielen. Ich verlege die Schienen rund um den Baum und lasse den Zug durch die Winterlandschaft fahren, die Vater jedes Jahr zu Weihnachten bastelt. Sie ist einfach wunderschön, mit Wichteln auf Watte und wilden Tieren im Moos – und dann vorbei an der Krippe mit dem Jesuskind in Bethlehem. Darüber lacht Asgers Freundin lange; sie behauptet, dass die Eisenbahn noch gar nicht erfunden war, als Jesus geboren wurde, aber ich weiß überhaupt nicht, wieso sie sich da einzumischen hat. Viel schlimmer ist, dass sie jetzt auf Asgers Schoß sitzt, herumpoussiert und auch nicht aufhört, als Vater aus dem Weihnachtsevangelium liest. Übrigens ist das so eine Sache mit dem Weihnachtsevangelium, denn Vater findet nie die richtige Stelle in der Bibel und Asger muss ihm jedes Mal helfen. Und da Asger ein Witzbold ist, lässt er Vater die merkwürdigsten Stellen lesen, zum Beispiel aus dem Buch der Propheten. Diesmal ist es angeblich die richtige Stelle, aber man weiß nie, und Vater hört plötzlich auf und erklärt, es würde etwas fehlen.

»Da fehlt nichts«, behauptet Asger.

Aber kurz darauf passiert dasselbe noch einmal. Vater unterbricht sich, ihm steht der Schweiß auf der Stirn.

»Das ist nicht so, wie es sein soll«, sagt er.

»Das hat aber nichts mit dem Text zu tun«, meint Asger. »Ich glaube, es liegt daran, dass du diese Stelle schon viel zu oft gelesen hast; sie klingt einfach nicht mehr so wie früher.«

Ich verstehe nicht, worüber er redet. Was Tante Didde angeht, geht es ihr zusehends besser, und als wir gute Nacht sagen, erklärt sie, dies wäre der schönste Weihnachtsabend, den sie je erlebt hätte. Und dann schluckt sie eine Handvoll Pillen und legt sich zum Schlafen aufs Sofa.

»Hast du auch die kleinen hellgrünen genommen?«, erkundige ich mich.

»Jaja«, antwortet sie.

»Bist du sicher?« Aber sie hat keinerlei Zweifel und lächelt mir dankbar zu, weil ich »mich so um sie kümmere«. Sie ist eine merkwürdige Frau, doch es gibt nicht viele Leute, die ein derartiges Vertrauen zu mir haben – und darum ist es in gewisser Weise auch wieder so schwer.

Als ich ins Bett gehe, kommt es mir vor, als würde Vater mich ziemlich enttäuscht ansehen, als hätte er erwartet, dass ich noch irgendetwas aus dem Ärmel schüttle. Vielleicht bilde ich mir das aber auch nur ein.

Am ersten Weihnachtstag ist in der Gaststätte immer das Weihnachtsbaumfest. Vater verkleidet sich als Weihnachtsmann und ich bin ein Weihnachtswichtel, und dann fassen wir uns bei den Händen, gehen hinein und verteilen Weihnachtsgeschenke. Die Geschenke sind Tüten mit Süßigkeiten, die Vater in einem Sack auf dem Rücken trägt, und natürlich sind sie nur für die Kinder gedacht – und zwar nur für die Kinder, deren Eltern Mitglied bei ›Frohe Weihnachten‹ sind. Aber es sind ohnehin nie andere da, schließlich arrangiert der Verein ›Frohe Weihnachten‹ das Fest und lädt dazu ein, aber man weiß ja nie. Zur Sicherheit liest Vater immer die Namen laut vor und nennt die Zahl der Kinder, bevor ich die Tüten austeile. Wenn man nicht viel Geld hat, und davon gibt es bei uns in der Stadt einige, ist es eine gute Idee, Mitglied von ›Frohe Weihnachten‹ zu werden. Dann kommt nämlich einmal im Monat jemand vorbei und sammelt Geld bei den Mitgliedern ein, und natürlich wird notiert, wer wie viel zahlt; das Geld kommt dann auf die Bank. Zu Weihnachten bekommt man das Geld dann ausbezahlt und von den Zinsen werden das Weihnachtsbaumfest veranstaltet und die Tüten mit den Süßigkeiten verteilt. Die Tüten werden übrigens bei uns im Laden gekauft, denn Vater ist im Vorstand des Vereins, er verdient also auch ein bisschen daran. Außerdem ist er der Weihnachtsmann und ich glaube, es macht ihm auch Spaß. Aber was soll ich sagen, Der Warming sitzt auch im Vorstand und ist schon ein paar Mal Weihnachtsmann bei Kaufmann Frisk gewesen. Frisk ist offenbar so eingebildet, seit er erweitert hat, dass er ein eigenes kleines Fest für seine Kundschaft veranstaltet und seine eigenen Tüten mit Süßigkeiten verteilt. Man könnte sich nun darüber wundern, dass er nicht Vater angerufen hat, weil er doch der Weihnachtsmann hier im Ort ist, aber so ist es nun mal. Auf der letzten Vorstandssitzung des Vereins war Der Warming so frech und hat gefragt, ob es denn jedes Jahr derselbe

Weihnachtsmann sein müsse. Vielleicht könnte er jetzt mal Weihnachtsmann sein, vielleicht sollte er sich mit Vater abwechseln. Ich bin mir da nicht so sicher. Der Warming ist groß und schlank und sieht überhaupt nicht aus wie ein Weihnachtsmann – nicht wie beispielsweise mein Vater, der klein und dick ist. Aber solche Argumente ziehen bei Der Warming nicht. Und dann hat der Vereinsvorsitzende beschlossen, dass sie beide Weihnachtsmänner sein können. Der Warming ist damit völlig einverstanden, aber Vater schäumt. Zum Himmel noch mal, es kann doch nicht zwei Weihnachtsmänner in der Stadt geben, sagt er, und ich gebe ihm da völlig recht – es gibt ja auch nur einen Wichtel, jedenfalls beim Weihnachtsbaumfest, und das bin ich.

Vater und ich kommen ein wenig später als sonst und ziehen uns im ersten Stock um, dann setzen wir uns hin und warten. Durch ein kleines Fenster können wir hinunter in den Saal sehen. Die Gäste trudeln allmählich ein, den Erwachsenen wird Kaffee und Kuchen serviert und Frau Simonsen spielt auf der Hammondorgel. Dann fangen die Kinder an, um den Weihnachtsbaum zu tanzen. Vater und ich sind ja der Ansicht, dass das dem Fest ein bisschen von seiner Feierlichkeit nimmt, denn was hat die Geburt Jesu mit Tanz und irgendwelchem Zirkus zu tun? Aber egal, Vater und ich müssen ja nicht alles bestimmen. Als wir nun so dasitzen und ich schon anfange aus meiner Tüte die Süßigkeiten zu naschen, kommt Der Warming mit seinem Kostüm und beginnt sich umzuziehen. Er setzt sich neben uns, als wären wir die besten Freunde, und will sich mit uns absprechen, wie wir vorgehen wollen, wenn wir hinunterkommen, aber natürlich reden wir nicht mit ihm. Wie hat er sich das eigentlich vorgestellt? Zwei Weihnachtsmänner? Als das Fest im Saal seinen Höhepunkt erreicht und Frau Simonsen uns ein Zeichen gibt, stehen Vater und ich wie auf Kommando auf und gehen auf den Balkon. Jetzt kann man Vater ungefähr vom Nabel ab aufwärts sehen, von mir sieht man wahrscheinlich lediglich den Kopf. Wir winken und gehen auf dem Balkon bis zu der breiten Treppe, auf der wir dann in voller Größe zu sehen sein werden – aber Der Warming ist uns auf den Fersen und versucht uns zu überholen. Vater drückt meine Hand so fest, dass ich beinahe aufschreie und Tarzan um Hilfe anflehe – und als Der Warming sich regelrecht zwischen uns drängelt, stelle ich ihm ein Bein. Ich mache es, kurz bevor wir die Treppe erreichen, genau in dem Moment, wo es niemand sieht, denn hier auf dem Balkon kann man unsere Beine nicht sehen; alles, was die Leute sehen, ist, wie Der Warming stolpert und fällt – und Hals über Kopf die Treppe hinunterrollt. Es sieht aus, als würde er ins Unendliche fallen – die Elektroorgel bricht ab und die Leute hören auf zu singen; Vater und ich stehen oben auf der Treppe und schauen hinunter. Schließlich schlägt Der Warming mit einem lauten und unheilverkündenden Bums mit dem Hinterkopf auf den Boden.

Vater läuft hinunter und beugt sich über ihn, hebt ihn hoch und trägt ihn zu einem Tisch. Ich sehe, dass der Kopf von Der Warming hin und her baumelt und ihm aus dem Mund Blut über den Weihnachtsmannbart läuft. Vater ruft nach einem Krankenwagen und die Erwachsenen bilden einen Ring und halten uns Kinder zurück, denn es sieht wirklich nicht schön aus. Bevor der Krankenwagen kommt, hat Vater mehrmals bei Warming den Puls gefühlt – das kann Vater nämlich, er fühlt mir auch immer den Puls, wenn ich Fieber habe, darin ist er ein richtiger Experte –, aber ich glaube, diesmal gibt's gar keinen Puls, denn Vater lässt den Kopf so merkwürdig hängen, ein Weihnachtsmann über dem anderen. Die Sanitäter kommen kaum durch, doch dann schiebt Vater die Leute beiseite und sagt mit lauter Stimme: »Habt ihr denn keinen Respekt vor dem Tod?« Damit verscheucht er sie schließlich. Vater hat die Macht über die Worte.

»Wie ist das bloß passiert?«, fragt Frau Warming mehrfach und schaut Vater und mich dabei an.

Die arme Frau ist vollkommen außer sich, und ich will schon ein Geständnis ablegen, denn mir wird allmählich klar, dass es ja meine Schuld ist, meine und vielleicht ein bisschen Tarzans, aber Vater schneidet mir das Wort ab und sagt: »Er stolperte über seine eigenen Beine.«

Es scheint, als würde sie uns nicht ganz trauen, aber nun kommen uns andere Gäste zu Hilfe.

»Er stolperte und fiel, Frau Warming.«

»Er stolperte und fiel«, wiederholt sie, und wahrscheinlich müsste man es ihr wohl buchstabieren, damit sie es versteht. Herrgott, sie weiß nicht, wie ihr geschieht; und ich bete, dass der Erzengel Gabriel sie trösten möge.

»Ob er auf Schmerzensgeld aus war?«, wird hinter uns gefragt, aber niemand antwortet, denn es ist eine ziemlich unpassende Frage. Ich glaube trotzdem, dass den meisten Ähnliches durch den Kopf geht; Der Warming war ja bekannt dafür, dass er absichtlich zu Schaden kam, allerdings hatte er wohl nicht damit gerechnet, *so* unglücklich zu fallen.

Als der Krankenwagen mit Herrn und Frau Warming abgefahren ist, schlagen ein paar Eltern vor, das Fest fortzusetzen. »Wegen der Kinder«, wie sie sagen. Aber da schlägt Vater auf den Tisch und sagt nein. Wir können jetzt nicht einfach so weitermachen, denn »es gibt jemanden unter uns, der nicht mehr da ist«, wie er sagt, und also ist das Fest zu Ende. Dann packt er mich plötzlich und zerrt mich auf die Toilette.

»Was ist denn?«, frage ich.

»Hast du Bauchschmerzen?«

Ich weiß nicht, wovon er spricht, doch er knöpft mein Wichtelkostüm auf und zieht es herunter – und zu meiner eigenen Überraschung sehe ich, dass ich mir in die Hose gekackt habe. Ich begreife es nicht, es ist viele Jahre her, seit so etwas das letzte Mal passiert ist, und dann noch, ohne es selbst zu merken! Aber Vater schimpft überhaupt nicht, das ist richtig nett von ihm. Er hilft mir sogar, das Schlimmste zu entfernen und wischt mich mit Toilettenpapier ab, dann gehen wir zurück in den Saal. Es ist kaum noch jemand da, nur noch die aus dem Vorstand, die anderen Gäste stehen vor dem Lokal und wissen nicht recht, ob sie bleiben oder gehen sollen.

Vater schlägt vor, ein Gebet zu sprechen, und wir setzen uns alle an den Tisch und falten die Hände. Ich höre nicht, was Vater sagt, denn ich will es nicht hören; ich denke daran, dass ich Mutter erzählen werde, was ich getan habe, wenn wir heim kommen, danach werde ich mich bestimmt besser fühlen. Es war doch keine Absicht, den Warming umzubringen, er sollte Vater und mir nur nicht das Fest kaputtmachen. Denn wie Vater richtig sagt, ist in der Stadt nur für einen Weihnachtsmann Platz. Hauptsache, Mutter versteht das.

Als Vater und ich uns verabschieden, wissen wir nicht genau, was wir mit den Tüten mit Süßigkeiten machen sollen. Wir konnten sie ja nicht mehr verteilen. Aber wir können sie doch auch nicht hier liegen lassen, daher schlägt der Vorsitzende von ›Frohe Weihnachten‹ vor, dass wir sie für eine spätere Gelegenheit wieder mitnehmen. Ich nehme den Sack über die Schulter und gehe voraus, ein Stück dahinter folgt Vater.

»Kannst du die Süßigkeiten nicht noch mal verkaufen?«,

frage ich ihn, denn so könnten wir ja zweimal daran verdienen.

Aber eigentlich glaube ich nicht daran. Jedenfalls antwortet Vater nicht auf meine Frage.

Es ist gar nicht so einfach, Mutter zu erzählen, was passiert ist. Ich habe das Gefühl, als wollte Vater uns immer wieder stören, und ich muss schon allein mit ihr sein. Erst als sie mich abends ins Bett bringt, ergibt sich die Gelegenheit.

»Ich muss dir etwas erzählen, Mutter«, sage ich.

»Ich weiß es bereits«, antwortet sie und streicht mir übers Haar.

»Du weißt es?«

»Ja, Vater hat es mir erzählt. Und ich verstehe gut, dass es dir nicht gutgeht.«

Sie weiß es und versteht es, sie streicht mir sogar übers Haar! Sie hat mir bereits vergeben. Das klingt fast zu schön, um wahr zu sein, vielleicht ist es besser, ich bin vorsichtig.

»Was hat Vater denn erzählt?«

»Warming hat versucht, an euch vorbeizukommen, aber es gab nicht genügend Platz, und dann ist er über dein Bein gestolpert. Es war seine eigene Schuld.«

»Wirklich?«, frage ich.

»Was sonst? Oder hast du versucht, ihm ein Bein zu stellen?«

Mutter lächelt so breit und herzlich, dass ich es nicht über mich bringe, ja zu sagen, denn das würde jetzt einfach zu merkwürdig klingen. Und ich glaube, dann würde Mutter mich nicht mehr anlächeln. Wenn sie mir überhaupt glauben würde. Ich beschließe, dass Vaters Erklärung richtig ist. Sie kommt der Wahrheit jedenfalls ziemlich nah. Vielleicht ist es in Wirklichkeit ja auch so passiert? Ich versuche mich noch einmal an alles zu erinnern, bevor ich einschlafe, aber am Ende bin ich ganz durcheinander und schleiche mich hinüber zu Sanne.

»Es ist etwas Furchtbares passiert«, sage ich. »Ich habe Der Warming umgebracht und ich habe es mit Absicht getan; ich habe ihm ein Bein gestellt.«

»Wolltest du, dass er stirbt?«, fragt Sanne.

Und über diese Frage bin ich nun gänzlich verwirrt.

»Ich wollte ihn nicht gerade umbringen«, sage ich. »Aber ich wollte auch nicht, dass er nicht stirbt, ich wollte ihn einfach nur aufhalten. So wie man sich beim Fußball ein Bein stellt, im Strafraum. Es gab nur keinen Schiedsrichter, der gepfiffen hat.«

»Vater war dabei. Er wird's doch gesehen haben.«

»Vielleicht nicht«, sage ich.

»Vielleicht doch«, sagt sie.

Es ist seltsam, manchmal ist Sanne die Vernünftigste, mit der man reden kann. Und plötzlich ist es dann wieder so, dass man sie überhaupt nicht erreichen kann, als ob sie da ist und doch nicht da ist. Aber jetzt im Moment ist sie da.

»Darf ich bei dir schlafen?«, bitte ich sie, und als Antwort macht sie mir Platz im Bett.

»In meinem Kopf geht alles durcheinander.«

Sie reicht mir das Glas mit Tabletten, das unter dem Bett steht. Ich lese auf dem Etikett: gegen Unruhe. Dann stimmt es also, sie bekommt nicht nur Tabletten gegen Heuschnupfen. Und das mit dem Fernsehinterview in England war vielleicht auch die Wahrheit? Aber es ist jetzt schon ziemlich lange her, dass sie mir davon erzählt hat, und seither ist sie nicht weg gewesen. Doch jetzt geht es um mich. Ich schlucke eine Tablette und kuschele mich an sie.

»Es gibt keinen Schiedsrichter, der pfeift«, sage ich.

Der Warmings Beerdigung ist eine der besten Beerdigungen, an denen Vater und ich je teilgenommen haben. Sie hat alles, was bei einer Beerdigung dazugehört: Sie ist feierlich, bedrückend und hysterisch zugleich – und hinterher gibt es eine große Tafel Schokolade für mich und eine Zigarre für Vater. Vaters Rede ist vielleicht die beste, die er bisher gehalten hat; und obwohl ich nicht richtig zuhöre, sehe ich, wie seine Worte ankommen. Frau Warming wirft sich schreiend über den Sarg und der Kirchendiener muss sie fortbringen. Zwei Minuten später ist sie wieder da und wirft sich erneut auf den Sarg – und so geht es hin und her, ich weiß nicht, wie oft. Aber Frau Warming kommt auch aus dem Harz und da hat man keine Angst, seine Gefühle zu zeigen. Wir können das jedenfalls nicht so recht nachvollziehen.

Ich wäre ja zu Hause geblieben, wenn Vater es mir erlaubt hätte, denn ständig sehe ich vor mir, wie ich Der Warming ein Bein stelle – und er die Treppe hinunterfällt und mit dem Hinterkopf auf den Boden knallt. Ich weiß nicht, mit wem ich darüber sprechen soll. Außer mit Sanne natürlich, gerade jetzt ist sie eine große Hilfe, denn sie erinnert mich immer wieder daran, dass es doch nicht meine Absicht gewesen ist, Warming umzubringen. Es ist gut, daran erinnert zu werden. Und Sanne ist sogar zu der Beerdigung mitgekommen, das macht sie sonst nie.

»Was hat er gesagt?«, frage ich Sanne, nachdem Vater seine Rede gehalten hat. Sanne hat nämlich keine Angst zuzuhören, aber sie muss ja auch nicht danebenstehen und Vaters Hand halten.

»Er hat gesagt, dass er sich schäme«, sagt sie. »Einen Teil der Schuld, dass es so kam, wie es gekommen ist, hat er auf sich genommen.«

»Aber er hat doch gar nichts gemacht.«

»Er hätte Warming seinen Willen lassen sollen. Herrgott, wenn er doch so gern Weihnachtsmann sein wollte.«

»Das hat Vater gesagt? Das meint er doch nicht im Ernst!«

»Nein, aber das hat er gesagt. Und ich glaube, es war klug von ihm. Vater ist ja nicht dumm, oder?«

Sie hat recht. Der Warming war ein Mann, über den sich viele lustig gemacht haben, er war so etwas wie der Dorftrottel, aber das ist er heute nicht – dank Vater. Vater hat ihm zu Ehre und Würde verholfen, und das ist immer sympathisch. Den Rest erledigt der Totengräber.

»Na ja, stimmt schon«, antworte ich.

Ein Mann, den ich nicht kenne, den ich aber schon oft bei Beerdigungen gesehen habe, gibt Vater die Hand und lobt die Rede. Er sagt irgendetwas, dass es angenehm sei, einem Mann zuzuhören, der sich nicht besser macht, als er ist. Und dann zieht er Vater ein Stück beiseite und ich verstehe sie nicht mehr. Aber Vater nickt und gibt ihm noch einmal die Hand.

»Wer war das?«, frage ich ihn.

»Jemand aus dem Kirchenvorstand. Sie fragen an, ob ich nicht Lust hätte, mich bei der nächsten Wahl aufstellen zu lassen.«

»Kirchenvorstand«, wiederhole ich und weiß nicht so genau, was das ist, aber offensichtlich ist es etwas sehr Angesehenes.

Sogar Mutter ist beeindruckt, als sie davon erfährt. Sie sitzt auf einer Bank und hält Frau Warming im Arm, und es ist schon ein wenig unpassend, dass Vater mit dieser Nachricht hineinplatzt. Aber Frau Warming versteht das durchaus und beglückwünscht Vater.

»Kann ich in diesen Rat mitkommen?«, erkundige ich mich.

»Nein«, sagt er. Und kurz darauf: »Leider. Außerdem muss ich ja erst noch gewählt werden. Aber es müsste doch …«

Und dann lächelt er eines dieser seltenen Lächeln, das mir verrät, dass wir einer guten Zukunft entgegengehen.

Sorgen macht mir nur, dass ich Sanne erzählt habe, was passiert ist. Denn zwischendurch, wenn sie ihre Anfälle bekommt und am ganzen Körper zittert, sagt sie oft so merkwürdige Sachen. Wenn sie mich bloß nicht verrät. Ich habe bemerkt, dass sie sich im Schulhof häufig von den anderen absondert und flüstert – ich weiß nicht, mit wem oder über was. Und neulich, als wir nach der Schule nach Hause radelten, fragte sie: »Wer ist der Nächste?«

Erst habe ich gar nicht verstanden, worüber sie redete.

»Der Erste war Warming, wer ist jetzt dran?«

»Aber das war doch nicht mit Absicht«, sage ich. »Das hast du mir doch auch immer wieder gesagt.«

»Natürlich nicht«, erwidert sie und zwinkert mir zu, als wüsste sie es besser.

Ich fahre ihr davon, ich habe keine Lust, mit ihr zu reden, wenn sie in dieser Verfassung ist; und als ich nach Hause komme, laufe ich zu meinem Spielhaus. Es ist nicht mehr dasselbe Spielhaus, seit der Stier darauf losgegangen ist, aber ich habe es so gut es ging repariert. Und außerdem habe ich hier ein kleines Geheimnis: Als die Männer von der Kaninchenschlachterei kamen, habe ich eins der Kaninchen aus dem Käfig genommen und hier versteckt. Ich habe niemanden um Erlaubnis gefragt, aber ich glaube, Vater und Mutter wissen es längst, nur sagen sie nichts. Das Kaninchen füttere ich mit Küchenabfällen, ab und zu bekommt es auch eine

Karotte, und dann unternehmen wir einen kleinen Spaziergang im Schnee, das gefällt ihm sehr. Bei diesen Spaziergängen habe ich das Gefühl, als gäbe es nicht sehr viele andere Dinge auf der Welt, die von Bedeutung sind. Aber heute ist das anders, denn Sanne ist mir gefolgt, und nun steht sie hinter mir und hat mehrere Fragen.

»Was ist mit Tante Didde? Sie ist eine Pest für Vater und sie ist eine von den Frommen. Ich werde dir helfen.«

»Mir helfen, wobei denn?«

»Das weißt du genau. Wir könnten sie zusammen besuchen, nur wir beide, und du hältst Wache.«

»Sanne«, sage ich, »geh auf dein Zimmer und nimm ein paar von deinen Tabletten. Du spinnst doch, wir machen überhaupt nichts mit Tante Didde!«

Sie schaut mich an, als hätte ich sie im Stich gelassen; doch dann lacht sie plötzlich laut und herzhaft auf und geht.

Ein paar Wochen später erhält Vater einen Anruf: Didde ist krank, diesmal ist es ernst. Einen Augenblick glaube ich, Sanne sei bei ihr gewesen, aber so klingt es nicht. Als Vater sich auf den Weg macht, darf ich mitfahren. Ich war schon häufiger dabei, wenn es darum ging, Abschied von Tante Didde zu nehmen; es ist immer ziemlich gemütlich, zum Beispiel wird normalerweise Karten gespielt. Es klingt vielleicht ein bisschen komisch, dass man am Sterbebett Karten spielt, aber ich finde das gar nicht, weil sich so was ganz schön hinziehen kann. Und womit sollen die Männer sich denn beschäftigen? Die Frauen schwatzen und halten die Hand der Kranken, aber Männern wird das schnell ein bisschen langweilig, jedenfalls Vater und seinen Brüdern. Also spielen sie Skat und ich darf neben Vater sitzen und sein Geld zählen. Mir macht das richtig Spaß, vor allem, wenn

Vater gewinnt. Beim letzten Mal hat er fast hundert Kronen gewonnen und ich glaube, er hätte noch mehr gewonnen, wenn Tante Didde nicht plötzlich aufgewacht wäre und es ihr nicht viel besser gegangen wäre. Diesmal könnte es jedoch ernst sein, verstehe ich, und fast hoffe ich es, denn dann wird Sanne sicher nicht mehr vorschlagen, dass wir Ditte umbringen.

Als wir ankommen, hören wir bis auf die Straße, wie Didde nach Luft ringt. Mich erschreckt das nicht, denn so was habe ich schon mal gehört; Sterbende machen einen größeren Krach, als man denkt. Es ist eher die Stimmung, die ich nicht mag, als wir in ihr Schlafzimmer kommen. All diese Onkel und Tanten, die um die Kranke herumsitzen, einer todernster und bedrückter als der andere. Vor allem Oma ist unglücklich. Sie ist über siebzig, strotzt aber vor Gesundheit; sie sitzt aufrecht auf einem Stuhl, obwohl sie weint.

»Es ist nicht natürlich«, schluchzt sie, »dass ein Kind vor einem selbst stirbt. Das ist nicht natürlich.«

Vater legt ihr eine Hand auf die Schulter, um sie zu trösten, aber irgendwie hilft es nicht. Kurz darauf zieht er sie wieder zurück. Er hat die roten Wollsocken angezogen, die ihm Oma zu Weihnachten geschenkt hat. Ich weiß allerdings nicht, ob es außer mir noch jemand bemerkt.

Tante Didde sieht tatsächlich so aus, als wäre sie tot, sie liegt vollkommen regungslos im Bett und atmet auch nicht mehr. Aber dann fängt sie wieder an und es pfeift und rasselt in ihren Lungen, dass ich nach nebenan ins Wohnzimmer gehe. Vielleicht hat sie ja doch eine Lungenentzündung bekommen?

Es dauert nicht lange, bis die Stimmung besser ist. Die Erwachsenen setzen sich ins Wohnzimmer und sehen fern, abwechselnd gehen sie zu der Kranken und halten ihr die Hand. Diddes Keuchen wird vom Fernseher weitgehend übertönt und auch die Unterhaltung trägt ihren Teil dazu bei. Es wird über Wind und Wetter geredet, über alles Mögliche, nur nicht darüber, warum man gekommen ist; ich glaube, das geschieht aus Höflichkeit – man weiß ja nicht, wie viel Didde noch mitbekommt. Dann kommen noch Onkel Dres und Tante Signe und damit ist die Familie vollzählig.

Die Frauen holen ihr Strickzeug raus, die Männer räumen den Wohnzimmertisch ab und machen es sich bequem. Mit dabei sind Onkel Sigurd, Onkel Kedde, Onkel Dres und Vater. Ich setze mich neben Vater, der die Karten aus der Tasche holt und Kedde gibt. Kedde fängt an zu mischen. Als sie reizen, geht das flüsternd vor sich, beinahe so, als seien sie in Gedanken ganz woanders. Aber das stimmt gar nicht, alle wollen sie unbedingt gewinnen, so wie immer. Ich sehe es an ihren Augen. Ein bisschen auch an den Händen, aber am meisten an den Augen. Nach einer Weile haut Sigurd plötzlich mit der Hand auf den Tisch, dass die Kaffeetassen klirren, aber da erinnert ihn Vater daran, wo er sich befindet und Sigurd wird ziemlich verlegen. Kurz darauf schreit Kedde zu laut und wird niedergezischt; und dann fängt Vater an zu lachen, als er einen wichtigen Stich nach Hause bringt. Doch allmählich sind sie es leid, sich die ganze Zeit »psst« zuzuzischen; sie spielen, wie sie es gewohnt sind, und das heißt, sie schreien, fluchen und schimpfen, wenn sie verlieren, und lachen schallend, wenn sie gewinnen. Ich stapele Vaters Geld in kleine Häufchen, bezahle, wenn er verliert und nehme entgegen, wenn es gut gelaufen ist. Heute Abend gewinnt Vater nicht, er hat bereits einen Fünfziger verloren, aber vielleicht fällt es ihm ja tatsächlich schwer, sich zu konzentrieren. Mitten in einem Spiel schmeißt er plötzlich die

Karten hin und geht zu Didde ins Schlafzimmer. Die anderen begreifen gar nichts, aber als Vater kurz darauf zurückkommt, entschuldigt er sich damit, dass er glaubte, gehört zu haben, wie Didde ihren letzten Atemzug tat.

»Nicht etwa, weil du dabei warst zu verlieren?«, fragt Sigurd.

»Ich hatte gute Karten«, erwidert Vater

»Du hattest ein Scheißblatt«, behauptet Kedde, der Vaters Karten vom Boden aufgesammelt hat, doch dann kommt Oma und macht »psst«. Und nun sitzen sie mit eingezogenen Köpfen am Tisch, so wie wir manchmal in der Schule, aber es dauert nicht lang, dann werden die Karten wieder gemischt und ausgeteilt.

Mit einem Mal klingt es wirklich so, als würde Didde jeden Moment sterben, sie gibt ein Keuchen von sich, das regelrecht weh tut, und hält die Luft an. Kurz darauf keucht sie erneut und stöhnt laut.

»Sie hat Schmerzen«, sagt Oma, » hört ihr nicht, wie sie leidet! Wir müssen den Arzt rufen.«

Es wird angerufen, denn Tante Didde soll natürlich nicht unnötig leiden. Alle versammeln sich an ihrem Bett im Schlafzimmer. Ich halte mich jetzt ein bisschen im Hintergrund, und zur Sicherheit habe ich Vaters Geld in die Tasche gesteckt.

Als der Arzt kommt, sitzt Didde aufrecht im Bett und hält Oma an der einen und meinen Vater an der anderen Hand. Der Doktor wirft einen raschen Blick auf sie und gibt ihr eine Spritze.

»Danke«, stöhnt sie. Und kurz darauf entspannen sich ihre Gesichtsmuskeln und sie sieht sich um.

»Seid ihr alle da?«

»Ja«, murmeln wir.

Und dann lächelt sie so lieb; das ist so ein Moment, wo man Tante Didde einerseits wieder mag, es andererseits aber auch ein bisschen unangenehm wird.

»Man sollte ihr jetzt Ruhe gönnen«, sagt der Arzt und packt seine Tasche.

»Werd ich jetzt nie mehr aufwachen?«, fragt Didde.

Er schüttelt den Kopf. Sie gibt ihm die Hand und vergießt eine Träne, aber ich glaube, aus Dankbarkeit. Der Arzt ist bereits auf dem Weg aus der Tür.

»Darf ich um Ihre Visitenkarte bitten?«, ruft ihm Didde plötzlich mit lauter und klarer Stimme hinterher.

Der Arzt steht an der Tür und weiß nicht, was er sagen soll, ich sehe, dass er sich das Lachen kaum verbeißen kann, aber er beherrscht sich.

»Du kennst doch Doktor Sivertsen«, sagt Vater, »er war doch gestern auch hier. Und du hast doch gerade gehört, dass du nie wieder aufwachen wirst, was willst du also mit seiner Visitenkarte?«

»Na schön, dann nicht«, sagt sie und lässt sich wieder ins Bett sinken, sie schmunzelt jetzt wie ein Schulmädchen, das Sommerferien bekommen hat. Der Arzt geht. Die Männer beginnen wieder Karten zu spielen, und die Frauen setzen sich vor den Fernseher und greifen zu ihrem Strickzeug. Oma bleibt bei der Kranken.

Ich muss am Tisch eingeschlafen sein während des Kartenspiels, denn als ich aufwache, bin ich ganz allein im Wohnzimmer. Die Sonne scheint, die Vögel singen und wir müssen bald alle zur Beerdigung – denke ich. Die Erwachsenen sind offenbar im Schlafzimmer, aber bevor ich hineingehe, zähle ich noch einmal Vaters Geld. Er hat vierunddreißig Kronen verloren, zwischen Keddes Münzen liegen zwei Hundertkronenscheine. So ein Mist.

Alle stehen an Diddes Bett; erst denke ich, weil sie gestorben ist, denn alle sehen so bedrückt aus, aber so ist es nicht. Ganz im Gegenteil. Sie ist noch immer bewusstlos, aber sie atmet ohne Beschwerden und hat sogar Farbe bekommen.

»Wir müssen den Arzt noch einmal rufen«, flüstert Vater.

»Wieso? Es geht ihr doch besser«, erwidert Oma.

»Aber das kann doch nicht ... sie sollte doch entschlafen ... sie leidet ...«

»So sieht das aber nicht aus. Lasst uns ein wenig zuwarten«, schlagen die Tanten wie aus einem Mund vor.

Mit einem Mal schlägt Didde die Augen auf; erst starrt sie nur an die Decke, so dass man nicht recht weiß, was los ist, dann dreht sie den Kopf und schaut einen nach dem anderen an. Schließlich zeigt sie auf Vater und flüstert leise, und es scheint, als würde es all ihre Kraft kosten: »Du soll-st gut zu dei-nen Kin-dern sein. Du soll-st gut ... gut ...«

Dann schließt Didde die Augen und schläft offensichtlich weiter. Es ist sehr still in der kleinen Kammer und meine Onkel und Tanten schauen auf den Boden, wieso kommen sie Vater nicht zu Hilfe? Wenn ich sie mir ansehe, hat es fast den Anschein, als würden sie sich schämen.

»Das ist er doch auch!«, protestiere ich.

»Sie redet im Fieber«, sagt Sigurd. Aber Vater ist jetzt wütend, das sehe ich, er geht ins Wohnzimmer und holt seinen Tabak, die Pfeife und die Karten. Und dann gehen wir, ohne uns zu verabschieden. Oma holt uns am Auto ein.

»Sie muss geträumt haben«, sagt sie. »Nimm es nicht so ernst.«

»Man kommt hierher, um bei ihr zu sein, die ganze Nacht ... und dann ... Sie braucht einen anderen Arzt.«

Oma versucht Vater zu bewegen, wieder mit hineinzukommen, aber ohne Erfolg. Normalerweise gehorcht Vater ihr eigentlich immer. Ich würde am liebsten nach Hause ins Bett, darum setze ich mich ins Auto und warte. Kurz darauf setzt Vater sich neben mich und lässt den Wagen an. Aber er fährt nicht sofort nach Hause, das überrascht mich. Er biegt auf einen Feldweg und hält an. Dann schaut er mich auf eine Weise an, bei der sich sämtliche Muskeln in meinem Körper verkrampfen.

»Ich habe ihr nichts erzählt«, sage ich, »ich schwör's, ich habe nichts gesagt.«

Er haut mich nicht. Er tritt mich auch nicht. Er nickt nur, als würde er mir glauben. Er streicht mir sogar übers Haar, und das macht er nur ganz selten. Eigentlich nur, wenn ich ihm einen Gefallen tun soll.

Es ist ein Wunder, dass Didde wieder auf die Beine gekommen ist, das sagt der Arzt auch, es muss Gottes Wille gewesen sein. Ich kann mir nicht vorstellen, wessen Wille es war, aber was sie über Vater gesagt hat, war boshaft. Und die ganze Familie hat es gehört, was sollen die denn jetzt denken? Vater ist außer sich seitdem, er war mehrfach in Sannes Zimmer, um ein ernstes Wort mit ihr zu reden. Ich weiß allerdings nicht, was dabei herauskommen soll, denn Sanne hat Didde kein Wort erzählt. Didde muss sich selbst einen Eindruck verschafft haben, als sie Heiligabend bei uns war. Offensichtlich einen schlechten Eindruck, das hat man nun von seiner Gastfreundschaft. Ich kann gut verstehen, dass Vater wütend ist. Vielleicht hat sie aber auch übernatürliche Kräfte und kann Dinge sehen, die den Augen normalerweise verborgen bleiben ...

Eigentlich lief gerade alles so gut. Seit Der Warmings Beerdigung ist wieder mehr Kundschaft im Laden und Vater ist in den Kirchenvorstand gewählt worden. In gewisser Weise steht er jetzt über dem Pastor, glaube ich, jedenfalls ist der Pastor nicht mehr so überheblich. Hauptsache, dass Didde jetzt nicht alles kaputtmacht, das darf nicht passieren!

Aber ich schaffe das nicht allein; ich bin viel zu klein und ich bin so glücklich über die elektrische Eisenbahn, die sie mir geschenkt hat. Wenn mir jemand dabei helfen kann, dann ist es Sanne. Sie ist einen Kopf größer als ich und sie ist stark; wenn wir uns auf dem Rasen balgen, gewinnt sie immer. Vielleicht könnte sie sich auf Didde setzen und ich stopfe ihr dann die grünen Pillen in den Mund? Oder besser ein Kissen über den Kopf, so dass sie keine Luft mehr bekommt? Am einfachsten wäre es, zusammen zu ihr zu fahren und ihr die Situation zu erklären. Aber würde sie es verstehen? Würde sie mit uns zusammenarbeiten, so dass wir keine Gewalt anwenden müssten?

Ich versuche Sanne auf dem Schulhof zu finden, aber sie sei heute überhaupt nicht zur Schule gekommen, heißt es. Das verstehe ich nicht, denn wir sind heute Morgen zusammen losgefahren. Vielleicht schwänzt sie, vielleicht hat sie aber auch einen neuen Freund.

Als die Schule vorbei ist, steht sie plötzlich am Fahrradständer und sieht völlig erschöpft aus.

»Was ist denn los?«, will ich wissen. »Ich habe nach dir gesucht und die anderen haben gesagt, du wärst nach Hause gegangen.«

»Kümmere dich um deinen eigenen Kram«, erwidert sie.

Aber so leicht kommt sie mir nicht davon. Als sie losfährt, fahre ich hinterher, bis ich auf gleicher Höhe bin.

»Sanne?«

»Ja?«

»Was du da gesagt hast ... was wir mit Tante Didde machen sollen ... Meinst du das ernst?«

»Was?«

»Das weißt du genau. Hilfst du mir?«

»Du spinnst wohl, das war doch nur Spaß. Glaubst du wirklich, ich habe das ernst gemeint?«

»Äh ... nein, natürlich nicht.«

Und dann lasse ich sie weiterfahren. Diese Sache muss ich offenbar allein erledigen.

Man darf nicht töten, steht in der Bibel, sonst landet man in der Hölle. Aber dann komme ich eben in die Hölle, das lässt sich nicht ändern. Ich weiß, da brennt ein ewiges Feuer und es gibt alle möglichen Folterinstrumente. Natürlich habe ich Angst davor, aber nicht so viel, dass es mir etwas ausmacht. Wogegen ich jetzt und hier kämpfe, ist fast schlimmer. Ein Kissen über den Kopf, das ist vermutlich das Einfachste, ich werfe sie auf den Boden, setze mich auf sie und dann ... Als ich vor Diddes Haustür stehe, bete ich zu Gott, Tarzan, Gabriel und dem Teufel. Dann klingele ich. Und warte. Vielleicht kann ich sie ja zu Tode erschrecken? Ihr Herz ist nicht so kräftig. Ich klingele noch einmal. Niemand antwortet. Sollte ich das Glück haben, dass sie nicht zu Hause ist? Ich fasse an die Tür – sie ist offen.

»Didde?«, rufe ich ins Wohnzimmer.

Sie liegt im Schlafzimmer und schläft. Über dem Bett steht: ›Der Herr ist mein Hirte, mir wird nichts mangeln.‹ Das ist meine Chance, jetzt muss ich zuschlagen. Ich trete ganz nah an sie heran. Aber sie atmet ja gar nicht ... Vielleicht ist sie ja schon tot? Ich versuche ihren Puls zu fühlen, so wie Vater es immer macht. Ich spüre nichts und ihr Arm ist ganz schlapp. Sie liegt in ihrem Bett, ist bestimmt still eingeschlafen. Ich falle am Bett auf die Knie und danke ihr; erst hat sie mir die elektrische Eisenbahn geschenkt und dann ist sie genau in dem Moment gestorben, in dem ich sie umbringen wollte.

Ich werde sie vermissen.

KAPITEL 6

Herr Tarriel und die Todesliste

Bevor wir auf Tante Diddes Begräbnis gehen, bereitet Vater mich ein bisschen vor, damit ich nicht enttäuscht bin; er will diesmal keine große Rede halten. Er sagt nicht, warum, aber ich kann's mir eigentlich denken: Es werden nicht sonderlich viele Leute kommen, und diejenigen, die erscheinen, gehören alle zur Verwandtschaft. Ihnen muss Vater nichts beweisen, sie wissen, dass er Reden halten kann – außerdem, sagen wir doch, wie's ist: Niemand von ihnen ist wirklich traurig. Allenfalls ich, aber ich bin nur ein Knirps, der nicht zählt. Es heißt, Didde war den größten Teil ihres Lebens krank und hat nun ihren Frieden gefunden. Jetzt muss man sich auch nicht mehr darum streiten, wo sie Heiligabend hin soll.

»Sie hatte einen gnädigen Tod«, sagt Vater gerade, so viel bekomme ich von seiner Rede doch mit, als Sanne zu mir herüberschaut und so merkwürdig lächelt. Ich weiß nicht, was dieses Lächeln bedeuten soll.

Ich trete nicht vor und greife auch nicht nach Vaters Hand; wenn er sich nicht anstrengt, mach ich's auch nicht. Dafür gibt es dann hinterher weder eine Zigarre noch Schokolade, und inzwischen haben wir uns daran ja schon fast gewöhnt. Aber wer sollte sie uns schenken, schließlich stammt die Verstorbene doch aus der eigenen Familie?

Es scheint, als könne Vater Gedanken lesen, denn als wir nach Hause kommen, schenkt er mir eine Tüte Weingummi aus dem Laden. Dann greift er zur Zeitung und zündet sich eine Zigarre an. Mutter gibt sich mit dem Abendessen besonders viel Mühe, man sollte meinen, wir wollten etwas feiern, aber so ist das natürlich nicht gemeint.

»Hätte ich vielleicht ein wenig mehr sagen sollen?«, fragt Vater plötzlich und schaut mich an. Ich bekomme ganz rote Wangen, er will tatsächlich meine Meinung hören.

»Ich find's richtig, dass du mit deinen Kräften sparsam umgehst«, antworte ich. Und dann nickt er, wir zwei sind einer Meinung. Nach der Beerdigung von Der Warming sind Vater und ich ziemlich gefragt, wir waren in letzter Zeit auf einer ganzen Reihe von Beerdigungen und müssen aufpassen, dass es nicht zur Routine wird. Das ist wahrscheinlich die größte Gefahr im Moment, denn die Leute haben uns schon so oft gesehen und gehört.

Jetzt ist es abends immer so gemütlich, wenn Vater über der Abrechnung sitzt; vermutlich liegt es an der Art, wie er die Zahlen zusammenrechnet. Er führt dabei laute Selbstgespräche, nickt zwischendurch und zieht schließlich einen dicken Strich unter das Ergebnis – das er dann Mutter zeigt.

»Was sagst du nun?«, fragt er.

»Stimmt das? Und du hast dich nicht verrechnet?«

Eigentlich ist das schon ziemlich frech, denn natürlich hat Vater sich nicht verrechnet. Aber noch bevor er etwas sagen kann, ist Mutter aufgestanden und holt die Flasche mit dem Kirschwein. Sie stoßen an und trinken, dann nicken sie mir zu und ich nasche derweil Weingummi. Und Vater rechnet weiter, während der Fernseher läuft.

»Wieso erweitern wir nicht und führen Selbstbedienung ein, so wie Kaufmann Frisk?«, schlage ich vor.

»Erweitern?«, fragt Vater.

»Selbstbedienung?«, fragt Mutter.

Sie schauen mich mit großen Augen an, aber das macht

nichts. Sie lachen nicht. Nur Vater verschüttet ein bisschen Kirschwein.

»Es kommt doch immer mehr Kundschaft in den Laden, oder? Und sonnabends stehen sie Schlange bis auf den Bürgersteig.«

»Na ja, wir wissen doch nicht, wie lange es anhält«, meint Mutter. »Sonnabends hat Frisk auch viel Kundschaft.«

»Wir sind ebenso gut wie er. Wieso sollen wir immer die Nummer zwei sein?«, erwidere ich. »Jetzt haben wir die Chance, ihn zu überholen.«

Vater pult sich mit einem Kugelschreiber im Ohr. Mutter dreht den Fernseher lauter, jetzt wollen wir nicht mehr darüber reden, ich soll Vater keine Flausen in den Kopf setzen. Aber er denkt darüber nach, das sehe ich.

Und als ich später in der Küche stehe und mir die Zähne putze, höre ich, wie sie noch einmal auf meinen Vorschlag zurückkommen.

»Vielleicht ist das gar keine so dumme Idee«, überlegt Vater. »Übrigens habe ich selbst auch schon daran gedacht.«

»Wir wissen, was wir haben, aber wir wissen nicht, was wir bekommen«, wendet Mutter ein.

»Selbstbedienung liegt nun mal im Trend der Zeit. Und ein größeres Sortiment.«

»Sicher, in letzter Zeit kommt mehr Kundschaft, vor allem nach Warmings Beerdigung, aber darum gleich erweitern ... Wir sollten nicht übermütig werden. Es kann sich alles ganz schnell ändern.«

»Wieso sollte sich denn alles ändern?«, fragt Vater.

»Wer weiß? Jetzt hat man dich in den Kirchenvorstand gewählt, ist das nicht genug?«

»Das hat doch damit nichts zu tun. Übrigens sitzt der Filialleiter der Bank auch im Vorstand. Vielleicht sollte ich mal mit ihm reden ... Man muss mit der Zeit gehen, da hat der Bengel doch recht, sonst fällt man zurück. Und wenn wir's überhaupt machen wollen, dann jetzt.«

Vater hat sich Geld von der Bank geliehen und umgebaut. Das kleine Warenlager, das hinter dem Laden lag, ist jetzt im Keller untergebracht, auf diese Weise ist der Laden doppelt so groß geworden. Von Selbstbedienung kann man allerdings nur mit ein bisschen gutem Willen sprechen, denn es gibt weder Einkaufskörbe noch Wagen. Aber man darf die Waren gern selbst aus dem Regal nehmen und auf den Tresen legen, und auch das Angebot ist größer geworden; in einer kleinen Kühltruhe führen wir jetzt auch Aufschnitt, sogar mit Datumsstempel. Das heißt, wenn beim Aufschnitt ein Datum überschritten ist, essen wir ihn selbst. Deshalb schmeckt es auch nicht anders, nur wenn so kleine grüne Flecken zu sehen sind, esse ich drum herum. Vater nicht, er isst sogar das, was ich liegen lasse, denn Schimmel ist in Wahrheit nichts anderes als Penizillin, sagt er, und das kostet in der Apotheke richtig Geld.

Niemand hat gesagt, dass ich nicht mehr mit Mette spielen darf, jedenfalls nicht so direkt. Aber es wird viel über ihre Mutter geredet, die arbeitslos ist. Außerdem dürfen sie nicht mehr auf Kredit einkaufen, schließlich weiß man ja nicht, wann sie bezahlen. Mettes Mutter und meine Mutter haben sich gestritten und angeschrien, und jetzt sagen sie, wir würden die Nase hoch tragen. Mir ist das egal, ich habe ohnehin genug von Mette, außerdem ist sie ja auch ganz scharf auf ihren Vetter aus Kopenhagen. Bestimmt schreiben sie sich Liebesbriefe und malen sich kleine Herzchen drauf, zum

Totlachen. Ich sitze mit einem kleinen Fernglas auf dem Fensterbrett und schaue mir an, was sie so macht und mit wem sie im Garten spielt. Wie es aussieht, kommt sie auch ohne mich zurecht. Und ich habe meine Tarzanhefte und mein Kaninchen im Spielhaus, mir fehlt also auch nichts. Wo ist eigentlich ihr Kaninchen? Darf das nie auf den Rasen? Ich vermute, dass sie es im Haus hält und abends mit ihm fernsieht, vielleicht schläft es nachts unter ihrem Bett – oder in ihrem Bett! Das vertragen Kaninchen überhaupt nicht, sie brauchen frische Luft und man soll sie nicht dauernd streicheln.

Vor ein paar Tagen war der Rektor meiner Schule bei uns im Laden und gratulierte zur Erweiterung. Vater war so stolz, dass er es jedem erzählt hat. Ich wüsste gern, ob der Rektor unseren Laden genauso schick findet wie den von Kaufmann Frisk. Aber so was kann man ihn natürlich nicht fragen. Frisk hat noch immer den Vorteil, dass sein Laden mitten in der Stadt liegt, und unserer liegt ein bisschen abseits, aber abgesehen davon können wir ziemlich gut mithalten.

Der Rektor hat einen Sohn in meinem Alter; er heißt William und ich habe versucht, in den Pausen mit ihm zu spielen, aber sehr viel ist dabei nicht herausgekommen. Eigentlich bin ich inzwischen auch zu groß, um zu spielen; ich sollte lieber meine Hausaufgaben machen, damit ich auf die Handelsschule komme, denn eines Tages will ich Vaters Geschäft übernehmen.

Das Problem ist nur, dass mit der Erweiterung auf die doppelte Fläche der Umsatz um die Hälfte zurückgegangen ist. Und so viel habe ich in den Rechenstunden doch gelernt – denn Umsatz hatten wir schon –, dass das ziemlich großer Mist ist. Die Leute kaufen nicht mehr bei uns, sie sagen, wenn sie in einem großen Laden kaufen wollen, dann können sie ebenso gut in den Supermarkt gehen – oder zu Kaufmann Frisk. Das Schöne an unserem Laden sei doch gerade gewesen, dass er so klein und so altmodisch war; zu uns zu kommen sei so gewesen, als würde man in eine andere Zeit treten. Aber man weiß ja, dass es nicht leicht ist, die Leute zufriedenzustellen.

»Was habe ich gesagt?«, triumphiert Mutter.

Und Vater zieht den Kopf ein, so sehe ich ihn gar nicht gern. Denn wenn es ihm nicht gutgeht, betrifft uns das schließlich alle. Auch Mutter, aber das kapiert sie einfach nicht. Wir müssen etwas tun, wir können nicht einfach nur dasitzen und zusehen.

Wie immer muss ich mich darum kümmern, schließlich war es ja auch meine Idee, zu erweitern. Ich weiß mir keinen anderen Rat, als zu beten, dass es bald zu einer neuen Beerdigung kommt, einer Beerdigung, die richtig wichtig ist; und dann muss Vater einfach mehr als *gut* sein. Aber wie soll das gehen? Er muss denjenigen wirklich kennen, für den er die Rede hält, er muss selbst vor Trauer ganz ergriffen sein. Denn so viel habe ich begriffen, dass er als Redner dann am besten ist, dass seine Worte dann die größte Macht haben. Aber wen mag Vater auf der Welt am liebsten? Eine gute Frage.

Spätabends, als Mutter schon gute Nacht gesagt hat, kommt Sanne zu mir. Sie krabbelt in mein Bett, weil sie nicht schlafen kann. Ich kann auch nicht schlafen, also unterhalten wir uns. Sie fragt mich über Tarzan und Gabriel aus und ist richtig nett, denn sie lacht mich nicht aus, sondern hört zu.

»Zu Tarzan bete ich, wenn ich stark sein will«, erkläre ich ihr, »und zu Gabriel, wenn ich Trost brauche.«

»Klingt ziemlich vernünftig«, meint sie. »Und zu wem betest du am meisten?«

»Ich glaube, zu beiden gleich viel.«

»Das ist gut, sonst werden sie noch eifersüchtig aufeinander.«

»Sie sind gute Freunde. Ich habe gesehen, wie sie sich angelächelt haben, und ich habe geträumt, dass sie sich bei den Händen nahmen und tanzten.«

»Was hat das wohl zu bedeuten?«, fragt sie. »Träume bedeuten nämlich immer etwas, weißt du. Vielleicht versuchen sie, dir auf diese Weise etwas mitzuteilen?«

Ich verstehe nicht, was sie meint, aber sie schreibt ihre Namen auf ein Stück Papier und spielt ein bisschen mit den Buchstaben.

Dan sagt sie: » Wenn man Tarzan und Gabriel kombiniert, kommt Gazan Tarriel dabei heraus, so muss er also heißen.«

»Wer?«

»Wenn zwei Menschen zusammen tanzen, dann wollen sie sich vereinigen, das heißt, zu ein und derselben Person werden.«

»Gazan Tarriel«, wiederhole ich. »Klingt eigentlich gut, aber ich kenne ihn nicht.«

»Jetzt schon.«

Sanne nimmt Tarzan von der Wand und ich will schon protestieren – als sie ihn auf das Bild von Gabriel steckt. Gabriel verschwindet völlig, nur seine Flügel sind noch zu sehen. Und nun verstehe ich, was sie meint. Jetzt sind die beiden ein und derselbe Mann: mit Leopardenschurz, nacktem Oberkörper, einem Dolch und Engelsflügeln.

»Das ist Herr Tarriel, und mit dem solltest du es dir nicht verscherzen«, sagt Sanne.

»Ist er doppelt so stark wie die beiden anderen vorher?«

»Mindestens. Er tröstet und gleichzeitig gibt er Kraft. Und er kann dir bei allem helfen; wobei soll er dir helfen?«

Ich antworte nicht sofort, ich muss erst sorgfältig darüber nachdenken.

»Du brauchst es mir auch nicht zu erzählen«, meint Sanne, »es reicht, wenn du's ihm erzählst.«

Wir legen uns hin, um zu schlafen. Kann derselbe Schutzheilige mir wirklich bei allem helfen, kann er gleichzeitig Trost und Kraft spenden? Ich sehe ihn im Mondlicht und finde, dass er eigentlich ziemlich klasse aussieht, vielleicht sollte ich ihn mal mit in die Schule nehmen und Fräulein Port zeigen?

Als Sanne schläft, stehe ich auf und setze mich mit Papier und Bleistift an meinen Tisch. Ich will eine Liste aufstellen. Eine Todesliste. Das klingt nicht besonders nett und eigentlich ist es auch nicht besonders nett, aber irgendjemand muss schließlich etwas unternehmen. Wer bedeutet Vater etwas? Ganz oben auf die Liste schreibe ich MUTTER. Aber ich streiche sie sofort wieder, auf sie kann ich nicht verzichten. Dann schreibe ich Sanne, Asger und mich selbst auf die Liste, seine drei Kinder. Aber ich bin nicht sicher, ob ihn das hart genug träfe; es würde ihn sicher erschüttern, aber nicht wirklich den Teppich unter den Füßen wegziehen. Dann gibt es noch Oma, Vaters Mutter. Sie wird von ihm sehr geliebt. Auf der Anrichte im Wohnzimmer steht ein großes Bild von ihr, das Bild nimmt den meisten Platz weg.

Ich gehe wieder ins Bett. Wie lange ich geschlafen habe, weiß ich nicht, aber irgendwann weckt mich Sanne und behauptet, ich hätte einen Albtraum gehabt.

»Ist das wahr?«

»Du hast gebrüllt und geschrien, was hast du geträumt?«

»Nichts, lass mich schlafen.«

Wenn ich jetzt darüber nachdenke, habe ich eigentlich nicht wirklich die Wahrheit gesagt. Denn ich habe geträumt, dass ich zu Mutter gelaufen bin, weil ich mich geprügelt hätte und getröstet werden wollte. Aber als sie sich zu mir umdrehte, konnte ich nicht erkennen, ob sie es war, weil sie eine Maske aufhatte. Eine weiße Maske.

Es ist gar nicht so schwer, mit Mutter unter vier Augen zu sprechen, man muss nach dem Abendbrot nur in die Küche gehen und ihr anbieten, beim Abwasch zu helfen. Es wird einem nicht erlaubt, weil sie es selbst machen will, aber sie freut sich über das Angebot – und dann kann man sich an den Küchentisch setzen und anfangen zu reden.

»Was glaubst du, Mutter, kommst du in den Himmel oder in die Hölle, wenn du jetzt sterben müsstest?«

»Ich hoffe doch, dass ich in den Himmel komme. Aber ich habe eigentlich nicht daran gedacht, jetzt gleich zu sterben.«

»Na ja, wenn dich jetzt jemand umbringen würde.«

»Mich umbringen? Wer sollte denn so etwas tun?«

»Ich zum Beispiel.«

»Du?«, fragt sie und lacht. »Mein eigener Sohn, warum solltest du mich denn umbringen?«

Ich lache auch, aber nicht so lange. Ich merke, dass ich sie ein bisschen verunsichere. Sie setzt sich mit zwei Geschirrtüchern zu mir, eines in jeder Hand.

»Würdest du mir bitte erklären, was du vorhast?«

»Wir brauchen dringend eine Beerdigung. Eine große Beerdigung, damit Vater eine Rede halten kann, die wirklich etwas bewegt. Und Vater ist am besten, wenn er den Toten kannte, eigentlich sollte er ihn sogar richtig gern haben. Oder sie.«

»Und das soll ich sein?«

»Ich weiß nicht, ob ich auf dich verzichten kann.«

»Das kannst du bestimmt nicht«, sagt sie und kneift mir in die Wange.

»Vielleicht doch.«

Ich spreche es ganz ruhig aus, denn genau darüber habe ich nachgedacht. An einem ihrer Augen und am Mundwinkel beginnt es zu zucken. Ich mag ihr Gesicht, wenn es anfängt zu leben, wenn es trotz allem doch keine Maske ist.

»Du könntest auf deine eigene Mutter verzichten?«

»Vielleicht.«

»Wenn du jetzt an die Sache mit Vater und Sanne denkst – ich wusste doch nicht, was sie auf dem Sofa gemacht haben, ich hatte doch keine Ahnung.«

»Darum geht es nicht, Mutter.«

»Worum dann?«

Ich weiß nicht, was ich sagen soll, ich verstehe es ja selbst nicht so genau. Es entsteht eine lange Pause, und ich bin mir fast sicher, dass sie beide Geschirrtücher verknotet hat.

»Ich habe für dich gebetet«, sagt sie auf einmal. »Und ich habe für Sanne gebetet. Und das werde ich auch weiterhin tun. Ich bete jeden Abend für euch.«

»Du betest für uns?«

»Ja«, antwortet sie.

Ich nicke und denke, also unternimmt sie doch etwas. Zu beten ist sicher nicht das Schlechteste, was man füreinander tun kann. Manchmal werden Gebete ja erhört. Ich weiß nicht warum, aber plötzlich umarme ich sie.

Ich beschließe, Mutter endgültig von der Todesliste zu streichen, zumindest bis auf Weiteres. Aber Oma steht da noch. Als Nächsten notiere ich Onkel Sigurd, Vaters Bruder. Sigurd bewundert Vater und lacht immer über seine Witze, außerdem ist er ein guter Skatspieler. Aber nicht so gut, dass er nicht fast jedes Mal gegen Vater verliert, also fehlen würde er ihm schon. Aber nein, das ist nicht großartig genug. Ein paar Mal schreibe ich meinen eigenen Namen auf die Liste, streiche ihn aber immer wieder aus. Wenn ich mich selbst umbringe, kann ich doch bei der Beerdigung nicht dabeisein und Vaters Hand halten, und ich bin nicht sicher, ob er es dann schafft. Er braucht mich bei diesen Gelegenheiten. Aber wenn er *müsste*, könnte er natürlich ... aber dann würde ich ja im Sarg liegen und das Ganze verpassen, und dazu ist es eigentlich doch zu spannend.

Schließlich sind da noch diejenigen, die Vater im Weg stehen, Schlachter Budde oder Kaufmann Frisk zum Beispiel. Wenn Budde sterben und Vater eine hübsche Rede auf ihn halten würde, eine Rede, die Budde Respekt erwiese, dann könnte es sich lohnen. Oder Frisk – nein, sein Laden würde dann nur von irgendwelchen anderen Leuten übernommen. Ich komme immer wieder auf Oma zurück. Aber sie ist eine gewaltige Matrone, wie um alles in der Welt soll ich sie aus dem Weg schaffen? Gar nicht davon zu reden, was passieren würde, wenn Vater rauskriegt, dass ich es war. Oma besucht uns am Sonntag, dann werden wir sehen, vielleicht fällt mir ja etwas ein. Sie ist zum Mittagessen eingeladen und hat zugesagt. Die letzten Male ist ihr immer etwas dazwischengekommen, aber das passiert diesmal nicht, da ist Vater sicher. Er freut sich wie ein kleines Kind und will die ganze Zeit mit Mutter besprechen, was es zu essen gibt.

Eigentlich ist es schon seltsam, dass Oma uns nicht häufiger besucht, wo doch ihr Bild auf der Anrichte so viel Platz wegnimmt. Außerdem habe ich bemerkt, dass in ihrem Wohnzimmer nur ein ganz kleines Bild von Vater hängt; dort nimmt er *am wenigsten* Platz weg. Aber darüber sollte man sich nicht allzu viele Gedanken machen, meint Mutter. Vater ist immer in Omas Gedanken, sagt sie; er hört das sehr gern.

Oma wohnt in einem kleinen Fachwerkhaus oben am Wald, allein, ein paar Kilometer von den nächsten Nachbarn entfernt. Sie hat Stockrosen vor der Haustür und eine alte Katze; die Katze mag ich sehr, ihr darf keinesfalls etwas geschehen.

Die nächsten Tage bin ich viel mit Sanne zusammen. Eigentlich will ich sie ja in meine Pläne einweihen, aber ich trau mich nicht richtig. Wie sag ich's ihr bloß?

Ich gehe auf dem Schulhof zu ihr. Sie sitzt allein auf einer Bank und zittert, also lege ich ihr erst einmal eine Hand auf die Schulter, denn normalerweise entspannt sie sich dadurch.

»Glaubst du, dass Vater seine Mutter gern hat?«

»Oma? Ja, wieso?«

»Ach, nur so.«

Ich sehe ihr an, dass nichts bei ihr klingelt, obendrein fängt sie auch wieder an zu zittern. Ich trete ihr ans Schienbein, denn der Trick mit der Hand funktioniert nur einmal. Plötzlich habe ich eine Idee, wie ich die Sache anpacken kann.

»Ich habe geträumt, dass Omas Haus brennt und Oma in den Flammen stirbt«, erzähle ich.

»Jaja, das habe ich auch geträumt.«

Das überrascht mich jetzt aber doch. Hat sie überhaupt zugehört, oder sitzt sie einfach nur da und redet mir nach dem Mund?

»Du hast geträumt, dass Oma verbrannt ist?«, frage ich nach.

»Aber ja, sicher, schon oft.«

»Und was glaubst du, bedeutet dieser Traum?«

Plötzlich schaut sie mich mit großen ruhigen Augen an. Sie greift sogar nach meiner Hand, als sie sagt: »Ich kann dir nicht helfen. Ich weiß genau, was du von mir willst, aber ich mach es nicht.«

»Und ich?«

»Du musst zu deinem Schutzheiligen beten, dem Herrn Tarriel. Er wird dir helfen, er ist stark. Wenn du magst, können wir ja zusammen beten.«

An diesem Abend treffen wir uns auf meinem Zimmer. Wir fallen vor meinem Altarbild auf die Knie, falten die Hände und beten – jeder für sich, keiner von uns sagt ein Wort. Dann stehen wir auf und lächeln uns an, als wäre uns eine Bürde von den Schultern genommen. Mir geht es jedenfalls so.

Kaum sind wir auf den Beinen, als unten im Wohnzimmer das Telefon klingelt und wir Vaters Aufschrei durch die Dielen hören. Es klingt fast so wie damals, als Asger ihm die Hose herunterzog und eine Tracht Prügel verpasste, nur schlimmer. Wir laufen hinunter, Vater liegt auf dem Fußboden, die Beine angezogen, die Hände vors Gesicht geschlagen.

»Das überlebe ich nicht«, schluchzt er in den Teppich. »Was hat sie denn nur getan? Wieso musste sie sterben? Mein eigenes Mütterchen ...«

»Ist Oma etwas zugestoßen?«, will Sanne wissen.

»Das überlebe ich nicht«, wiederholt er, »ich halte es einfach nicht aus.«

Sanne und ich schauen uns an, sollte es bereits passiert sein? Hat mein Schutzheiliger bereits zugeschlagen? Plötzlich streckt Vater die Hände zur Decke hinauf und brüllt: »Was habe ich nur getan?«

Erst denke ich, dass er auf mein Zimmer zeigt, weil das direkt über dem Wohnzimmer liegt, und will ihm schon alles über Herrn Tarriel erzählen, aber dann bricht es aus ihm heraus: »Mein Gott, mein Gott! Warum muss ich denn so hart bestraft werden?«

Er klammert sich an uns und erwürgt mich beinahe; Mutter kommt jetzt hinzu und begreift auch nichts, aber wohl doch so viel, dass auch sie anfängt zu weinen. Wir umarmen uns gegenseitig, alle zusammen, genau wie samstags, wenn wir gemeinsam singen. Aber jetzt singt niemand von uns, und es fließt auch eine andere Art von Tränen. Jetzt geht es um uns.

Der Pastor war heute bei uns, um mit Vater zu sprechen. Niemand hat ihn gebeten zu kommen, aber Vater war offenbar ganz froh, ihn zu sehen, und bat ihn herein. So weit ist es also schon, dass Vater den Trost unseres Pastors braucht; ich habe immer gehofft, es würde genau andersherum kommen. Aber das liegt wohl daran, dass niemand von uns in der Lage ist, Vater zu trösten. Nicht einmal Sanne; ich weiß, dass sie in der ersten Nacht ins Wohnzimmer gegangen ist und mit ihm auf dem Sofa geschlafen hat, schließlich habe ich sie ja dazu überredet. »Sanne«, habe ich gesagt, »Vater ist so traurig.« »Genau das war doch der Sinn der Sache«, erwidert sie. »Ja, aber nicht *so* traurig, er überlebt es nicht – und du hast doch mitgebetet, du musst etwas tun.« Dann hat sie das kurze Nachthemd angezogen und ist ins Wohnzimmer gegangen. Am nächsten Tag ging's ihm ein bisschen besser, aber abends war es wieder soweit. Nur will Sanne jetzt nicht mehr nach unten gehen, sie zittert mehr als je zuvor und atmet so hastig, dass ihr schwindelig wird und sie sich hinlegen muss. Hätte ich vielleicht doch Sigurd ganz oben auf die Liste schreiben sollen? Sein Tod wäre ein harter Schlag für Vater gewesen, aber sicherlich nicht ganz so hart. Die Dinge wären nicht so aus dem Gleichgewicht geraten.

Der Pastor will mit Vater beten und wir anderen verlassen das Wohnzimmer. Mutter auch. Sie würde gern mit mir sprechen, sie sieht mich ziemlich misstrauisch an, aber im Grunde habe ich ihr ja auch all meine Pläne anvertraut. Am liebsten würde ich ihr aus dem Weg gehen, aber auf Dauer wird es mir kaum gelingen – darum versuche ich einfach, ihr zuvorzukommen: »Wie ist Oma eigentlich gestorben?«

»Das weißt du doch, sie ist verbrannt.«

»Ja, aber wie konnte das passieren?«

»Sie war eine alte Frau, vielleicht hat sie im Bett geraucht, als sie ihren Mittagsschlaf halten wollte ... oder was glaubst du?«

»Und ihre Katze?«

»Die ist auch tot.«

Ich schicke Herrn Tarriel einen unfreundlichen Gedanken, denn der Tod der Katze war nicht beabsichtigt.

»Ich weiß genau, wer das war«, sage ich. »Das war Herr Tarriel.«

Und dann erzähle ich Mutter alles über meinen neuen Schutzheiligen, ich kann einfach nicht anders. Mutter soll es wissen und mir verzeihen – und offenbar vergibt sie mir, jedenfalls wird sie nicht böse. Allerdings glaubt sie auch nicht an einen Zusammenhang.

»Es wäre trotzdem geschehen«, sagt sie.

»Wir haben aber gebetet, dass es passiert«, beichte ich, »an diesem Abend, und dann ist es passiert.«

»Wieso habt ihr denn gebetet, dass Oma sterben soll?«

»Damit Vater eine gute Grabrede halten kann. Aber davon verrätst du Vater nichts, nicht wahr?«

»Nein«, verspricht sie. »Wieso ist es eigentlich so wichtig, dass Vater eine gute Grabrede hält?«
Ehrlich gesagt finde ich das jetzt eine blöde Frage, aber Mutter ist nicht so gescheit, also gebe ich mir alle Mühe, um es ihr zu erklären, in aller Ruhe.

»Wenn Vater eine gute Grabrede hält, dann haben ihn die Leute gern, und wenn die Leute ihn gern haben, dann hat er auch uns gern – und uns allen geht es besser.«

»Die Leute mögen Vater trotzdem«, wendet sie ein.

»Das scheint mir aber nicht so«, erwidere ich. »Außerdem kaufen die Leute dann bei uns ein und wir haben mehr Geld.«

»Da hat dein kleiner Kopf aber etwas völlig missverstanden, und Sanne auch. Unser Glück und unser Erfolg sind nicht davon abhängig, dass die richtigen Menschen zum richtigen Zeitpunkt sterben.«

»Wovon dann?«, frage ich, denn das würde ich nun wirklich gern wissen.

»Dass wir uns lieben und aufeinander achtgeben.«

»Aber genau das tun wir doch nicht.«
Das hätte ich wohl besser nicht sagen sollen, denn jetzt ist sie erst recht verzweifelt.

»Wir müssen mit Doktor Madsen sprechen«, sagt sie.

»Soll ich etwa auch Tabletten bekommen, so wie Sanne?«

»Nein. Aber ihr zwei habt da etwas vollkommen falsch verstanden, und ich weiß nicht, wie ich euch davon ...«
In diesem Moment kommt der Pastor aus dem Wohnzimmer, er hat jetzt mit Vater gebetet und ihm ein Wort des Trostes gesagt. Und ein wenig scheint es geholfen zu haben, denn Vater setzt sich ins Milchauto und fährt los – in letzter

Zeit ist es ihm ziemlich schwergefallen, die Milch auszufahren.

Als Oma begraben wird, ist Vater nicht in der Lage, auch nur zwei zusammenhängende Worte zu sagen. In der Kirche kriecht er auf allen vieren herum wie ein Hund und schreit nach seiner toten Mutter, man muss sich wirklich schämen. Ich schaue mich um und erwarte, dass Onkel Sigurd oder irgendein anderes Familienmitglied ein paar Worte sagt, aber nichts passiert. Ohne Vater sind sie alle eine Herde sprachloser Schafe.

Mutter fasst Vater unter den Arm, Asger nimmt den anderen, und dann heben sie ihn hoch und klopfen den schlimmsten Staub ab – ein bisschen so wie bei einem Besoffenen. Um Asgers Mund spielt ein kleines Lächeln, denn so haben wir Vater tatsächlich noch nicht erlebt. Aber ich finde nicht, dass es da viel zu lachen gibt.

Vater greint laut und herzzerreißend. Natürlich ist überhaupt nichts dagegen zu sagen, dass geweint wird, wenn ein lieber Mensch von uns gegangen ist, ich bin nun wirklich der Letzte, der dagegen etwas sagt, das gehört einfach zu einer Beerdigung. Aber ich finde, es passt überhaupt nicht zu Vater, dass er heult, jedenfalls nicht so, ich komme regelrecht ins Schwitzen. Ich rücke ein Stück von ihm ab, obwohl ich ihm eigentlich zur Seite stehen sollte, aber er klammert sich die ganze Zeit so an mich und zerknautscht meine Sachen.

Als der Sarg in die Erde gelassen wird, muss der Pastor ihn regelrecht zur Ordnung rufen, schließlich soll er sich ja nicht mit der Toten zusammen begraben lassen. Aber gerade als ich mir ernsthaft überlege, einfach abzuhauen, fällt mir auf, dass die Leute ihn so nachsichtig und verständnisvoll ansehen wie nie zuvor. Als würde ihm die Sympathie aller entgegenschlagen, und das ist schon seltsam, denn er gibt sich doch überhaupt keine Mühe. Aber vielleicht liegt es ja gerade daran; nun sehen die Leute, dass auch Vater nur ein kleiner, verletzlicher Mensch ist, wenn es wirklich ernst wird. Und das sehen die Leute gern.

Ein Mann tritt auf Vater zu und kondoliert. Ich kenne ihn nicht, aber als er sich vorstellt, höre ich das Wort ›Gemeinderat‹. Wie ich sehe, geht ein Ruck durch Vater und er richtet sich auf. Der Mann bittet Vater um ein Treffen in der kommenden Woche.

»Ein Treffen, wozu?«, will Vater wissen.

»Möglicherweise ist es jetzt und hier ein wenig unpassend«, sagt der Mann leise und nickt hinüber zum Grab. Aber Vater will Bescheid wissen.

»Worum geht's denn?«

»Wir würden gern wissen, was du von dem Vorschlag hältst, dich bei der nächsten Kommunalwahl aufstellen zu lassen«, flüstert der Mann. Und als Vater ihn ansieht, als würde er kein Wort verstehen, fügt der Mann hinzu: »Wir hätten dich gern im Gemeinderat.«

»Im Gemeinderat?«, wiederholt Vater, laut und deutlich, und einige der Umstehenden drehen sich um. Jetzt wirkt er gar nicht mehr so untröstlich.

»Ja, für die Rechtsliberalen«, flüstert der Mann.

»Und ich kann damit rechnen, gewählt zu werden?«

»Ich denke schon, dass wir das garantieren können.«

Dann schüttelt der Mann noch einmal Vaters Hand und geht. Und wie es aussieht, ist Vater auf einmal ein ganz anderer Mensch – genau das hatte gefehlt. Ich sehe ihm an, dass er an kaum etwas anderes denken kann, glaube aber, dass alle Trauergäste es ihm nachsehen. Als er über einen Grabstein stolpert, läuft Asger zu ihm und will ihm noch einmal unter die Arme greifen, aber Vater schubst Asger zur Seite, sehr bestimmt.

»Das schaff ich schon allein«, erklärt er.

Asger zieht sich erschrocken zurück, versteht überhaupt nichts. Ich gehe zu ihm.

»Vater soll in den Gemeinderat«, erkläre ich ihm.

»In den Gemeinderat?« Asger schaut ihn an. Vater hält Asgers Blick fest und stolz stand, ich habe noch nie erlebt, dass er Asger so angesehen hat. Und als Vater auf uns zukommt, tritt Asger eilig zur Seite, ja, er zieht sich regelrecht rückwärts zurück und fällt in eine Hecke – und nun braucht er eine helfende Hand.

Was wird Mutter wohl dazu sagen? Ich stelle mich neben sie und warte, bis der Pastor die Beisetzung beendet.

»Erst Kirchenvorstand, dann Gemeinderat, und was kommt als Nächstes?«, frage ich sie.

»Da hast du wohl recht«, erwidert sie und ich höre an ihrer Stimme, dass auch sie stolz ist.

»Gehört Vater dann zu den wichtigen Leuten in der Stadt?«

Mutter antwortet nicht, aber ich bemerke, dass sie rot wird, so ganz falsch ist es also nicht.

»Dann gehen wir sicher auch nicht Konkurs, oder?«

»Psst«, zischt sie, dieses Wort soll niemand hören. Doch etwas später kommt die Antwort: »So wie es aussieht, wohl nicht.« Sie drückt meine Hand.

Ich gehe zu Sanne; wie üblich steht sie da und zittert. Ich stoße sie an. Ich muss sie ein paar Mal anstoßen, bevor sie mich wahrnimmt.

»Oma ist nicht umsonst gestorben«, flüstere ich ihr zu.

»Wie schön«, erwidert sie. Aber ein Lächeln hat sie nicht für mich.

Sie heißen Spaghetti und sind weder Kartoffeln noch Reis. Man steckt seine Gabel hinein und dreht ein paar Mal, und dann hofft man, dass etwas hängengeblieben ist. Eigentlich schmecken sie ausgezeichnet, aber ein bisschen albern sieht es schon aus, beinahe wie beim Kindergeburtstag. Ich esse bei Williams Eltern zu Mittag, das heißt beim Direktor der Schule!

William redet jetzt nämlich auf dem Schulhof mit mir, und ich bin nett und freundlich zu ihm, obwohl ich mir die ganze Zeit vor Angst, irgendetwas Dummes zu sagen, beinahe in die Hosen mache. Und nun sitze ich hier! Was wollen die von mir? Ich schwitze, denn Spaghetti hat es bei uns zu Hause noch nie gegeben, und meine Kiefern machen so merkwürdige Geräusche, als seien sie aus dem Gelenk gesprungen.

»Schmeckt's dir?«, fragt William.

»Ja, schon«, flüstere ich.

Ich flüstere, weil ich nicht gewohnt bin, dass Kinder bei Tisch etwas sagen; die Erwachsenen wollen schließlich gern in Ruhe essen. Hier ist das anders. Kinder und Erwachsene unterhalten sich beim Essen. Und Williams Mutter sitzt am Tisch und isst mit – eigenartig. Bei uns zu Hause isst Mutter immer im Stehen, damit sie gleich sehen kann, was wir noch brauchen und schnell an die Töpfe auf dem Herd kommt. Außerdem hat Mutter immer ein Geschirrtuch in der Hand, damit sie gleich aufwischen kann, wenn jemand kleckert. Williams Mutter nicht. Sie hat das Essen in eine Schüssel gefüllt, die auf dem Tisch steht, und man kann sich einfach nehmen, wie man will. Und wenn man kleckert, wischt man es selbst auf, mit einer Serviette, die neben dem Teller liegt.

Der Rektor lächelt mich freundlich an und fragt mich, was ich denn so für Freizeitinteressen hätte. Ich erwähne die

Sache mit den Kaninchen, und er findet es sehr interessant, Williams Mutter auch. Sie scheinen ein ziemliches Interesse an der Kaninchenzucht zu haben, und da kenne ich mich ja nun wirklich aus.

»Man muss die Zippe zum Bock setzen, niemals umgekehrt«, erkläre ich ihnen.

»Ach, ist das so?«, sagen sie wie aus einem Mund.

»Der Bock muss sich wie zu Hause fühlen, sonst wird er möglicherweise nervös, und dann wird das nichts. Schließlich muss er die Initiative ergreifen.«

»Ja, das ist wohl so«, meint Williams Mutter.

»Und wenn er hintenüber fällt, wenn er die Zippe gedeckt hat, dann ist er zu jung, dann kommt nur dünne Brühe raus. Er muss zur Seite fallen, einen Moment weg sein und mit den Augen blinzeln.«

»Gut zu wissen«, sagt sie und wendet sich an den Rektor: »Man soll zur Seite fallen.«

Sie hören wirklich aufmerksam zu, das muss ich schon sagen, ich glaube, ich erzähle ihnen was richtig Nützliches.

Je länger das Essen dauert, desto wohler fühle ich mich, vor allem, als ich sehe, dass es Pfannkuchen zum Nachtisch gibt. Da weiß man doch, was man hat, ich liebe Pfannkuchen. Allerdings finde ich es ziemlich komisch, dass sie zusammengerollt serviert werden, und dann stelle ich fest, dass sie mit Eis gefüllt sind! Das ist so ziemlich das Merkwürdigste, was ich je gesehen habe, und es fühlt sich völlig falsch an im Mund – etwas Warmes und etwas Kaltes gleichzeitig. Natürlich sage ich nichts, aber meine Kiefer machen jetzt einen Krach, dass es eigentlich auch William und seine Eltern hören müssten.

»Schmeckt es dir denn?«, erkundigt sich Williams Mutter, und ich finde, daß der Rektor mich nun mit einem Blick anschaut, den ich aus der Schule kenne.

»Ja, schon«, antworte ich.

»Hast du das noch nie gegessen?«, fragt sie weiter.

»Nein«, räume ich ein.

Sie lächeln mich verständnisvoll an, alle beide, und ich finde sie wirklich nett. Aber als sie mich auffordern, noch mehr über meine Kaninchen zu erzählen, tritt mich William ans Bein und schüttelt den Kopf. Ich bin ein wenig verwirrt, denn eigentlich bin ich sicher, dass seine Eltern gern noch mehr hören möchten, aber ihm reicht es jetzt offenbar.

In Williams Zimmer basteln wir an einem Modellschiff. Es gibt einen Mast, Segel und eine Menge Kanonen, die aufzukleben sind; aber man muss dazu eine Pinzette benutzen, weil alles so winzig ist. Ich muss ehrlich sagen, dass ich lieber Tarzanhefte tauschen oder im Hof Fußball spielen würde. Aber für so was ist William überhaupt nicht zu haben, und schließlich sind wir bei ihm. Obendrein will er klassische Musik von einem Tonbandgerät hören und summt auch noch mit, so dass wir uns überhaupt nicht unterhalten können. Als wir mit dem Schiff fertig sind, holt er seine Geige heraus und fängt an mir etwas vorzuspielen – genau dasselbe Stück, das wir gerade vom Tonband gehört haben! Himmel hilf, er spielt es tatsächlich direkt vor meiner Nase, ich muss mir das Ganze noch einmal anhören! Und hinterher will er wissen, wie ich es finde.

»Na ja«, sage ich. »Was war das?«

»Mozart.«

»Kannst du auch richtige Melodien spielen?«

Ich merke, dass ihn meine Frage ein bisschen verunsichert, und füge rasch hinzu: »Kennst du ›Von den blauen Bergen kommen wir‹? Oder ›Näher mein Gott zu dir‹?«

Und dann lacht er. Zum ersten Mal höre ich ihn lachen. Er lacht nicht wie Klaus, er legt den Kopf in den Nacken und reißt den Mund so weit auf, wie er kann. Und streckt dabei noch die Zunge heraus, das ist weder besonders schön anzusehen noch anzuhören. Ich rutsche ein bisschen zurück, denn ich muss an eine Schlange denken, so eine Schlange, die mich anspucken will.

»Das war doch nur ein Witz«, sage ich, »ich mag Mozart auch lieber.«

»Sag mal, gehst du eigentlich gern auf diese ganzen Begräbnisse?«, fragt er.

Jetzt werde ich ein wenig unsicher, worauf will er hinaus?

»Musst du das machen? Oder kannst du das selbst entscheiden?«

»Ich mach' das gern«, antworte ich, »ich find's lustig, mit anzusehen, wie die Erwachsenen die Fassung verlieren, und außerdem bekomme ich hinterher Schokolade. Kriegst du etwas, wenn du Geige spielst?«

»Jedes Mal, wenn ich auftrete, bekomme ich ein Modellschiff.«

»Und wenn du irgendwann mal diese ganzen Schiffe satt hast?«

»Modellflugzeuge finde ich auch gut.«

Ich fange an ihn zu verstehen und warum er sich für Mozart interessiert. Aber ich weiß wirklich nicht, ob ich mit ihm tauschen möchte.

Den ganzen Tag habe ich mit Mette gespielt, sie bleibt heute auch zum Abendessen. Ich kann mir vorstellen, dass es richtig gemütlich wird. Mutter und Vater hatten die Idee, dass ich sie einlade, schließlich wollen wir ja nicht so hochnäsig sein und vergessen, wo wir herkommen, wie Vater sagt; so was rächt sich nämlich. Darum sitzt er auch mit dem Milchmannkäppi auf dem Kopf am Tisch, denn das hat er immer so gemacht und es gibt überhaupt keinen Grund, es zu ändern.

Vom Hauptgericht ist Mette allerdings nicht sonderlich beeindruckt, offenbar hat sie schon mal Spaghetti gegessen; ein bisschen ärgerlich ist das schon. Aber immerhin bekommt sie doch große Augen, als der Nachtisch aufgetragen wird. Sie sticht mit dem Messer in den Pfannkuchen, so dass das Eis an beiden Enden herausläuft, und dann blickt sie auf und sieht uns an ... und wir tun so, als sei das selbstverständlich, als ob wir schon total oft Pfannkuchen mit Eis gegessen hätten.

»Da ist ja was drin«, sagt sie.

»Ja, sicher. Schmeckt's dir?«, frage ich.

»Ja, schon«, murmelt sie.

»Das sind Pfannkuchen mit Eis«, erklärt Mutter.

»Hast du so was noch nie gegessen?«, bohre ich nach.

»Bei uns gibt's normalerweise nichts obendrauf«, sagt sie und schaut verlegen auf ihren Teller. Ich kann mir ein Grinsen nicht verbeißen.

»›Obendrauf‹«, sage ich. »Du meinst den Nachtisch?«

Ich weiß genau, was sie meint, denn auf Südjütländisch wird der Nachtisch »obendrauf« genannt – aber nicht mehr bei uns, denn Vater gehört jetzt zu den wichtigen Leuten in der Stadt, und damit haben gewisse Dinge neue Bezeichnungen bekommen.

»Normalerweise gibt's das bei uns doch auch nicht«, sagt Sanne auf einmal. Sie hat aber auch überhaupt kein Feingefühl und platzt gern mit allem Möglichen heraus; ich trete sie unter dem Tisch.

In diesem Moment klingelt es an der Tür. Ein Kunde, der nach Ladenschluss noch etwas kaufen will? Mutter geht zum Wohnzimmerfenster und schaut hinaus.

» In der Einfahrt hält ein Polizeiauto.«

Wir stürzen alle zum Fenster.

»Das ist Bosack«, sagt Vater.

»Wieso kommt die Polizei her?«, erkundigt sich Mette. »Was habt ihr denn gemacht?«

»Gar nichts. Er kommt nur, weil wir ihn kennen«, sage ich. »Bosack und Vater sind gut befreundet.«

Vater rückt das Milchmannkäppi zurecht und geht zur Tür, um Bosack aufzuschließen. Merkwürdig ist es trotzdem, denn Bosack hat uns noch nie besucht. Es wird auch nicht klarer, als wir hören, worüber er mit Vater im Flur spricht.

»Es geht um das Feuer«, sagt Bosack. »Es deutet einiges darauf hin, dass es Brandstiftung war.«

»Brandstiftung?«, wiederholt Vater. »Jemand wollte meine Mutter verbrennen? Das ist doch unmöglich, wer könnte denn so bestialisch sein ...«

Vater bittet Bosack ins Wohnzimmer und schließt die Tür, jetzt können wir nichts mehr verstehen. Nicht auszuhalten, wie still es plötzlich in der Küche ist. Mutter hat ein Geschirrtuch in der Hand, bereit aufzuwischen, wenn jemand von uns kleckern sollte, aber wir haben längst aufgehört zu essen. Mit Ausnahme von Sanne. Sie isst und isst und isst, als hätte sie nichts gesehen oder gehört. Ich weiß nicht, was in mich gefahren ist, aber mit einem Mal stoße ich absichtlich mein Glas um, so dass uns die rote Brause zwischen die Beine läuft. So hat Mutter zumindest etwas aufzuwischen – und plötzlich fühlen wir uns erleichtert.

KAPITEL 7

Etwas zu sagen haben

»Ich weiß, wer Omas Haus angesteckt hat«, sagt Sanne. »Ich muss mit Bosack reden.«

»Iss erst mal deinen Pfannkuchen auf«, erwidert Mutter.

Auf Sannes Teller liegt noch immer ein halber Pfannkuchen und bei uns wird nicht aufgestanden, bevor nicht aufgegessen ist. Und schon gar nicht, wenn wir Gäste haben. Sanne versucht, den Pfannkuchen so schnell wie möglich herunterzuschlingen, aber Mutter greift erneut ein: »Iss langsam, Mädchen, und stopf dir den Mund nicht so voll.«

Was ist bloß mit Sanne los? Wir gehören doch jetzt zu den wichtigen Leuten der Stadt, da müssen wir uns doch zusammennehmen und auf die Form achten.

»'tschuldigung«, sagt sie und spuckt ein paar Pfannkuchenkrümel auf den Teller.

»Wer war's denn?«, fragt Mette, aber Sanne antwortet ihr nicht. Wenn jemand nach etwas fragt, das ihn nichts angeht, dann kann man einfach so tun, als hätte man die Frage gar nicht gehört, so viel haben wir inzwischen gelernt. Mette erzählt doch bloß alles ihren Eltern, und dann weiß es die ganze Straße, noch bevor die Sonne untergegangen ist.

Als wir endlich aufstehen, ›Mahlzeit‹ sagen und Mutter ›Wohl bekomm's‹ erwidert, ist es fast zu spät, um mit Bosack zu reden. Er ist schon auf dem Weg zu seinem Auto, und als Sanne angelaufen kommt, verabschiedet er sich gerade von Vater.

»Ich weiß, wer bei Omas Haus Feuer gelegt hat!«, sagt sie.

»Was sagst du da, Mädchen?«, fragt Bosack. Hm, jetzt beneide ich Sanne, weil es einfach toll ist, wenn die Erwachsenen einen mit diesem Blick ansehen; wenn man ein Geheimnis kennt und sie es gar nicht erwarten können, bis sie eingeweiht sind. Sanne öffnet den Mund und ich weiß nicht so genau, was jetzt eigentlich passiert, aber es kommt nicht ein Wort über ihre Lippen. Sie schaut mich an, vielleicht weiß sie nicht, ob sie unser Geheimnis wirklich verraten darf? Streng genommen habe ich ihr die Erlaubnis ja auch nicht gegeben. Aber nun ist es zum Zurückrudern zu spät, wenn man A gesagt hat, muss man auch B sagen.

»Ich weiß es auch«, sage ich.

»Also, wer war's?«, will Vater wissen.

»Herr Tarriel«, sage ich.

»Und wer bitte ist das?«, fragen die beiden Männer wie aus einem Mund.

Ich drehe mich um und laufe durch die Küche zurück; Bosack und Vater kommen hastig nach. Es ist kaum zu glauben, mir sind zwei Erwachsene – und beide tragen ihre Dienstmützen – auf den Fersen!

»Hast du den auch gemeint?«, fragt Bosack Sanne und Sanne nickt.

Ich registriere im Vorbeilaufen, dass Mette von Mutter nach Hause geschickt wird, das ist bestimmt das Vernünftigste, denn das hier ist nichts für Babys. Ich gehe die Treppe hinauf, lasse mir viel Zeit und öffne die Tür zu meinem Zimmer.

»Der war's«, sage ich und zeige auf meinen Schutzheiligen. Die beiden Männer kommen herein und schauen sich um, verstehen aber überhaupt nichts.

»Und wer ist das, bitte?« Jetzt stellt Bosack die Frage.

»Herr Tarriel natürlich. Tarzan und der Erzengel Gabriel in ein und derselben Person.«

»Du willst uns wohl zum Narren halten?« Bei Vaters Reaktion spüre ich einen Stich im Herzen, denn das ist ganz bestimmt das Letzte, was ich will.

»Na ja, dieser Vogel kann mit Sicherheit kein Haus anzünden«, meint Bosack.

»Kann er wohl und er kann noch viel mehr!«, widerspreche ich. »Wenn ich ihn darum bitte. Er kann alles, worum ich ihn bitte!»

Doch nun kommt Mutter ins Zimmer und stellt sich neben mich. Sie ist ein wenig verlegen und entschuldigt sich bei unserem Beamten: »Wir wissen nicht, wer es war, und wir verstehen auch nicht, wie jemand der Oma etwas so Fürchterliches antun konnte. Sie war doch bei allen so beliebt, auch bei den Kindern. Aber Kinder brauchen eine Erklärung, sie haben ja so ihre Phantasie ...«

Bosack nickt und versteht; alles nur, weil ich unglücklich bin und zu viel Phantasie habe. Und dann sagt er noch einmal auf Wiedersehen und geht. Vater begleitet ihn hinaus. Gibt es denn niemanden, der mir glaubt? Ich fühle mich so elend und lächerlich. Und Sanne, wo ist Sanne? Sie kann doch beweisen, dass ich die Wahrheit sage.

Erst als Bosack gefahren ist, taucht sie wieder auf, und ich habe den Verdacht, dass sie sich mit Absicht versteckt hat.

»Wo warst du? Ich habe dich gebraucht«, sage ich.

Sie antwortet nicht und zuckt nur mit den Achseln.

»Ich will jetzt die Wahrheit hören«, verlangt Mutter. «Was wisst ihr beiden?«

»Ich weiß gar nicht, wovon du sprichst«, erwidert Sanne.

Aber das weiß sie doch genau! Sie war doch selbst mit dabei! Ich werde so wütend, dass ich anfange, nach ihr zu schlagen, und dann nach Mutter, zu zweit müssen sie mich festhalten, bis ich mich wieder beruhige.

Mutter schimpft und erklärt, dass ich den Rest des Abends auf meinem Zimmer zu bleiben habe. Aber Sanne bleibt bei mir, und das ist wirklich nett von ihr. Angezogen lege ich mich aufs Bett, alles schwirrt mir im Kopf herum. Es wird erst besser, als ich eine von ihren Tabletten nehme.

»Es war Herr Tarriel«, sage ich, »und zwar, weil wir ihn darum gebeten haben, erinnerst du dich denn nicht?«

»Natürlich.«

»Glaubst du, er ist mir böse, weil ich ihn verraten habe?«

»Nein.«

»Es war nicht seine Idee, sondern meine. Ich war es doch, der Oma ausgesucht hat, sie stand ganz oben auf meiner Liste.«

»Es war nicht deine Schuld«, sagt Sanne. »Es ist weder deine noch Herrn Tarriels Schuld, es ist meine. Ich habe es nämlich getan. Ich habe Omas Haus angezündet.«

»Du?«

»Nachdem wir deinen Schutzheiligen um Hilfe gebeten hatten, bin ich am Nachmittag zu ihr rausgefahren, mit ein paar Litern Benzin und einer Schachtel Streichhölzer. Erst habe ich die Haustür zugeschlossen, von außen, und dann habe ich noch etwas vor die Hintertür gestellt.«

So hängt es also zusammen, es war Sanne?! Und ich war überzeugt, dass es mein Schutzheiliger gewesen ist. Komischerweise kann ich gar nicht richtig böse auf sie sein, aber das mag auch an der Tablette liegen.

»Du hast die Katze vergessen«, sage ich. »Du hättest sie erst herauslassen müssen!«

»Ich dachte, sie wäre draußen, weil ich eine Katze gesehen hatte, aber das kann dann nicht Omas Katze gewesen sein.«

»Wieso hast du nicht gesagt, wie es passiert ist? Wieso die ganze Geschichte mit Herrn Tarriel? Ich bin doch alt genug, um den Mund zu halten.«

Sie wirft mir einen abschätzigen Blick zu und zündet sich eine Zigarette an. Es ist das erste Mal, dass sie in meinem Zimmer raucht; hastig öffne ich das Fenster, damit der Rauch abziehen kann. Nicht auszudenken, wenn entdeckt wird, dass Sanne raucht – als ob's nicht so schon reicht.

»Oder nicht?«, frage ich.

»Dann sollst du auch erfahren, wie Tante Didde gestorben ist«, sagt sie, »das war ich nämlich auch. Erinnerst du dich, wie wir uns am Fahrradschuppen an der Schule getroffen haben und du nicht kapiert hast, wo ich gewesen bin? Ich habe geschwänzt und bin bei ihr gewesen. Es war gar nicht mal so schwer, weil sie schlief. Ich habe mich einfach auf sie gesetzt und ihr ein Kissen aufs Gesicht gedrückt. Ich glaube, sie hat nicht mal gemerkt, dass ich es war.«

»Tante Didde? Du hast also zwei Menschen umgebracht?«

Sie nickt nur. Ich muss gestehen, dass ich den Hut vor Sanne ziehe. Ich habe bloß Der Warming umgebracht und weiß nicht mal, ob ich es mit Absicht getan habe.

»Und wer ist der Nächste auf deiner Liste?«

Aber ich tue so, als würde ich ihre Frage überhören, ich gähne und gehe ins Bett – es ist sicherlich besser, wenn ich es mir noch einmal überlege, bevor ich Sanne weitere Namen nenne.

In der Schule wissen natürlich alle, dass meine Oma gestorben ist, und sie wissen auch, dass sie verbrannt ist. Ich weiß allerdings nicht, wie vielen klar ist, dass es sich um Brandstiftung handelt, aber ich höre, wie in den Ecken darüber getuschelt wird. Fräulein Port fragt mich, ob die Klasse ein Gebet für meine Großmutter sprechen soll, ich habe nichts dagegen. Also falten wir alle die Hände, während sie ein paar bewegende Worte sagt; möge der Herrgott Großmutter im Himmel freundlich empfangen und so weiter. So weit, so gut.

»Fräulein Port?«, melde ich mich. »Darf ich noch ein Gebet vorschlagen?«

»Ja«, sagt sie. »Für wen denn?«

»Für den, der das Haus in Brand gesteckt hat.«

Sie zuckt zusammen und meine Klassenkameraden drehen sich um und starren mich an; also erkläre ich schnell meinen Vorschlag.

»Ich habe keine so große Angst um Oma, sie hat an Gott geglaubt und die Gebote befolgt, sie wird schon in den Himmel kommen. Mehr Sorgen mache ich mir um die Person, die ihr Haus angesteckt hat und schuld an ihrem Tod ist. Für ihn wird's doch schwieriger, in den Himmel zu kommen, oder?«

»Ja«, sagt Fräulein Port, »denn das war eine böse Tat.«

»Aber egal wer es gewesen ist, er ist doch ein Mensch, ein Geschöpf Gottes, und deshalb braucht er unsere Gebete doch weit mehr als Oma. Können wir Gott nicht bitten, nicht allzu hart zu ihr oder ihm zu sein, was meinen Sie?«

Ich sehe, dass Fräulein Port mich nun etwas besser versteht, sie lächelt mich ganz gütig an. Sie wischt sich sogar eine Träne aus dem Auge; es ist lange her, dass ich ihr dazu Anlass gegeben habe, jedenfalls für diese Art von Tränen.

»Das ist wirklich ein schöner Gedanke von dir«, sagt sie. »Sehr schön. Aber dafür müssen wir erst wissen, wer der Schuldige ist, er muss zur Polizei gehen und gestehen. Dann können wir gern für ihn beten.«

Sie wissen natürlich nicht, dass es Sanne ist, also können wir für ihre Seele nicht beten. Aber der Tag kommt vielleicht noch. Ich würde es mir fast wünschen. Aber es gibt da noch etwas anderes, das mich mindestens ebenso beschäftigt.

»Und wenn man weiß, wer es ist, und es nicht sagt, ist man dann auch eine verlorene Seele?«

»Wenn man weiß, wer es ist? Weißt du es denn?«

»Nein. Aber wenn es nun irgendjemanden gäbe ... Er ist ja auch nur ein Mensch, ein Geschöpf Gottes. Aber wahrscheinlich muss man auch wissen, wer das ist, um für ihn zu beten, oder?«

Jetzt kann Fräulein Port mir nicht mehr recht folgen, sie schaut mich ziemlich besorgt an.

»Vergessen Sie's«, sage ich.

Und ich versuche es mit meinem alten Trick: gleichzeitig zu lächeln und zu zwinkern, als wäre das Ganze nur ein Spaß. Aber diesmal funktioniert es nicht richtig, wie ich sehen kann. Es ist sehr lange still in der Klasse, bis Fräulein Port uns auffordert, das Lesebuch aufzuschlagen. Und als die Stunde vorbei ist, versucht sie mit mir zu reden, aber ich laufe hinaus so schnell ich kann.

Mutter und Vater gehen heute Abend aus, sie ziehen sich gerade um. Sie sind zu einem Fest des stellvertretenden Bürgermeisters eingeladen und müssen ihre feinen Sachen anziehen. Jetzt dauert es nicht mehr lange bis zu den Kommunalwahlen. Vater kandidiert für die Rechtsliberalen und hat wohl gute Chancen, denn immerhin haben wir schon einen neuen Bekanntenkreis. Sanne und ich sitzen im Wohnzimmer und freuen uns, allein zu Hause zu sein, so oft kommt das ja nicht vor.

Mutter hat ein neues Kleid, ständig kommt sie herein und zeigt es uns. Es ist hübsch, sie sieht aus wie eine richtige Dame. Vaters Hemd dagegen sitzt nicht besonders gut, aber das ist meist so bei seinen Hemden. Mutter zieht und zerrt daran, aber es hilft nichts. Dann versucht sie die Hosenträger zu verstellen, denn die Hose sitzt zu hoch, aber wenn sie bei der Hose ein Stück nachlässt, hat Vater einen Hängearsch, und das sieht ja auch nicht gut aus. Vater ist gereizt und schüttelt den Kopf – mit dem Ergebnis, dass ihm die Zigarrenasche auf den Teppich fällt.

»Nun schau dir das an«, sagt Mutter, »der neue Teppich!«

»Allmählich ist es hier so vornehm, dass man nicht mal mehr auf den Boden spucken darf«, schimpft er.

Ich habe allerdings noch nie gesehen, dass er auf den Boden spuckt, jedenfalls nicht im Wohnzimmer.

Endlich machen sie sich auf den Weg und Sanne und ich sind allein. Wir schalten erst einmal den Fernseher ein und setzen uns viel zu dicht vor den Bildschirm, dann schalten wir ständig um, mal ich, mal Sanne. Wir haben's doch gewusst, weder bekommen wir davon Darmverschlingung noch Hirnhautentzündung, nicht mal die Augen tun uns weh. Wir holen uns Süßigkeiten aus dem Laden und Sanne trinkt Bier und raucht Zigaretten. Ich probiere einen Schluck von ihrem Bier, aber es schmeckt mir nicht. Sie behauptet, das sei eine Frage der Gewohnheit, also versuche ich es noch einmal.

Es ist Samstagabend, aber ohne Mutter und Vater haben wir keine Lust, Schlager zu singen; außerdem ist es auch so richtig gemütlich. Bis es an der Haustür klopft. Wir laufen zum Wohnzimmerfenster und können im Fenster der Nachbarn erkennen, dass Fräulein Port vor der Tür steht. Was um alles in der Welt will denn meine Religionslehrerin hier?

Als ich hinausgehe und aufschließe, steht sie auf der Treppe und lächelt mich an. Es überrascht mich, wie klein und gewöhnlich sie aussieht, so ganz anders als in der Schule hinter dem Katheder.

»Darf ich deinen Vater oder deine Mutter sprechen?«, fragt sie.

»Sie sind nicht zu Hause, sie sind in der Stadt«, sage ich. »Beim stellvertretenden Bürgermeister, wissen Sie.«

»Ah, ja«, murmelt sie.

»Worum geht's denn?«, fragt Sanne von hinten.

»Ich würde gern mit eurem Vater oder eurer Mutter sprechen, wenn sie Zeit haben«, sagt sie noch einmal und ihr Mund verzieht sich wieder zu einem Lächeln, aber nicht so, als würde sie wirklich jemandem zulächeln, eher so ins Blaue hinein. Dann geht sie.

Was zum Teufel war denn das? Ich bin ein bisschen beunruhigt und Sanne verhört mich; ob ich irgendetwas gesagt, ob ich sie verraten hätte? Ich schwöre, dass ich nichts getan habe, aber was wollte sie dann? Jedenfalls hat ihr Besuch Sanne und mir unseren Allein-zu-Haus-Abend verdorben, allerdings fühlen wir uns besser, als wir uns versprechen, dass Fräulein Port als Nächste auf die Todesliste kommt. Dann trinken wir beide noch etwas und setzen uns noch näher vor den Fernseher, und schließlich tun mir doch die Augen weh.

Ich muss eingeschlafen sein, denn ich wache auf, als Sanne mich ins Bett legt. Sie flüstert mir zu, dass Mutter und Vater nach Hause gekommen sind, es ist nach eins. Ich kann mich nicht erinnern, dass sie jemals so spät heimgekommen sind. Ich kann sie im Wohnzimmer rumoren und singen hören.

»Hatten sie einen schönen Abend?«, frage ich Sanne.

»Ganz bestimmt«, antwortet sie. »Sie sind voll wie die Haubitzen. Auch Vater. Er ist sogar der Besoffenere, du solltest ihn hören. Sie kamen kaum aus den Mänteln.«

»Was haben sie gemacht?«

»Alles mögliche. Der stellvertretende Bürgermeister scheint kein Langweiler zu sein, er hat vorgeschlagen, die Frauen zu tauschen.«

»Die Frauen zu tauschen?«

»Aber Vater wollte das nicht, sagt er. Mutter schon. Vater aber nicht, und so wurde wohl nichts daraus.«

»Na, ein Glück.«

»Ich glaube eigentlich, dass es eher ein Spaß war, denn der stellvertretende Bürgermeister hat doch gar keine Frau, der ist doch geschieden. Aber bei ihm weiß man nie so genau, er ist aus Kopenhagen und Mutter gefällt ihm wohl ziemlich gut. Also vielleicht irgendwann, wenn er eine neue Frau hat ...«

Hauptsache, Mutter und Vater gewöhnen sich rechtzeitig an so was, denke ich, sonst kommt Vater im Gemeinderat nie richtig zurecht.

Bosack ist noch einmal gekommen – diesmal, um mit mir zu reden, *nur* mit mir. Dass die Polizei Zeit für so was hat, ein merkwürdiger Gedanke, schließlich bin ich nicht mal zwölf. Bosack und ich sitzen uns im Wohnzimmer gegenüber, Mutter, Vater und Sanne müssen draußen in der Küche bleiben. Bosack hat seine Mütze abgenommen, er schwitzt. Keiner von uns sagt etwas, ich finde das völlig in Ordnung. In der letzten Zeit hat es so viele Pausen in den Gesprächen gegeben, dass es mich nicht mehr stört. Zuerst fragt Bosack nach der Schule, ob ich Fußball spiele, solche Sachen halt, dann spricht er die Geschichte mit Oma an – hab ich's mir doch gedacht, dass er darauf hinauswill. Wie viel weiß ich? Habe ich irgendetwas gesehen oder gehört? Ich weiß nichts, sage ich. Und dann Pause. Er mustert mich, wartet. Ich halte seinem Blick mit meinen großen blauen Augen stand. Dann fängt er von vorn an, mit der Geschichte von Fräulein Port und was ich in Religion gesagt habe. Es scheint großen Eindruck auf sie gemacht zu haben, und offenbar hat ihr Gespräch mit Vater nicht viel genützt. Sie ist am Sonntag wiedergekommen, aber vielleicht hat Vater sie auch nicht ernst genug genommen, er nimmt sie nämlich nicht wirklich ernst. Außerdem hatte er bestimmt Kopfschmerzen. Immerhin hat er mich ausgefragt: Ob ich irgendetwas über den Brand wüsste, das ich nicht erzählt hätte? Aber ich habe einfach nein gesagt und dann hat er mir geglaubt.

»Wenn mein Sohn nein sagt, dann heißt das nein«, hat er Fräulein Port erklärt.

Vater kann sich einfach nicht vorstellen, dass seine Kinder etwas mit dem Mord an seiner alten Mutter zu tun haben könnten. Fräulein Port schon. Sie ist zum Polizeirevier gegangen, und nun sitzt Bosack hier und schwitzt. Er tut mir fast leid. Und ich bin schon etwas stolz auf mich, denn schließlich muss er passen, er bekommt nicht mehr aus mir heraus.

»Mein Sohn lügt nicht«, sagt Vater zu Bosack, aber Bosack scheint sich nicht sicher zu sein; ich hoffe nur, dass ich jetzt nicht schuld daran bin, wenn sie keine Freunde mehr sind.

Als Bosack gegangen ist, nimmt Mutter mich auf den Schoß und umarmt mich, und das ist immer schön – aber auch schwer, denn ich habe große Lust, ihr zu erzählen, was ich weiß. Woher kommt dieses Gefühl bloß? Ich verstehe es nicht und versuche es zu bekämpfen. Ich springe ganz einfach von Mutters Schoß, bevor dieses Gefühl zu stark wird, und spiele mit meiner elektrischen Eisenbahn, um auf andere Gedanken zu kommen.

Aber dann, als ich auf dem Teppich sitze und spiele, fängt Sanne mit einem Mal an zu erzählen. Ich traue meinen eigenen Ohren nicht und Vater und Mutter ihren ebenso wenig: Sie erzählt, wie sie zuerst Tante Didde umgebracht hat und danach Oma. Sie vergisst nicht einmal die Katze. Es klingt wie eine richtig gute Geschichte, vielleicht weil man nicht den Eindruck hat, als würde es ihr sonderlich nahegehen. Als sie fertig ist, brechen Mutter und Vater in Gelächter aus. Und aus irgendeinem Grund lacht auch Sanne, nur ich fange an zu weinen, ich weiß nicht einmal warum, aber glücklicherweise nimmt es ohnehin niemand zur Kenntnis.

»Das ist ja eine schöne Geschichte«, sagt Vater, »wenn sie denn wahr wäre.«

»Aber so ist es«, erwidert Sanne.

»Ja, denn sonst wäre Vater doch niemals in den Gemeinderat gekommen«, schluchze ich, aber mein Einwand lässt alle nur noch lauter lachen.

Es kommt zu einer Pause, diesmal einer richtig langen, sie ist sogar noch länger als die zwischen Bosack und mir.

»Ich bin noch nicht im Gemeinderat, du Dummkopf«, sagt Vater. »Aber es heißt, ich hätte gute Chancen. Und ich hoffe, sie behalten recht.«

Wieder eine Pause. Merkwürdig, je länger die Pausen sind, desto mehr passiert zwischen den Pausen, plötzlich kann da alles unglaublich schnell gehen. Wie jetzt: Auf einmal fängt auch Mutter an zu weinen. Ich glaube, sie begreift jetzt, dass wir es ernst meinen, und was ist mit Vater? Er redet so oft über den Ernst des Lebens und darüber, dass es angeblich so viele Menschen gibt, die ihn nicht kennen. Aber kennt er denn den Ernst des Lebens? Ich schaue ihn an und sehe, dass er gern etwas unternehmen würde, aber nicht so genau weiß, was – aber plötzlich schlägt er sich auf die Schenkel, dass wir alle zusammenzucken. Er steht auf und packt Sanne hart am Arm.

»Was ist denn?«, fragt sie.

»Wir müssen zu Doktor Madsen.«

»Nicht Doktor Madsen!«, kreischt sie. »Nicht Doktor Madsen!«

Sie schlägt und tritt und ist kurz davor, ihm zu entwischen, aber er fasst sie um die Hüfte und bugsiert sie ins Auto. Mutter und ich stehen an der Haustür und schauen hinterher, als sie davonfahren. Eigentlich würde ich gern winken, allerdings scheint es mir ein bisschen unpassend zu sein. Ich schaue Mutter an, vielleicht kann sie mir ja alles erklären?

»Sanne hat ihre Medizin nicht genommen«, sagt sie. »Sonst würde sie uns nicht so unheimliches Zeug erzählen.«

»Aber sie nimmt ihre Medizin, ich weiß es.«

»Dann nimmt sie vielleicht zu viel oder irgendetwas Falsches. Wir können sie doch nicht herumlaufen und solche Geschichten erzählen lassen, verstehst du, womöglich hören es auch andere Leute.«

»Und wenn es wahr ist?«

»Sollen wir etwa lieber Bosack anrufen und sie ins Gefängnis stecken lassen. Willst du das?«

Selbstverständlich will ich das nicht. Ich habe es mir nicht richtig überlegt, bei solchen Sachen sind die Erwachsenen einfach besser, sie denken weiter und betrachten die Dinge von allen Seiten. Hauptsache, Doktor Madsen ist nicht zu hart zu Sanne, das ist das Einzige, worum ich bete.

»Und was weißt du schon von Sanne«, fügt Mutter hinzu. »Sie kann dir viel erzählt haben, das würde zu ihr passen.«

Da ist vielleicht sogar was dran, denn Sanne hat schon so viele Sachen gesagt, die nicht wahr sind, zum Beispiel diese Geschichte mit der Fernsehsendung in London. Vielleicht bin ich zu leicht zum Narren zu halten? Aber wenn sie es nicht war, wer war es dann? Doch Herr Tarriel?

»Und es war nicht dieser Hampelmann, den du da über deinem Bett hängen hast«, sagt Mutter, als könne sie meine Gedanken lesen.

»Wer dann?«

»Wenn ich das wüsste. Jemand, den wir nicht kennen, böse Menschen, die gern böse Dinge tun.«

»Gibt's denn so jemanden hier in der Stadt?«

»Die gibt es überall.«

»Und wieso sind sie böse?«

»Weil sie nicht glauben, und wenn sie nicht glauben, sind sie für unseren Herrgott verloren. Und dann können sie nicht mehr zwischen richtig und falsch unterscheiden.«

»Wie diese Rowdys auf ihren Mopeds?«

»Die bringen sicher keine Menschen um.«

»Nein, aber sie gehören auch nicht zu den besten Kindern Gottes, das hat Vater so oft gesagt. Die haben keinen Respekt vor irgendwas, nicht mal vor Bosack.«

»Nicht mal vor Bosack«, wiederholt Mutter.

Sie lacht auf und schüttelt den Kopf. Aber dann sagt sie kein Wort mehr, sie sitzt einfach nur da und starrt vor sich hin. Ich habe ihr einen Grund zum Nachdenken gegeben, das spüre ich. Ich weiß nur nicht genau, worüber.

Als Vater nach Hause kommt, liegt meine große Schwester Sanne in seinen Armen und schläft. Eigentlich ein hübsches Bild, so wie er sie trägt. Mutter streichelt ihr über die Wange.

»Jetzt haben wir Ruhe«, erklärt Vater.

»Gott sei Dank«, sagt Mutter.

Vater legt Sanne aufs Sofa und setzt sich neben sie in einen Sessel. Hin und wieder ordnet er ihr Kleid und fühlt ihren Puls. Alles ist offenbar so, wie es sein soll.

»Besser, ich bleibe heute Nacht bei ihr«, sagt er.

»Hältst du das wirklich für notwendig?«

»Es ist mir lieber«, antwortet er. »Einfach, um auf Nummer sicher zu gehen.«

Und so wird es gemacht.

Ich weiß nicht genau, was ich davon halten soll, und Mutter geht es wohl ähnlich; sie nickt, aber wirklich überzeugt ist sie nicht, das sehe ich ihr an.

Als ich im Bett liege, drehen sich mir die Gedanken im Kopf und halten mich wach. Schließlich schleiche ich zur Schlafzimmertür und klopfe an. Mutter schließt auf.

»Ich kann nicht schlafen.«

»Wieso nicht?«

»Sanne«, sage ich nur. Dann nimmt sie mich bei der Hand und wir gehen nach unten. Wir schleichen bis zur Wohnzimmertür und schauen verstohlen hinein. Vater sitzt im Sessel neben Sanne, die noch immer bewusstlos auf dem Sofa liegt. Er sitzt mit dem Rücken zu uns und streicht eine Haarlocke aus ihrem Gesicht, hin und wieder streicht er ihr über die Kleider und murmelt irgendetwas Beruhigendes. Plötzlich dreht er sich um und entdeckt uns. Ich erwarte ein Donnerwetter, weil wir ihn belauscht haben, aber nein, er lächelt und winkt uns zu. Wir winken zurück und gehen rückwärts zur Treppe zurück.

»Bist du jetzt beruhigt?«, flüstert Mutter, als wir nach oben gehen.

»Sehr«, sage ich. »Aber darf ich heute Nacht trotzdem bei dir schlafen?«

Sie scheint sich beinahe zu freuen, dass ich sie frage, und ich kuschele mich dicht an sie und schlafe rasch ein. Als ich aufwache, sehe ich Mutter mit offenen Augen und gefalteten Händen im Bett sitzen.

»Betest du, Mutter?«

»Ja.«

Die Sonne geht bereits auf und Licht kriecht unter den Gardinen herein. Der Gedanke, dass Mutter dasitzt und betet, ist schön, es wird also nicht alles schiefgehen; ich krabbele wieder unter die Decke und schlafe noch einmal ein.

Mutters Gebete wurden offenbar nicht erhört, denn Sanne geht es an diesem Morgen nicht sonderlich gut. Sie ist zwar bei Bewusstsein, aber sie ist nicht ganz bei sich: Der Unterkiefer hängt ihr herunter und sie redet so undeutlich. Außerdem will sie unbedingt ans Telefon, um Asger anzurufen, aber da zieht Vater dann doch eine Grenze. Worüber will sie denn bitte mit Asger reden? Ich verstehe nicht, was Sanne sagt, weil sie so nuschelt, aber auch, weil Vater sie unterbricht und ihr vorhält, dass sie undankbar sei. Jetzt hat er die ganze Nacht bei ihr gesessen und nun macht sie so ein Theater? Mutter und ich mischen uns nicht ein, wir sehen nur zu und halten uns an den Händen. Mutter drückt mit ihrer Hand ziemlich zu, vor allem, als Vater sich Sanne wieder schnappt und zum Auto schleppt.

»Nicht zu Doktor Madsen!«, schreit Sanne. »Nicht *wieder* zu Doktor Madsen!«

Ich bemerke, dass sie auf einmal gar nicht mehr nuschelt, aber sie kämpft auch nicht mehr so verbissen wie gestern, sie hat keine Kraft mehr. Dafür schickt sie Mutter und mir einen so bettelnden Blick, dass man am liebsten ganz woanders hinschauen will. Das mache ich auch – und dabei fällt mein Blick zufällig aufs Telefon. Sofort geht es mir ein bisschen besser, denn es gibt ja auch die Möglichkeit, dass *ich* Asger anrufe.

Soll ich anrufen, solange Mutter noch im Wohnzimmer ist, oder soll ich warten, bis ich allein bin? Ich warte noch ein bisschen, ich bin lieber vorsichtig, denn bei Mutter weiß man nie. Jetzt holt sie die Schokoladentäfelchen aus dem Laden, die hellen von Heinrich Jessens Schokoladenfabrik, die ich so gern esse, und dann schaltet sie den Fernseher ein. Es ist zwar erst mitten am Vormittag, aber auf Deutschland gibt es immer irgendetwas.

»Wir werden die alte Sanne schon wiederbekommen«, sagt sie.

Ich denke darüber nach, welche Sanne sie wohl meint. Aber dann vergesse ich alles, denn jetzt fängt Lassie an, die Serie mit dem Hund, das ist die Lieblingssendung von Mutter und mir, obwohl niemand darin singt. Ich weiß nicht, wie lange wir zusehen, aber irgendwann beginnt Mutter etwas zu oft zur Standuhr zu schauen und mir fällt Sanne wieder ein.

»Ob sie wohl noch eine Beruhigungsspritze bekommen hat?«

»Wir werden sehen, es kann ja sein, dass Madsen eine andere Spritze ausprobieren will. Es gibt bestimmt viele verschiedene Sorten.«

Das klingt vernünftig, obwohl ich nicht so richtig verstehe, was Sanne eigentlich hat. Endlich hören wir Vaters Auto in der Einfahrt und Mutter schaltet hastig den Fernseher aus, obwohl der Film noch gar nicht zu Ende ist.

Merkwürdigerweise kommt Vater allein zurück, Sanne ist nicht bei ihm! Er hält das Milchmannkäppi in der Hand und mich durchzuckt der Gedanke, dass meine große Schwester vielleicht tot ist. Aber so schlimm ist es doch nicht, trotz allem.

»Wo ist Sanne?«, fragt Mutter.

»Sie wurde eingewiesen«, sagt Vater. »Nach Augustenborg, Madsen meinte, das sei das Beste.«

»In die Irrenanstalt?«, frage ich.

»So heißt das nicht«, sagt Mutter, »das ist eine psychiatrische Klinik.«

»Er wollte die Verantwortung nicht länger übernehmen«, fügt Vater hinzu, »und mir war auch nicht recht wohl dabei, sie hier zu Hause zu behalten.«

»Um Gotteswillen«, sagt Mutter. Als hätte sie mir das Wort aus dem Mund genommen. Allein die Vorstellung, dass ich eine Schwester habe, die dort eingewiesen ist! Darüber wird garantiert geredet, auch in der Schule; ich sollte mich darauf vorbereiten, hochgenommen zu werden. Kann sie überhaupt wieder zurückkommen, wenn sie erst einmal dort ist? Und was machen die wohl mit ihr, diese Ärzte und Krankenschwestern, außer natürlich, dass man sie in eine Zwangsjacke steckt und ihr elektrische Schläge verpasst? Hat sie eigentlich ihre Zigaretten dabei? Aber kann man überhaupt rauchen, wenn man eingeschnürt ist und elektrische Schläge bekommt? Am besten, ich stelle keine weiteren Fragen mehr, sonst kann ich heute Nacht gar nicht schlafen. Doch nun drängt sich eine andere und vielleicht noch wichtigere Frage auf.

»Und was ist mit der Kommunalwahl?«, fragt Mutter.

Vater zuckt die Achseln und lässt sich schwer in einen Sessel fallen.

»Ich weiß es nicht«, erwidert er. »Nun lief es doch gerade so gut; ach ja, so schnell kann man wieder auf der Erde landen.«

Er hat noch immer sein Käppi in der Hand und fummelt daran herum, so etwas macht er nur, wenn's ihm richtig schlechtgeht. Würde er sich nur mit einem Kugelschreiber im Ohr pulen, hätte ich keine Angst.

»Wahrscheinlich werden sie nicht wollen, dass ich mich

weiterhin zur Wahl stelle«, überlegt er. »Eine Tochter in der geschlossenen Anstalt, das fällt doch auf die Eltern zurück.«

Mutter geht zu ihm und nimmt ihn tröstend in den Arm, im Übrigen ein Anblick, den ich auch nicht so häufig zu sehen bekomme.

»Vielleicht können wir es ja ein bisschen schönreden«, schlägt sie vorsichtig vor. »Wir müssen ja nicht unbedingt sagen, dass es Augustenborg ist.«

»Doch!«, widerspricht Vater mit fester Stimme. »Ein Politiker muss die Wahrheit sagen; sonst kann das später gegen ihn verwendet werden. Ich muss die Karten auf den Tisch legen, alle!«

Mutter und ich zucken zusammen. Meint er das wirklich ernst? Müssen wirklich *alle* Karten auf den Tisch gelegt werden?

»Vielleicht solltest du erst einmal mit deinen Parteifreunden reden«, meint Mutter.

Später am Abend ruft *sie* Asger an und erzählt ihm, was passiert ist. Zumindest das meiste – die Geschichte mit dem Sofa erwähnt sie nicht, das höre ich, aber gerade die dürfte für Asger interessant sein. Ich könnte es ihm erzählen, aber andererseits würde er dann vielleicht kommen und Vater noch einmal den Hintern versohlen. Eigentlich ist es sowieso zu spät und Sanne muss jetzt zumindest keine Angst mehr haben, jedenfalls nicht, was das angeht.

Vater hat mit denen von der Partei gesprochen und sie sind ebenfalls der Meinung, jedenfalls die meisten von ihnen, dass die Karten auf den Tisch gelegt werden müssen, um dem Gerede zuvorzukommen. Die Leute aus der Partei kennen die Leute von der Zeitung und nun wird Vater von einem

Journalisten interviewt – und ich darf dabei sein. Es ist schon ein bisschen langweilig, aber zuzugucken, wie der Mann sich auf einem kleinen Block Notizen macht, ist schon komisch, er kann verdammt fix schreiben. Kriegt er wirklich alles mit, was Vater sagt? Vater sagt nämlich ziemlich viel und alles ist wichtig; seine Augen leuchten und zwischendurch hat er einen Kloß im Hals. Hinterher soll noch ein Photo gemacht werden.

Vater schlägt vor, dass er sich zusammen mit mir photographieren lässt. Der Photograph weiß erst nicht recht, aber dann fügt er sich; es ist also doch gut, dass ich mitgekommen bin. Auf dem ersten Bild stehe ich neben Vater, auf dem anderen sitze ich ihm auf dem Schoß. Ich halte meinen Kopf schräg und reiße die Augen auf, und dann lehne ich mich bei Vater an. Der Photograph lobt uns sehr, und auf dem Heimweg kauft Vater sich eine Zigarre und mir eine Tüte Malzbonbons.

Schon am nächsten Tag sehe ich mich selbst in der Jydske Tidende. Sie haben das Bild genommen, wo ich neben Vater stehe; ich bin ja der Meinung, das andere wäre besser gewesen, aber egal. Vater erhält viele Sympathiebekundungen – so heißt das, wenn man sich gewählt ausdrückt –, die Kunden im Laden loben ihn und Frau Simonsen kommt mit Blumen. Ihre Kusine ist Spastikerin, und das hat man ihr bestimmt auch schon aufs Butterbrot geschmiert. Soweit ich verstehe, ist Vater in dem Interview sehr ehrlich gewesen. Er hat gesagt, dass Sanne in eine geschlossene Abteilung eingewiesen werden musste und die Familie darüber natürlich sehr traurig ist – aber wir würden auch keinen Grund sehen, es zu verheimlichen. Sanne ist, wie sie ist, und wir lieben sie trotzdem. In der Zeitung steht auch ein bisschen über mich, nämlich, dass *mir* nichts fehlt; ich bin ziemlich froh, das zu wissen.

Die größte Zustimmung bekommt Vater für seine Forderung, dass die öffentliche Hand mehr Mittel zum Wohle der Geisteskranken zur Verfügung stellen muss. Ich weiß nicht genau, was mit »zum Wohle« gemeint ist, aber es geht wohl darum, dass es genug Medizin und Zwangsjacken für alle gibt. Ich traue mich nicht, zu viel zu fragen, man muss ja auch nicht immer alles so genau wissen. Und als Vater gefragt wird, woher das Geld für die Geistesgestörten kommen soll, sagt er, dass hier bei uns auf dem Land mehr Industrie notwendig sei, damit die Räder sich wieder anfangen können zu drehen. Ich finde das einen guten Satz. Ich bin so froh, dass Vater noch immer die Macht über die Worte hat, und das nicht nur bei Beerdigungen.

Es wird sicher niemanden wundern, dass Vater bei der Wahl viele persönliche Stimmen erhalten hat. So viele, dass er nicht nur in den Gemeinderat gewählt wird, sondern auch in die Zeitung kommt – schon wieder! Diesmal darf ich allerdings nicht mit und bin schon ein bisschen wütend darüber. Aber ich kann nicht jedes Mal dabei sein, sagt Mutter, und bestimmt wird sich irgendwann noch mal etwas ergeben. Sie liest mir den Artikel vor, als er in der Zeitung steht, und ich verstehe fast alles. Der Journalist hat Vater die Frage gestellt, ob er nun etwas zum Wohle der Geisteskranken unternehmen werde, jetzt, da er politische Macht hat. Und Vater hat geantwortet, dass er die Angelegenheit bei der ersten sich bietenden Gelegenheit aufgreifen wird. Der Posten des Bürgermeisters ist leider an einen Sozialdemokraten gegangen, aber davon will Vater sich nicht abschrecken lassen – eigentlich gibt es nichts, was er nicht bei der ersten sich bietenden Gelegenheit aufgreifen will. Ich bin ganz einfach stolz auf meinen Vater, und Mutter ist es auch. Ich wüsste gern, ob

Sanne auch stolz ist, wenn sie die guten Neuigkeiten erfährt; ich bin mir nur nicht so sicher, ob sie es überhaupt erfährt. Sanne geht es nämlich noch immer nicht gut, und das betrübt uns alle sehr. Mutter ruft einmal in der Woche im Krankenhaus an und spricht mit ihr, aber Sanne ist am Telefon überhaupt nicht nett zu Mutter, und hinterher weint Mutter oft. Also warten wir mit unserem Besuch, bis es ihr ein bisschen besser geht. Ich darf natürlich mit, das haben sie mir versprochen, und ich glaube, ich freue mich auch darauf.

Man sieht mich jetzt mit etwas anderen Augen, das merke ich, auch auf dem Schulhof. Sozusagen mit mehr Respekt. Ein paar Lehrer gratulieren mir, obwohl ich eigentlich nicht glaube, dass sie Vater gewählt haben. Aber darüber kein böses Wort, Hauptsache, sie wissen, dass er nun jemand ist, der etwas zu sagen hat. Und das wissen sie.

Nisse Budde weiß das auch, jetzt ist sein Vater durchaus nicht mehr stärker als meiner, denn es gibt viele Möglichkeiten, stark zu sein. Aber offenbar hat er Angst, dass mir das alles zu Kopf steigt, denn in den Pausen guckt er mich so scheel an, und auf einmal sagt er: »Und deine Schwester ist jetzt in der Irrenanstalt?«

Ich habe nicht mehr so viel Angst vor ihm wie früher, darum schaue ich ihm direkt in die Augen und frage zurück: »Du, übrigens, war da nicht noch was mit einem Milchmannkäppi, das ihr vergessen habt zurückzugeben?«

»Was für ein Milchmannkäppi? Ach das. Nein, das hängt zu Hause an der Wand bei den Rehgeweihen.«

Und jetzt weiß ich nicht, was ich sagen soll. Verdammt noch mal. Ein paar der Jungen auf dem Schulhof haben zugehört und feixen. Aber nicht mehr so laut wie früher, eher so mit abgewandtem Gesicht. Wegschauen und Getuschel in den Ecken, das erlebe ich jetzt häufiger. Aber ich denke, daran kann man sich gewöhnen. Außerdem ist es besser, als ständig übersehen zu werden, oder?

Einer der Jungen ist William, ich stelle mich neben ihn. Ich meine, wir sind doch so etwas wie Freunde.

»Mach dir nichts aus Nisse«, sagt er.

»Mach ich auch nicht. Hast du das Bild von mir und meinem Vater in der Zeitung gesehen?«

»Ja«, antwortet er. »Und wenn jemand sagt, das sei geschmacklos, musst du dir auch nichts draus machen.«

»Geschmacklos? Wer sagt das?«

»Weiß ich nicht. Aber wenn einer das sagt, dann musst du dir nichts draus machen.«

Wir bleiben noch einen Moment stehen und dann fällt mir ein, dass sein Vater bestimmt die Konservativen gewählt hat, jedenfalls behauptet das mein Vater. Und Vaters Partei hat den Konservativen einen Teil der Stimmen abgenommen. Ich wüsste zu gern, ob uns nicht der Rektor für geschmacklos hält.

Anders ist es mit Mette, sie läuft mir wieder nach, wie in den alten Zeiten. Sobald sie mich sieht, hängt sie mir an den Hacken und fragt sofort, ob wir nicht miteinander spielen wollen. Das wäre nicht weiter schlimm, schließlich soll man ja mit den Kleinen nachsichtig sein; aber wenn sie mir doch nur einmal zuhören würde, wenn ich ihr die Sache mit Vater und dem Gemeinderat erkläre. Aber sie hört nicht zu, sie will viel mehr von Sanne und Augustenborg hören, und darüber zu reden habe ich keine Lust. Tatsächlich würde ich es am liebsten vergessen. Aber das ist gar nicht so einfach, denn ich vermisse meine große Schwester. Wenn ich sie sehe, werde ich sie fragen, ob sie Rommé mit mir spielen möchte, und ich werde nicht wütend werden, wenn ich verliere, nur weil sie schummelt.

Als ich aus der Schule komme, freue ich mich riesig, denn Mutter sagt, dass wir Sanne schon bald besuchen werden.

»Geht es ihr besser?«

Darauf antwortet sie nicht, auch Vater nicht, er sitzt nur da und schaut aus dem Fenster.

»Wir haben einen Brief von ihrer Psychiaterin bekommen«, sagt Mutter.

»Von ihrer was?«

»Das ist so eine Art Ärztin. Und sie bittet uns zu einem Gespräch.«

»Ja, und da müssen wir wohl erscheinen«, sagt Vater, »wenn *sie* uns darum bittet. Sannes Psychiaterin ist nämlich eine *Dame*, und sie will gern wissen, mit was für Leuten sie es zu tun hat.«

»Ein Gespräch?«, frage ich nach.

»Du kannst ja währenddessen im Garten spielen«, sagt Mutter. »Und hinterher treffen wir uns mit Sanne. Ich backe Butterwecken, die mag sie doch so gern. Freust du dich nicht?«

»Doch, ich glaub schon.«

Aber ich kann mir schon vorstellen, dass es Ärger geben wird, so blöd bin ich dann doch nicht. Vater sitzt den ganzen Abend mit einem Gesicht da, als wäre die Milch sauer geworden, und als ich ins Bett gegangen bin, höre ich, wie sie sich unten im Wohnzimmer zanken. So doll haben sie sich schon lange nicht mehr gestritten, beide sind total stur und keiner will nachgeben. Schließlich ist Vater völlig außer sich, bestimmt reißt er sich jetzt sein Hemd kaputt und kriecht auf allen vieren herum; aber ich bringe es einfach nicht fertig, hinunterzugehen und nachzusehen.

»Fahrt doch alle zur Hölle!«, brüllt er. »Lasst mich doch verurteilen und einsperren, wenn ihr wollt!«

Sollte er wirklich ins Gefängnis kommen können? Das klingt schon spannend und ich klettere aus dem Bett und lege mein Ohr an die Bodendielen. Kurz darauf sagt Mutter das Wort ›Schweigepflicht‹ – und das scheint Vater ein wenig zu beruhigen, wieso auch immer. Könnte es sein, dass Kinder die Pflicht haben zu schweigen, solange ihr Vater im Gefängnis ist? Ich würde ja verstehen, wenn Sanne ins Gefängnis müsste, aber das liegt daran, dass ich die ganze Zeit vergesse, dass sie Oma und Tante Didde *nicht* umgebracht hat. Das sagt Sanne doch nur, weil sie geistesgestört ist. Und geistesgestört ist sie, weil sie zu oft mit Vater auf dem Sofa geschlafen hat. Glaube ich jedenfalls. Oder zu wenig.

Ich krieche zurück ins Bett und stelle mir Vater hinter Gittern vor, mit einer Kette am Bein; was würde das wohl für seine Arbeit im Gemeinderat bedeuten? Vielleicht käme der von der Zeitung wieder vorbei und würde Vater noch einmal interviewen und photographieren. Vielleicht könnte Sanne ja diesmal auf Vaters Schoß sitzen? Aber natürlich nur, wenn sie ihn verteidigt und sagt, dass sie ihm vergibt und ihn noch immer liebt und so. Aber dafür müsste man ihr eigentlich erst eine Spritze geben, und dann hat sie doch immer solche Probleme, sich wach zu halten. Sie kann schließlich nicht auf Vaters Schoß sitzen und schlafen, das würde komisch aussehen, so was meinen sie bestimmt mit geschmacklos. Im Grunde wäre es ja am besten, wenn Vater nicht ins Gefängnis käme, da bin ich ziemlich sicher. Ich könnte mich ja an dem Gespräch beteiligen und dieser Psychiatrikerin erzählen, dass wir es zu Hause gut haben, abgesehen davon, dass Sanne leider zur Zeit ein bisschen krank im Kopf ist – aber eigentlich gehen wir davon aus, dass sie bald wieder gesund sein wird. Wieso ist sie denn sonst im Krankenhaus, das ist doch wohl der Sinn der Sache, ich meine, wofür kriegen die feinen Herren und Damen in ihren Kitteln denn ihr Geld? Mein Vater hat übrigens auch vor, etwas zum Wohle der Geisteskranken zu tun, außerdem hat er politischen Einfluss, also sollten wir nicht zusehen, dass wir uns einigen? Sanne hat wieder gesund zu werden, und ihre Eltern sind in Ruhe zu lassen. Vor allem ihr Vater. So. Vielleicht sollte ich mein Kaninchen Ninus mitnehmen? Nur damit ich mich nicht so allein fühle. Es ist schon so eine Sache, immer derjenige zu sein, der die Probleme der Familie zu lösen hat; aber ich bin nun mal nicht älter und irgendjemand muss sich der Angelegenheit doch annehmen. Ich hoffe nur, dass ich Sanne wiedererkenne – man weiß ja nicht, was sie mit ihr gemacht haben – und keinen elektrischen Schlag bekomme, wenn ich sie bei der Hand nehme.

KAPITEL 8

Das weiße Schloss

Ich begreife nicht, warum sie mir nicht einfach das Geld gibt. Es steht doch im Sparbuch, das muss sie doch sehen, und das Sparbuch gehört mir.

»Dreihundert?«, fragt sie.

Ich nicke, das habe ich gesagt. Sie trommelt eine Weile mit dem Kugelschreiber und weiß nicht so genau, was sie machen soll. Liegt es daran, dass ich einen Ranzen auf dem Rücken trage und ein Kaninchen unter dem Arm? Vielleicht darf man das nicht in einer Bank?

»Du bist nicht alt genug, um selbst Geld abzuheben«, sagt sie. »Du musst eine Vollmacht von zu Hause mitbringen.«

»Das hat mir niemand gesagt.«

»Bist du nicht der Jüngste vom Milchmann?«

Wieder nicke ich.

»Zweihundert«, sage ich dann.« Und füge hinzu: »Ich habe es selbst verdient, mit meinen Kaninchen. Und jetzt will ich in den Ferien nach Sønderborg.«

»Einen Augenblick.«

Sie geht zu dem Filialleiter, den Vater kennt und der auch im Gemeinderat sitzt. Genau das habe ich befürchtet. Sie flüstert ihm etwas zu. Er sieht mich an, greift zum Telefonhörer. Soll ich weglaufen? Nein, es ist bereits zu spät. Er spricht mit Vater oder Mutter, hoffentlich mit Mutter.

Jetzt kommt der Mann zu mir. Er ist gar nicht dick, ich dachte, man müsste dick sein, um in den Gemeinderat zu kommen, und er benutzt einen Gürtel statt Hosenträger.

Das sieht lächerlich aus, finde ich. Vater und ich tragen Hosenträger.

»Dein Vater würde gern mit dir sprechen«, sagt er.

Er zeigt auf das Telefon. Ich gehe auf die andere Seite des Schalters, nehme den Hörer und räuspere mich. Ich bin froh, dass keine anderen Kunden in der Bank sind.

»Bist du es, Junge?«, fragt Vater.

»Ja.«

»Was willst du mit dem Geld? Du solltest besser zusehen, dass du nach Hause kommst, und zwar schnell.«

»Ja«. Hastig lege ich den Hörer auf. »Was kostet das?« frage ich den Filialleiter, weil ich von daheim weiß, dass telefonieren teuer ist.

Er macht eine abwehrende Handbewegung und ich gehe, ohne mich umzusehen. Auf einmal kommt die Frau hinter mir hergelaufen, ich habe mein Sparbuch vergessen. Ich danke ihr und stecke es wieder in den Ranzen. Eigentlich ist es ja keine besonders gute Idee, ein Sparbuch zu haben, wenn man nicht einmal Geld abheben darf. Eigentlich ist es die Höhe. Ich hätte mein Geld nie dort einzahlen dürfen, ich hätte es irgendwo unter meinem Bett verstecken sollen. Aber es hieß doch, das Geld sei am sichersten auf der Bank, ja klar, schönen Dank auch!

Jetzt kommt der Bus, mit dem ich hätte fahren sollen. Aber es hilft nichts, ich muss nach Hause und meine Strafe in Empfang nehmen: eine ordentliche Tracht Prügel und Stubenarrest. Das kommt bei einem Fluchtversuch heraus. Bedauerlich, wie so vieles halt. Ich muss sehen, dass ich es wie ein Mann nehme.

Der Fahrer und ich haben Augenkontakt. Er sieht nett aus, schaut mich fragend an und verlangsamt seine Geschwindigkeit; ich sehe offenbar aus wie jemand, der mitfahren will. Er sieht dafür aus wie jemand, der mich mit Vergnügen in die große weite Welt fahren würde – und plötzlich habe ich die Hand gehoben und den Bus angehalten. Ehrlich gesagt, weiß ich nicht, wie es passiert ist, jedenfalls war mein Kopf dabei nicht mit im Spiel. Ein bisschen so wie damals im Freibad von Toftlund; ich stand an der tiefen Seite des Beckens und schaute aufs Wasser und die spielenden Kinder – und plötzlich war ich mitten unter ihnen und strampelte. Wie ich dorthin gekommen bin, weiß ich bis heute nicht. Ich muss mich völlig vergessen haben und einfach gesprungen sein. Ein Bademeister hat mich gerettet, schließlich konnte ich nicht schwimmen.

»Und wo soll's hingehen, mein Junge?«

An der Frontscheibe baumelt ein Plastikschwein mit Sonnenbrille und aus dem Autoradio kommt deutsche Unterhaltungsmusik. Andere Passagiere gibt es nicht.

»Sønderborg«, sage ich und steige ein.

»Ich kann dich bis Vojens fahren, von dort aus musst du dann den Zug nehmen.«

»Das habe ich auch gemeint.«

Glücklicherweise habe ich ein bisschen Kleingeld in der Tasche, genug, um einen Einzelfahrschein zu bezahlen. Er krault Ninus hinter den Ohren und gibt mir eine Zeitung, die ich unter mein Kaninchen legen kann, damit es den Sitz nicht schmutzig macht. Daran hätte ich auch selbst denken können, aber er schimpft nicht, im Gegenteil, er freut sich, dass er helfen kann. Erst als der Bus fährt, wird mir klar, dass ich nur noch fünf Kronen und fünfzig Øre besitze. Was mache ich jetzt? Mit dem Zug kann ich nicht fahren, ich habe nicht mal genug Geld für eine Rückfahrkarte. In einer halben Stunde bin ich am Bahnhof, bis dahin muss mir irgendetwas einfallen, wie ich weiterkomme. Wenn mir nichts einfällt, muss ich zu Hause anrufen und Vater bitten, mich abzuholen. An diese Möglichkeit möchte ich lieber nicht denken. Nicht nur, weil ich Angst vor der Tracht Prügel habe, sondern auch, weil es schwer werden wird, Mutter und Vater zu erklären, was ich vorhatte. Sie würden nicht verstehen, dass es nur zum Besten für uns alle ist, wenn ich mit der Psychiatrikerin rede und ihr erkläre, wie eigentlich alles zusammenhängt. Das werden sie erst verstehen, wenn ich wieder nach Hause komme und meine Mission vollbracht ist.

Als wir in Vojens ankommen, habe ich mir einen Plan zurechtgelegt. Zunächst hole ich mein Portemonnaie aus der Tasche und verstecke es auf dem Boden des Ranzens. Dann gehe ich zu den Telefonboxen am Eingang des Bahnhofs und tue so, als würde ich telefonieren. Es ist schon ein komisches Gefühl, mit dem Heulton im Hörer zu reden, denn was soll man sagen?

»Ja, ich bin von zu Hause abgehauen«, sage ich. »Nein, ich weiß nicht, wann ich wieder zurückkomme. Ich wünsche euch alles Gute.«

Ich sehe mich um; eine Mutter mit einem Kind auf dem Arm geht vorbei.

»Ich werde für euch beten«, sage ich und lege auf.

Am Fahrkartenschalter finden sie für mich heraus, wann der nächste Zug nach Sønderborg fährt und von welchem Bahnsteig; dann setze ich mich in den Wartesaal. Während wir warten, darf Ninus ein bisschen auf dem Fliesenboden herumhoppeln; er ist sehr zutraulich und das stimmt mich zuversichtlich. Ich gebe ihm auf der Toilette ein bisschen Wasser und einen Apfelstrunk, den ich in einem Mülleimer finde. Als der Zug kommt, nehme ich Ninus unter den Arm und mache mich bereit – und wenige Sekunden vor der Abfahrt des Zuges, laufe ich auf den Schaffner am Bahnsteig zu. Er möchte meine Fahrkarte sehen, und ich greife in die Tasche nach meinem Portemonnaie – selbstverständlich vergeblich.

»Oh nein!«, rufe ich aus. »Wo ist denn mein Portemonnaie? Ich muss es beim Telefonieren vergessen haben. Schaff ich's noch, es zu holen, bevor der Zug abfährt?«

»Dann musst du dich aber verdammt beeilen«, sagt er und schaut auf die Uhr.

»Können Sie ihn gerade mal halten«, bitte ich den Schaffner und reiche ihm Ninus, er kommt nicht einmal dazu, zu protestieren. Dann renne ich durch die Vorhalle, hinaus zur Telefonbox von vorhin, wo natürlich kein Portemonnaie liegt. Ich drehe um und renne wieder zurück. Der Schaffner hält Ninus im Arm und wartet, und als er sieht, dass ich komme, hebt er mit seiner freien Hand die Flöte und holt tief Luft.

»Es war nicht mehr da!«, sage ich atemlos. »Ich versteh das nicht.«

»Dann haben sie's geklaut, diese Banditen!«, erwidert er und pfeift. Er gibt mir das Kaninchen zurück, schiebt mich in den Zug und kommt hinterher.

»Wie viel Geld war denn drin?«

»Dreihundert Kronen«, lüge ich und bin kurz davor zu weinen. »Ich will in die Ferien nach Sønderborg. Und jetzt kann ich die Fahrkarte nicht bezahlen.«

»Das wird schon gehen, nur ruhig«, tröstet er mich. »Das waren bestimmt diese verdammten Halbstarken mit ihren Mopeds.«

»Halbstarke, hier in Vojens gibt's so was auch?«

»Wir haben bald nichts anderes mehr. Hast du nicht gesehen, wie sie in der Cafeteria vom Bahnhof herumlungern?

Das ist ihr Treffpunkt, aus ganz Südjütland kommen sie. Und nachts fahren sie am Altersheim vorbei und geben richtig Gas.«

»Solche Schweinebuckel«, sage ich.

»Ich rufe jetzt vom Führerstand beim Fahrkartenverkauf an, und wenn jemand dein Portemonnaie finden und abliefern sollte, rufen sie mich zurück. Sonst gebe ich dir einfach einen Zahlschein mit und du bezahlst später.«

Damit geht er, kümmert sich um die anderen Passagiere und lässt Ninus und mich in Ruhe. Es war so einfach, mein Plan hat funktioniert, ich bin auf dem Weg nach Sønderborg in die große weite Welt.

Als ich in Sønderborg ankomme, ist es bereits früher Abend. Ich schlendere vom Bahnhof zum Bushalteplatz und lasse mir viel Zeit dabei, denn es gibt so viel zu sehen. Es ist ja so mit großen Städten, dass sie in vieler Hinsicht den kleinen Städten ähnlich sehen, sie sind halt nur größer – das wusste ich allerdings schon vorher, das habe ich nämlich im Fernsehen gesehen. Aber wenn man selbst mittendrin steht und richtig hinsieht, dann gibt es doch noch ganz andere Unterschiede. Allein die *Art*, in der die großen Städte größer sind, hat etwas Großartiges; irgendwie sieht es völlig normal aus, obwohl es überhaupt nicht so ist. Nehmen wir zum Beispiel das ganze elektrische Licht hier in Sønderborg, die Schaufenster der Geschäfte, die Wohnzimmerfenster und Straßenlampen, alles ist geradezu gebadet in Licht – da denkt man sich, ist das eigentlich notwendig und wer bezahlt das überhaupt alles? Aber es scheint, als würde es niemanden stören, und es dauert nicht lange, dann stört man sich selbst auch nicht mehr daran. Dann ist es mit einem Mal ganz normal, dass es überall hell ist; ja, man würde sich wundern, wenn das Licht plötzlich ausgeschaltet wird. Dann würde so jemand wie ich sagen: Dacht ich's mir doch, so konnte es ja auch nicht weitergehen. Aber das liegt daran, dass ich aus einer kleinen Stadt komme; Sønderborg ist ja schon lange groß.

Am Bushalteplatz, der ungefähr dreimal so groß ist wie der in Vojens, finde ich schnell den Bus, der nach Augustenborg fährt. Aber damit muss ich gar nicht angeben, denn an jedem Bus hängt an der Frontscheibe ein Schild, auf dem man lesen kann, wohin der Bus fährt. Ich sehe, dass in dem nach Augustenborg ein Fahrer sitzt, aber die Tür noch nicht offen ist. Also muss man warten. Ich schaue noch einmal hin und bin fast sicher, dass im Bus eine Frau sitzt – mit einer Dienstmütze! Es ist das erste Mal, dass ich einen weiblichen Busfahrer sehe, aber irgendwie sieht es auch ziemlich normal aus, selbst das. In gewisser Hinsicht ist es schon etwas Besonderes, dass es Platz für solche Extreme gibt, denke ich – außerdem kann jetzt keiner mehr was dagegen sagen, dass ich ein Kaninchen dabei habe. Ich setze Ninus unter eine Bank, unter der etwas Unkraut wächst, und er fängt an zu mümmeln. Ich freue mich, denn er hat es wirklich verdient, einen besseren Reisekameraden hätte ich gar nicht finden können. Das Gute an Kaninchen ist ja, dass sie alle möglichen Arten von Unkraut fressen, und Unkraut wächst überall, auch in den großen Städten; das Grünzeug kommt auch durchs Pflaster oder einen Riss im Zement.

Jetzt muss ich nur noch das Problem lösen, wie ich die Fahrkarte bezahle. Ich hole das Portemonnaie aus dem Ranzen und zähle noch einmal mein Geld. Es sind noch immer fünf Kronen und fünfzig Øre. Und ich sehe, dass es noch ein Leberwurstbrot gibt, das hätte ich fast vergessen. Es schmeckt himmlisch, und obwohl ich es selbst geschmiert habe, muss ich an Mutter denken. Aber das hat keinen Sinn, da fange ich nur an zu weinen, und im Moment klappt doch alles so gut. Wenn ich mir vorstelle, dass sie mir aufmunternd zulächelt, geht es besser. Also stelle ich es mir vor, und sie lächelt und lächelt.

Während ich warte, kommen noch andere Menschen, die mit dem Bus fahren wollen und auch warten müssen. Ich würde mich gern mit ihnen unterhalten, aber ich weiß nicht, was ich sagen soll. Eine alte Dame schaut unter die Bank zu Ninus und lächelt.

»Ist es weit bis Augustenborg?«, frage ich sie.

»Sieben oder acht Kilometer.«

Das klingt nicht so schlimm. Jetzt öffnet die Fahrerin endlich die Tür und die Leute steigen ein. Ich nehme Ninus unter den Arm und schließe mich ihnen an. Wenn ich nicht genug Geld habe, werde ich den Kopf schief legen und große himmelblaue Augen machen.

»Was kostet eine Fahrt nach Augustenborg?«

»Vier Kronen«, sagt sie.

Glück gehabt.

Wenn man aus Sønderborg kommt und nach Augustenborg fährt, geht es erst einmal geradeaus. Die Landschaft ist flach und es gibt so gut wie keine Bäume. Aber gerade wenn man denkt, es sieht ja alles so aus wie zu Hause, geht es plötzlich bergauf! Man stutzt einen Moment, aber man befindet sich ja weiter östlich, was kann man also anderes erwarten? Kurz darauf geht es dann wieder runter. Und kaum ist man unten, fährt man *wieder* nach oben! In aller Ruhe, aber immerhin. Und als wäre das nicht schon genug, fängt die Straße auch noch an, sich zu einer Seite zu drehen – und kurz darauf zur anderen: Als wüsste sie selbst nicht, wohin sie eigentlich will! Auf dieses letzte Stück hätte ich jedenfalls gut verzichten können, und ich sehe Ninus an, dass es ihm ebenso geht. Nur gut, dass ich ihn auf eine Zeitung gesetzt habe. Aber dann scheinen wir am Ziel zu sein, denn wir fahren durch eine Stadt; wieder dieses ganze Licht. Als der Bus anhält, steige ich aus; ich gehe davon aus, dass es sich um Augustenborg handelt.

»Wo liegt denn das Krankenhaus?«, frage ich die Fahrerin.

Sie zeigt mir die Richtung und erklärt mir den Weg; und ich gehe los.

Aber merkwürdigerweise komme ich nicht zu einem Krankenhaus, als ich ihren Erklärungen folge, sondern zu einem großen weißen Schloss. Einem Schloss, das von Rasenflächen und grünen Bäumen umgeben ist. Es ist so ein Mittelding zwischen Amalienborg und Christiansborg, nur weiß gestrichen und mitten in einem hübschen Park. Wohnen hier etwa die Geisteskranken? In so einer vornehmen Umgebung? Etwas eigenartig ist das schon.

Ninus darf an einer Stelle herumhoppeln, an der es Löwenzahnblätter gibt; es sieht so aus, als würde es ihm wieder besser gehen. Aber was mache ich jetzt mit ihm? Ich will ihn nicht mit zu den Geisteskranken nehmen, er soll so etwas nicht auch noch erleben, darum binde ich ihn mit einem Halsband, das ich im Ranzen habe, an einen Baum. Dann gehe ich zu den Fenstern des Schlosses. Die Fenster sind groß, aber ich passe auf, dass ich nicht gesehen werde.

Es sind schöne große Räume, das muss ich schon sagen, und überall ist es sauber und ordentlich. Die Geisteskranken sehen nicht aus, als würde es ihnen schlechtgehen. Es gibt einen, der weint, und einen, der in der Ecke sitzt und mit dem Kopf an die Wand schlägt, aber das kann man auch überall sonst erleben. Unmittelbar kann ich Sanne nicht entdecken, aber vielleicht liegt sie ja festgeschnallt im Keller?

Ich gehe zum nächsten Fenster. Hier sitzt eine junge Frau in einem weißen Kittel und telefoniert, offenbar handelt es sich um ein Büro. Jetzt lacht sie. Dann kommt ein Mann herein, auch er in einem weißen Kittel, er sieht müde aus. Ein Patient kommt dazu, ihm wird ein Stuhl und ein Schluck Kaffee angeboten, es ist der, der weint. Er darf bei ihnen sitzen bleiben und weinen, der Mann im weißen Kittel liest und die Frau unterhält sich noch immer am Telefon.

Ich gehe von Fenster zu Fenster und sehe einige Räume mit Betten, die meisten stehen leer; außerdem gibt es noch einen Fernsehraum. Dort sitzt eine Handvoll Menschen und schaut sich einen Film an, jetzt kommt die Nahaufnahme eines Hundes, eines Collies, ich wüsste gern, ob es Lassie ist. Sehen sich Geisteskranke auch Lassie an? Eigentlich sieht es ganz gemütlich aus und ich bekomme richtig Lust, mich zu ihnen zu setzen. Doch dann kommt Sanne herein. Sie setzt sich ganz nach hinten und sieht mit den anderen Patienten fern. Sie kann also gehen, das ist gut, aber die Art, wie sie geht, sagt mir, dass sie etwas groggy ist. Aber das war sie zu Hause auch, jedenfalls in letzter Zeit. Ich versuche Augenkontakt mit ihr aufzunehmen, aber das ist nicht so einfach, denn die anderen sollen es ja nach Möglichkeit nicht merken. Schließlich gelingt es mir, sie schaut direkt zu mir hinaus und ich winke. Sie nickt, verzieht aber keine Miene – und richtet ihren Blick wieder auf den Fernseher. Ich versteh das nicht. Sie hat mich doch gesehen, sie hat mir zugenickt, oder habe ich mich geirrt?

Die Haupttür ist nicht verschlossen. Die Klinke sitzt ein

bisschen weit oben, aber ich kann sie erreichen, und dann brauche ich all meine Kraft, um die Tür aufzuschieben. Hinter einer Glasscheibe sitzt jemand und strickt, bestimmt eine Krankenschwester. Sie hebt ihren Blick, als ich vorbeigehe, und spricht mich an.

»Hallo, wer bist du? Und was willst du?«

Aber ich gehe einfach weiter, als hätte ich sie nicht gehört. Ich bin auf dem Flur schon ein ganzes Stück weit gekommen, als sie mich einholt.

»Ich will meine Schwester besuchen«, erkläre ich ihr. »Meine Mutter und mein Vater sind auf dem Weg, sie kommen gleich.«

»Wer ist denn deine Schwester?«

»Sie heißt Sanne und sitzt dort«, sage ich, als ich zum Fernsehzimmer komme.

Da ich jetzt ohnehin drin bin und die Patienten mich auch gesehen haben, mag die Krankenschwester mich nicht wieder rauswerfen.

»Und deine Eltern kommen gleich?«

Ich nicke. Dann geht sie, sieht sich dabei aber noch ein paar Mal um. Ich setze mich neben Sanne. Sie schaut mich an, lächelt aber nicht. Wer weiß, ob sie mich wiedererkennt.

»Mutter und Vater kommen nicht«, flüstere ich. »Nur ich bin da. Ich bin gekommen, um zu sehen, wie es dir geht.«

Sie nickt, blickt auf den Fernseher. Der Schirm ist größer als bei uns zu Hause.

»Wie geht's dir, Sanne?«

«Ja, danke«, sagt sie.

»Ich hab dir deine Zigaretten mitgebracht.«

Ich zeige ihr die Zigaretten, sie sieht sich die Schachtel mit einem seltsam leeren Blick an. Als ich sie ihr vor die Augen halte, nickt sie und lächelt, aber sie greift nicht danach – mir gefällt dieses Lächeln nicht. Raucht sie etwa nicht mehr? Wieso sagt sie nichts? Sie sitzt da wie eine Puppe, genau wie die anderen. Ich weiß nicht, was ich machen soll, und fange an, ihr übers Haar zu streicheln. Sie lässt es zu, vielleicht merkt sie es gar nicht.

Eine andere Frau in einem weißen Kittel kommt herein und ich gehe ihr entgegen. Wir geben uns die Hand und ich verstehe, dass sie die Psychiatrikerin ist. Ah ja, sie ist das also, denke ich.

»Deine Eltern haben angerufen«, sagt sie. »Sie haben vermutet, dass du hier auftauchen wirst. Bist du von zu Hause fortgelaufen?«

«Ja«, antworte ich. »Schon. Hast du Zeit, dich ein bisschen mit mir zu unterhalten?«

Sie lacht kurz und unsicher. Das gefällt mir. Sie führt mich in ein Büro, es ist wie in einem Film.

»Und worüber möchtest du mit mir sprechen?«, erkundigt sie sich und zeigt auf einen Stuhl. Ich setze mich, dann setzt sie sich auch.

»Ich weiß, dass du gern mit meiner Mutter und meinem Vater sprechen willst«, beginne ich. »Aber sie kommen nicht, du musst also mit mir vorliebnehmen.«

Sie lacht wieder auf diese komische Art, doch dann wird sie ernst und beißt sich auf die Lippe. Eigentlich ist sie eine hübsche Frau, beinahe ebenso hübsch wie Mutter. Ob sie wohl auch Kinder hat? Ich glaube es ehrlich gesagt nicht.

»Hat Sanne etwas davon erzählt, dass sie mit Vater auf dem Sofa lag?«, frage ich. »Das stimmt schon, aber es ist jetzt bereits eine ganze Weile her, und es ist auch nur drei oder vier Mal passiert. Mein großer Bruder hat ihm eine ordentliche Tracht Prügel deswegen verpasst, das ist jetzt also aus der Welt, würde ich sagen.«

Und dann eine Pause, natürlich. Ich strecke sie, so lange ich kann, aber ich merke, dass sie in Pausen auch ziemlich gut ist. Sie sitzt da, sieht mich an und denkt sich ihren Teil – was auch immer das sein mag. Jetzt bin ich es, der unruhig wird.

»Und dann die Sache mit Oma, die gestorben ist«, fahre ich fort. »Sie ist verbrannt, das war ein harter Schlag für uns, auch für Sanne. Ich weiß nicht, ob sie gesagt hat, dass sie es gewesen ist? Aber so war das nicht, das sagt sie nur, um Aufmerksamkeit zu erregen. Es sind die Mopedrowdys gewesen, frag Bosack, unseren Polizisten. Wie geht's meiner Schwester eigentlich?«

»Es geht ihr nicht gut. Wieso denkst du, dass deine Eltern nicht mit mir reden wollen?«

»Es geht ihr *schlechter*«, erwidere ich, denn auf ihre Frage will ich mich gar nicht erst einlassen. »Aber das ist doch nicht der Sinn der Sache, oder? Dass sie hier eingewiesen ist. Meinst du nicht, dass ihr langsam mal anfangen solltet, etwas zu unternehmen, damit sie wieder gesund wird? Das würden wir zu Hause wirklich gut finden. Mein Vater sitzt im Gemeinderat, wie du vielleicht weißt, und er hat gesagt, er will etwas zum Wohl der Geisteskranken tun ...«

»Dieses Krankenhaus ist ein staatliches Krankenhaus«, sagt sie. »Da kann dein Vater kaum etwas tun. Aber es ist nett von ihm. Gibt es noch mehr, was du mit mir besprechen willst? Wenn nicht, dann denke ich, dass du dich nun von deiner Schwester verabschieden solltest, denn es dauert nicht mehr lange, bis Christensen kommt. Christensen ist unser Polizeibeamter. Man darf nicht so einfach von zu Hause fortlaufen, das weißt du doch genau, oder? Du bist erst elf.«

»Bald zwölf. Ich muss erst noch nach Sønderborg und meinen großen Bruder besuchen.«

»Da sind deine Mutter und dein Vater aber ganz anderer Ansicht.«

»Haben sie wirklich angerufen?«

»Ja. Und ich werde dafür sorgen, dass du wieder nach Hause gebracht wirst. Das habe ich versprochen. Du kannst froh sein, dass Christensen dich fährt, denn er hat wirklich anderes zu tun.«

Als Christensen kommt, wundere ich mich, dass er keine Uniform anhat. Aber er kommt in einem Polizeiauto, also muss er es wohl sein. Man braucht keine Uniform zu tragen, wenn man es nur mit einem Jungen zu tun hat, der von zu Hause weggelaufen ist, denke ich mir. Das ist keine wichtige Aufgabe – aber vielleicht irrt er sich ja. Er steht zusammen mit der Psychiatrikerin am Haupteingang und schaut hinaus in den Park, es sieht so aus, als suchten sie etwas, das sie nicht finden können. Was könnte das sein? Bin ich es etwa? Ich sehe sie sozusagen von oben, denn ich sitze in einer Baumkrone und halte die Luft an. Der Baum steht nahe am Eingang des Hauses und ich sitze fast über ihren Köpfen; wenn sie hochschauen würden, könnten sie mich sehen, glaube ich. Jetzt kommen noch ein paar andere Leute, Männer in weißen Kitteln, die zwischen den Bäumen umhergehen. Einer von ihnen hat Ninus auf dem Arm, das habe ich befürchtet, sie nehmen mein Kaninchen als Geisel!

Nach einer halbstündigen Suche fährt der Beamte wieder. Sie haben mich nämlich nicht gefunden. Er nimmt Ninus im Auto mit, im Krankenhaus wollen sie ihn wohl nicht haben. Aber was will er mit ihm, man kann doch wohl kaum ein Kaninchen ins Gefängnis stecken? Ich kann mir auch nicht vorstellen, dass er mit dem Kaninchen den ganzen Weg zu Mutter und Vater fährt; also ehrlich gesagt, ich weiß es nicht.

Vielleicht wird Ninus jetzt geschlachtet – und aufgegessen! Daran will ich lieber nicht denken. Und wo ist eigentlich Sanne?

Ihr auf Wiedersehen zu sagen war nicht sehr angenehm. Als der Lassie-Film zu Ende war, schien sie sich an mich zu erinnern. Ich dürfe nicht von ihr weggehen, ich solle sie mitnehmen, hat sie gesagt. Nicht nach Hause, aber weg von dem Krankenhaus, ich weiß nicht wohin. Sie kreischte und schrie und ein paar Männer in weißen Kitteln beruhigten sie, aber nicht ohne sich vorher auf sie zu setzen und ihr eine Spritze zu geben. Gut, dass sie diese Spritzen haben, dachte ich mir. Jedenfalls gut für die Männer, bei Sanne bin ich nicht so sicher. Ihre Arme und Beine wurden in kürzester Zeit vollkommen schlapp. Ich konnte es nicht mit ansehen, ich bin in den Park gelaufen und auf den Baum geklettert.

Nun habe ich wahrscheinlich freie Bahn, die letzten Kittel verschwinden im Schloss und die Haupttür wird geschlossen. Haben sie aufgegeben, mich zu suchen? Ich dachte, sie würden mit größeren Polizeikräften kommen, vielleicht sogar mit Polizeihunden. Aber das kann ja noch kommen – in der Zwischenzeit klettere ich herunter und strecke die Glieder. Dann schleiche ich mich wieder an die Fenster, um zu sehen, ob ich Sanne finden kann. Sie muss in einem der Betten liegen, die Frage ist nur, wo? Ich gehe von Fenster zu Fenster, aber ich sehe sie nicht. Die weißen Kittel können sie natürlich in den Keller gebracht haben, um ihr ein paar zusätzliche Elektroschocks zu geben, nur zur Sicherheit; und tatsächlich finde ich auch ein Kellerfenster. Aber dort unten ist eigentlich nichts zu sehen, nur Wäsche. Es gibt allerdings noch ein Kellerfenster, vor das Gardinen gezogen sind. Sollte es hier sein? Ich lege ein Ohr an die Scheibe, aber es dringt kein Laut heraus, nicht das geringste Wimmern. Schließlich kommt mir der Gedanke, dass ich mich möglicherweise geirrt habe; die haben sie gar nicht in den Keller gebracht, um ihr Elektroschocks zu verpassen. Ich habe mich von meiner Phantasie auf eine falsche Fährte locken lassen. Sie wird natürlich auf dem Dachboden sein! Dort können sie die Patienten hinterher gleich zum Abkühlen aufs Dach legen. Stellt sich nur die Frage, wie ich hinaufkomme.

Ich will schon aufgeben, als ich den weinenden Mann an einem Fenster stehen und in den Garten schauen sehe. Er lächelt, obwohl er noch immer weint, ich finde ihn wirklich nett. Und dann wage ich es: Ich stelle mich vors Fenster und winke ihm zu. Er bemerkt mich, das ist immerhin etwas, und er läuft nicht davon, um Hilfe zu holen. Im Gegenteil, er öffnet das Fenster und flüstert mir zu: »Wie geht's?«

»Nicht so gut«, antworte ich.

»Bist du auch traurig?«

»Sehr. Wo ist meine Schwester?«

»Augenblick«, sagt er und geht.

Ich mag es nicht, wenn jemand »Augenblick« zu mir sagt, da kommt nämlich selten etwas Gutes bei raus, umso mehr freue ich mich aber, als er kurz darauf mit Sanne unterm Arm zurückkommt. Sie zieht ihre Beine nach und ihm laufen noch immer die Tränen, aber das hindert ihn nicht, sie zum Fenster zu schleppen und mir in die Arme zu legen. Ich falle rückwärts ins Gras, sie liegt über mir. Aber sie atmet, das spüre ich, und sie klammert sich an eine Handtasche. Rasch ziehe ich sie über die Rasenfläche zwischen die Bäume, bis zu einem Schuppen. Es ist ein Geräteschuppen und die Tür ist nicht abgeschlossen. Unter den Gartengeräten finde ich eine Schubkarre.

Ich lege Sanne in die Schubkarre. Sie ist ein bisschen zu groß, ihre Arme und Beine hängen über den Rand. Aber es ist einfacher, als sie zu tragen. Ich schiebe die Schubkarre über den Rasen auf die Straße. Unglücklicherweise kommt mir ein Auto entgegen und ich glaube, der Fahrer wundert sich über den Anblick, jedenfalls hupt er. Dann hält er an und setzt zurück. Er dreht die Scheibe herunter und schaut sich Sanne in der Schubkarre an. Ich lasse ihn gucken, es würde einen komischen Eindruck machen, wenn ich jetzt abhauen würde.

»Ist sie voll?«

»Nein«, sage ich. »Sie ist geistesgestört. Sie ist meine Schwester.«

»Kommt ihr aus der Anstalt?«

»Ja.«

»Und du entführst sie gerade?«

»Ja.«

Was soll ich denn sonst sagen? Er sieht es doch sowieso.

»Kann ich gut verstehen«, sagt er. »Ich wünsch dir viel Glück!«

Er lacht und fährt weiter. Manchmal sind die Leute netter und verständnisvoller, als man glaubt. Ein Stück weiter entfernt entdecke ich im Straßengraben ein Stück Plane, mit dem ich Sanne bedecke. Nur zur Sicherheit, falls die Polizei kommt. Sie ist damit fast zugedeckt, nur ein Arm hängt noch heraus.

Es kommen noch mehr Autos, aber weder hupen sie noch halten sie an. Ich bin ziemlich stolz auf mich und fange an,vor mich hin zu summen, während ich die Schubkarre auf der Landstraße schiebe: »Niemand ist so sicher vor Gefahr, wie des Herrgotts Kinderschar« – Sanne mag das so gern. Es könnte ja sein, dass sie mich hört, obwohl sie schläft; sie soll wissen, dass alles in bester Ordnung ist. Solange sie mit mir zusammen ist, kann ihr nichts geschehen.

Ich weiß nicht, wie lange ich gelaufen bin, als mir die Schubkarre zum ersten Mal umkippt und Sanne mitten auf die Fahrbahn fällt. Glücklicherweise kommen keine Autos vorbei und Sanne sieht nicht so aus, als ob sie sich verletzt hätte, es ist nichts passiert. Aber als ich zum zweiten Mal mit ihr umkippe, ist gerade ein Lastwagen vorbeigefahren, und das finde ich eigentlich nicht so gut. Dazu kommt, dass sie sich nur mit einiger Mühe wieder in die Schubkarre bugsieren lässt, denn sie ist dabei überhaupt keine Hilfe. Allmählich bin ich müde und bestimmt ist es noch ein ganzes Stück bis Sønderborg.

In der Nähe steht eine einsame Scheune an einem Feldweg. Dort gibt es Schutz und Stroh, das gut riecht und in das man hineinkriechen kann.

»Wollen wir hier übernachten?«, frage ich Sanne.

Sie antwortet nicht, doch ich schiebe die Karre unter das Halbdach und lade sie ab. Ich glaube, als sie beim letzten Mal aus der Karre fiel, hat sie sich wirklich weh getan, denn sie stöhnt im Schlaf auf und greift nach ihrer Schulter; na ja, immerhin lebt sie noch. Ich decke sie mit Stroh zu, damit sie nicht friert, dann lege ich mich neben sie und ziehe die Plane über uns. Wir liegen gar nicht schlecht und ich finde, ich kann durchaus mit mir zufrieden sein, wenn man mal in Betracht zieht, dass ich zum ersten Mal jemanden entführe.

Am nächsten Morgen geht es Sanne wesentlich besser, sie ist mir sogar behilflich, als sie wieder in die Schubkarre steigen soll. Aber es fällt ihr noch immer schwer, die Augen offen zu halten, und außerdem sabbert sie ein bisschen aus einem der

Mundwinkel, darum decke ich sie wieder mit der Plane zu. Sie sagt nichts dazu, allerdings sagt sie ohnehin nicht sehr viel.

Nach ein paar Kilometern kommen wir an einem Laden vorbei und ich halte an, um etwas zu essen zu kaufen. Aber ich habe nur noch anderthalb Kronen, viel werde ich dafür nicht kriegen. Jetzt musst du wirklich sorgfältig nachdenken, sage ich mir, denn bevor wir nach Sønderborg kommen und Asger gefunden haben, wird es nichts mehr geben. Endlich entscheide ich mich für eine Tüte gemischter Bonbons; genau die brauche ich jetzt, schließlich bin ich es, der sich mit der Schubkarre abmüht. Sanne schläft, um sie muss ich mich also nicht kümmern.

Das heißt, ganz stimmt das nicht. Denn als ich die Schubkarre anhebe und sie mit ein paar Lakritzbonbons im Mund auf die Landstraße schiebe, wacht sie plötzlich auf. Sie stößt ein Grunzen aus und setzt sich in der Karre auf, so dass ich erschrocken loslasse.

»Was ist los?«, fragt sie. »Wo bin ich?«

Sie rudert mit den Armen und macht auf mich einen etwas panischen Eindruck, aber es geht schon besser, als ich ihr die Plane über dem Kopf wegziehe.

»Ich habe dich entführt«, sage ich.

Sie scheint nicht sonderlich dankbar zu sein, sie sieht sich nach allen Seiten um und fasst sich an die Schulter.

»Ich glaube, die ist gebrochen.«

»Na ja, tut mir leid, entschuldige bitte. Und wie geht's dir sonst?«

»Ich muss meine Medizin nehmen.«

»Ich hab 'ne Tüte Bonbons«, sage ich.

Sie stopft sich ein paar Bonbons in den Mund und legt sich wieder in die Schubkarre. Sie schläft nicht, sie liegt nur da und stöhnt und stiert in den Himmel. Ich hoffe, sie freut sich darüber, was ich für sie getan habe. Trotz allem.

Als ein Auto auf uns zukommt, lege ich die Plane wieder über sie. Dafür hat sie durchaus Verständnis, schließlich ist sie ja nicht dumm, sondern nur geistesgestört. Ich ziehe die Plane ja auch wieder herunter, als das Auto vorbeigefahren ist. Mit der Zeit scheint sie immer wacher zu werden, und dann kommt sie noch einmal auf die Medizin zurück.

»Man kann nicht alles haben«, sage ich. »Willst du, dass ich dich zurück zum Krankenhaus fahre?«

Das will sie natürlich nicht, aber mir ist schon klar, dass die Geschichte mit der Schulter lästig ist. Jetzt fängt sie auch noch an zu zittern und sehr hastig zu atmen; ich weiß nicht genau, was ich machen soll. Ich denke, wenn wir erst einmal in Sønderborg sind und Asger gefunden haben, wird sich das wieder geben.

»Hast du die Bonbontüte noch?«, will sie wissen.

»Ich hab alle aufgegessen«, sage ich.

»Nein, ob du die *Tüte* noch hast?«

Ich hab sie noch und Sanne kann sie gerne haben, aber was sie damit vorhat – keine Ahnung. Sie hält sich die Tüte vor den Mund und pustet Luft hinein – und dann atmet sie die gleiche Luft wieder ein. Immer wieder, die gleiche Luft ein und aus, bis ihre Atmung ganz ruhig ist.

»So werde ich nicht ohnmächtig, wenn ich hyperventiliere«, erklärt sie mir. »Eine der Schwestern hat es mir beigebracht.«

»Clever«, sage ich und denke, unglaublich, was sie für Wörter kennt. Ein bisschen hat die Einweisung also doch gebracht.

Ein Junge auf einem Fahrrad kommt uns entgegen, ungefähr in meinem Alter. Er bremst und starrt Sanne an, als wäre sie ein Tier, das aus dem Zoo entflohen ist. Ich decke sie mit der Plane zu und schiebe weiter. Und er kommt doch tatsächlich hinterher.

»Was glotzt'n so?«, frage ich ihn.

»Wo hast du sie gefunden?«

»Geht dich gar nichts an.«

Dann streckt er mir einen Lutscher hin, den er aus der Tasche geholt hat.

»Darf ich sie noch mal sehen?«

Ich schaue mir den Lutscher an, habe aber keine Lust auf noch mehr Süßigkeiten.

»Wenn du mir fünfundzwanzig Øre gibst«, sage ich.

Er wühlt in seinen Taschen und gibt mir ein Fünfundzwanzigørestück. Ich ziehe die Plane herunter und lasse ihn Sanne bestaunen, solange er will. Aber er ist unzufrieden.

»Sie soll das machen, was sie vorhin gemacht hat«, sagt er. »Das mit der Tüte.«

Ich zeige Sanne die Fünfundzwanzigøremünze und sie versteht. Sie hyperventiliert und hält sich die Tüte vor den Mund, ich glaube, sie schielt dabei sogar noch ein bisschen. Das hat sie vorher nicht gemacht, aber es gibt dem Ganzen gleich einen besonderen Pfiff. Nach zwei Minuten hört sie auf und ich decke sie wieder zu.

»Schon?«, fragt der Junge.

»Soviel gibt's für fünfundzwanzig Øre.«

Der Junge fährt davon und Sanne und ich setzen unseren Weg auf der Landstraße fort. Wenn man ordentlich nachdenkt, kann man ganz gut auch ohne die Erwachsenen zurechtkommen.

Es wundert mich nicht, dass er kurz darauf mit zwei anderen Kindern zurückkommt, einem Jungen und einem Mädchen. Er hält sich zurück und will wohl nicht riskieren, noch einmal bezahlen zu müssen, er schiebt seine Kameraden vor. Ich decke Sanne rasch zu, so viel Geschäftssinn habe ich schon.

»Wir wollen es auch sehen«, sagen sie.

»Das kostet fünfundzwanzig Øre«, erwidere ich, »für jeden.«

Beide haben das Geld dabei, und als sie bezahlt haben, ziehe ich die Plane weg und Sanne führt ihre Nummer vor. Aber mittendrin stöhnt sie auf vor Schmerzen und fasst sich an die Schulter.

»Was hat sie denn?«, erkundigt sich das Mädchen.

»Sie hat sich was gebrochen«, erkläre ich.

»Das ist aber nicht schön für sie. Sie sollte zu einem Arzt gehen.«

»Da war sie schon, die haben sie aufgegeben», behaupte ich. »Sie hat sich nicht nur etwas gebrochen, verstehst du. Sie leidet an einer sehr seltenen Krankheit, gegen die man nichts machen kann.«

»Das ist aber wirklich nicht schön«, sagt das Mädchen noch einmal und hat direkt Tränen in den Augen.

»Und wo wollt ihr hin?«, fragt der Junge.

»Nach Sønderborg natürlich.«

»Willst du sie dort auf dem Markt zeigen?«

»Kann schon sein«, sage ich, vielleicht ist das gar keine schlechte Idee. Oder besser nicht? Wenn man jemanden entführt hat, sollte man vielleicht nicht so mit den Türen knallen.

»Könnt ihr auch Scheren schleifen?« Wieder ist es der Junge.

Aber jetzt fragt er doch zu blöd, darauf antworte ich nicht; ich sehe, wie das Mädchen ihm einen Stoß versetzt. Sanne und ich gehen weiter, ein bisschen beleidigt, aber um fünfundsiebzig Øre reicher, und das ist schließlich auch Geld. Als wir an einer Tankstelle vorbeikommen, beschließen wir, für unser restliches Geld einen Negerkuss und Weingummi zu kaufen.

Ich bin gespannt, was Asger sagen wird, wenn er die Tür aufmacht und uns sieht. Sicher wird er Augen machen, aber bestimmt freut er sich auch. Ganz bestimmt wird er sich freuen.

Sanne liegt den ganzen Weg nach Sønderborg in der Schubkarre, versteckt unter der Plane. Wenn die Luft rein ist, schaut sie hin und wieder heraus, weil nur sie weiß, wo unser großer Bruder wohnt, sie muss uns dirigieren.

Schließlich sagt sie halt und klettert aus der Schubkarre. Sie ist allmählich wieder die Alte, sie lallt nicht mehr so schlimm und bei der Treppe hinauf in den zweiten Stock brauche ich ihr kaum noch zu helfen. Dort steht Asgers Name an der Tür. Wie ich sehe, hat er es selbst geschrieben. Er hat eine so schöne Schrift. Ich will auf den Klingelknopf drücken, aber vor Spannung zittert meine Hand.

»Willst du nicht klingeln?«, frage ich Sanne.

»Quatsch«, sagt sie.

Dann drücke ich. Nichts passiert, bestimmt hat er es nicht gehört. Ich drücke noch einmal, diesmal ein bisschen länger. Die Klingel funktioniert, wir hören sie auf der anderen Seite der Tür. Aber niemand öffnet. Er ist nicht zu Hause!

Wir stehen eine Weile da und schauen uns an, mein Herz klopft; jetzt muss Sanne etwas sagen, sie ist schließlich die Ältere und jemand muss mir das hier erklären.

»Es ist heller Vormittag«, sagt sie. »Er ist natürlich in der Schule.«

Natürlich, wie blöd kann man sein, wir fangen beide an zu lachen. Er kommt bald nach Hause. Wir brauchen nur zwei Stunden zu warten, oder drei. Das schaffen wir locker.

KAPITEL 9

Die Rückkehr der Mopedrowdys

Sanne und ich beschließen, die Schubkarre stehenzulassen. Es haben uns schon ziemlich viele Leute merkwürdig angesehen, als ich mit ihr in der Karre durch Sønderborg schob, obwohl die Plane ja das meiste verdeckte.Und was werden sie erst sagen, wenn wir so durch die Fußgängerzone fahren? Außerdem geht es Sanne inzwischen besser, sie kann durchaus allein gehen, wir brauchen die Karre also nicht mehr. Ich will sie nur nicht so einfach in irgendeiner Einfahrt stehenlassen, vielleicht wird sie ja von einem Bauern vermisst? Auf der anderen Seite, wenn die Karre ihm wirklich etwas bedeutet, wird er sie schon wiederfinden. Auch ein Bauer kommt wohl hin und wieder mal nach Sønderborg. Und wie Sanne sagt: Wenn er wüsste, wie notwendig die Karre für uns war, würde er uns bestimmt vergeben.

Sanne geht ziemlich zügig und ich fasse nach ihrer Hand, denn ich habe ein klein wenig Angst, zwischen all diesen fremden Leuten verlorenzugehen. Vor allem in der Fußgängerzone, wo Sanne alle Nase lang stehenbleibt, um sich in den Schaufenstern Zeug anzusehen. Ich weiß nicht recht, was ich währenddessen machen soll, also bleibe ich einfach stehen und lächle die Leute an, die vorübergehen. Und einige lächeln sogar zurück, obwohl ich sie gar nicht kenne; das ist immer herzerwärmend. Zu Hause habe ich gelernt, dass Sønderborg eine gefährliche Stadt ist, man nennt es auch das Chikago Dänemarks. Wahrscheinlich hängt das irgendwie mit Drogen und langen Messern zusammen, aber eigentlich sieht die Stadt so schlimm gar nicht aus. Soweit ich sehen kann, gibt es niemanden, der uns etwas tun will.

Sanne ist in einen Laden gegangen, um ein Kleid anzuprobieren, aber wegen ihrer schlimmen Schulter hat sie Mühe, hineinzukommen. Sie stöhnt und gibt auf, als sie es halb übergezogen hat, aber nun kann sie es nicht wieder ausziehen. Ein Verkäufer kommt zu uns und fragt, ob er behilflich sein kann. Das ist nett von ihm, denn das kann er tatsächlich: Gemeinsam zerren wir das Kleid von meiner großen Schwester. Er ist nicht einmal verärgert, als Sanne sagt, dass sie das Kleid nicht kaufen will; im Gegenteil, er fragt, ob alles in Ordnung ist oder ob er einen Arzt rufen soll.

»Nein«, sagt Sanne, »nicht nötig.«

»Die Schulter ist nur gebrochen«, erkläre ich ihm. »Das war nämlich meine Schuld, weil ich die Schubkarre umgekippt habe. Aber mit ihrem Kopf ist alles in Ordnung.«

»Was ein Glück«, sagt er.

Ich weiß nicht, ob er es wirklich begriffen hat, er lächelt so seltsam; trotzdem läuft er aber zur Tür und hält sie uns auf, genau wie bei feinen Leuten.

Wir gehen in der Fußgängerzone weiter.

»Eine interessante Stadt«, stelle ich fest. »Die Leute sind unglaublich nett zu uns.«

»Da hast du wohl recht«, erwidert Sanne.

Auf einer Bank sitzen ein paar Saufbolde. Sie schauen uns nach, als wir eilig vorbeigehen, denn das ist schlechte Gesellschaft.

Den restlichen Tag laufen wir in den Straßen auf und ab und Sanne probiert Klamotten an. Meist Hosen, denn die kann sie am leichtesten an- und ausziehen. Sie macht das, um sich die Zeit zu vertreiben, sagt sie, und weil es so viele schöne Sachen gibt. Sie kauft nichts, aber sie klaut eine Cowboyhose und etwas Unterwäsche; ich finde das ja nicht richtig. Und in einem Supermarkt stiehlt sie eine Packung Kohlwürstchen. Das finde ich wiederum nicht so schlimm, denn niemand von uns mag Supermärkte, weil die nämlich den kleinen Kaufleuten das Leben sauer machen. Außerdem schmecken Kohlwürstchen gut. Zumal Supermärkte zu beklauen auch einfach ist, etwas Gutes kann man also schon über sie sagen – ich lasse jedenfalls eine Tüte Malzbonbons mitgehen. Ansonsten sitzen wir die meiste Zeit auf Bänken herum, aber nur auf Bänken, auf denen sonst niemand sitzt. Und wir wollen auch noch immer nicht die Bekanntschaft der Saufbolde machen, denn das ist schlechte Gesellschaft, die uns vielleicht auf die schiefe Ebene bringt. Sie winken uns zu und laden uns auf ein Bier ein, aber wir tun so, als würden wir sie nicht sehen; ich glaube, das kränkt sie schon ein bisschen. Vor allem einen, der Sanne jedes Mal hinterherschaut, wenn wir vorbeigehen. Vielleicht, weil er ein bisschen scharf auf sie ist? Auf einmal steht er auf und kommt auf uns zu.

»Es sind oft genug die besten Menschen, die auf den Bänken sitzen«, sagt er.

Sanne schaut weg und ich weiß nicht, was ich sagen soll. Dann geht er zurück und unterhält sich wieder mit seinen Kumpanen.

»Hat er uns gemeint oder sich selbst?«, will ich von Sanne wissen.

»Wahrscheinlich beides.«

»Sind wir denn wie die?«

»Nein, es gibt schon einen Unterschied, wie man auf einer Bank sitzt.«

Das klingt richtig, obwohl ich nicht ganz sicher bin, ob ich's verstanden habe. Wir essen die Würstchen aus dem Supermarkt, allerdings schmecken sie gekocht einfach besser. Hinterher gehen wir noch einmal zu Asger und klingeln. Er ist noch immer nicht zu Hause, aber damit haben wir ja eigentlich auch nicht gerechnet, meint Sanne. Es ist halt, wie es ist.

Wenn man in einer Stadt wie Sønderborg die Straßen auf und ab geht, ohne dass man wirklich etwas vorhat, kann man sich richtig gut die Zeit vertreiben. Es gibt nämlich so viele Straßen, und sie sehen sich überhaupt nicht ähnlich, jedenfalls nicht am Anfang. Aber wenn ein paar Stunden vorbei sind, und wenn es im übrigen kalt und langsam dunkel wird, dann ist der Moment gekommen, wo etwas anderes passieren sollte.

Als wir an einem Kino vorbeikommen, schlägt Sanne vor, dass wir uns einen Film ansehen; wir könnten uns aufwärmen und außerdem würde die Zeit vergehen.

»Und du bezahlst die Karten?«

»Ja«, sagt sie und zieht ein Portemonnaie aus der Tasche. Vermutlich schaue ich zweimal hin.

»Ich wusste nicht, dass man Geld hat, wenn man geistesgestört ist. Davon hast du gar nichts erzählt.«

»Du hast ja auch nicht gefragt«, antwortet sie.

Es sind dreiundfünfzig Kronen, genug, um Karten für uns beide zu kaufen. Und es ist noch einiges übrig. Ich würde ja am liebsten einen Tarzan-Film gesehen, aber leider läuft kein Tarzan-Film, sondern ein Film, der Tine heißt. Der soll gut sein, sagt Sanne, sie hat in der Schule davon gehört. Außerdem spielt er in Südjütland, *apropos*, fügt sie hinzu, denn sie kennt viele vornehme Worte.

Eigentlich ist es ganz gemütlich im Kinosaal, angenehm warm und ein bisschen wie zu Hause Fernsehen gucken, nur ohne Mutter und Vater. Allerdings, ich weiß nicht recht, was ich über diesen Film sagen soll. Sonderlich viel passiert nämlich nicht, und ich begreife nicht, dass er in Südjütland spielen soll. Weder prügelt sich jemand, noch läuft irgendjemand in Trance herum oder liegt mit einem anderen auf dem Sofa, das heißt, das Letzte kommt schon vor, aber man sieht's nicht. Das passiert alles so heimlich. Wahrscheinlich, weil die Geschichte im östlichen Teil von Südjütland spielt, und da kenne ich mich nicht so aus. Außerdem spielt die Geschichte vor langer Zeit. Gegen Ende findet man Tines Schuh in irgendwelchem Modder und Sanne flüstert mir zu, dass sie sich selbst im Moor ertränkt hat, aber das sieht man auch nicht. In der Reihe vor uns sitzt ein älterer Mann und schnarcht, doch plötzlich wacht er auf und brüllt aus vollem Hals: »Reiß ihr die Gedärme raus!« Sanne ist ziemlich verärgert, aber irgendwie verstehe ich gut, was er meint.

Als wir aus dem Kino kommen, sehe ich, dass Sanne geweint hat, aber ich lasse mir nichts anmerken, denn deswegen soll man sich nicht aufziehen. Als wir letztes Jahr zusammen Pinocchio gesehen haben, habe ich geweint, als Pinocchios Nase immer länger wurde und ein Vogel schließlich sein Nest darauf baute. Damals hat Sanne mich auch nicht aufgezogen.

»Wein nur«, sage ich.

»Es ist lange her, seit ich es das letzte Mal getan habe. Es liegt daran, dass ich meine Medizin nicht nehme. Aber es fühlt sich herrlich an, so erleichternd. Es ist fast so gut wie Medizin.«

Und dann fasst sie mich bei der Hand und wir gehen wieder die Straßen auf und ab. Es ist dunkler und kälter geworden und plötzlich sind wir in der Straße, in der Asger wohnt. Ich sehe, dass die Schubkarre noch immer dort steht, obwohl irgendwer sie weiter in die Einfahrt geschoben hat. Wir gehen die Treppe hinauf und Sanne klingelt. Sie klingelt und klingelt, dann bin ich an der Reihe. Niemand reagiert.

»Wieso ist er nicht zu Hause?«, fragt Sanne. »Die Schule muss doch längst vorbei sein.«

»Vielleicht ist er bei seiner Freundin?«

Mit einem Mal tritt sie wie verrückt gegen die Tür und in der Wohnung nebenan beginnt ein Hund zu bellen. Natürlich führt das zu nichts, ich bekomme bloß Angst und laufe hinunter auf die Straße. Kurz darauf kommt auch Sanne, sie seufzt und setzt sich auf die Treppe.

»Können wir nicht einfach nach Hause fahren?«, schlage ich vor.

Aber das hätte ich sie besser nicht fragen sollen, denn sofort schnappt sie sich die Bonbontüte und hält sie sich vor den Mund. Ich weiß ja, dass sie nichts dafür kann, aber es sieht doof aus und ich habe allmählich genug.

Ich sage: »Ich brauche bald ein Bett zum Schlafen.«

»Was glaubst du wohl, was ich brauche?«

Obwohl sie doch immerhin drei Jahre älter ist als ich, hat Sanne keine Ahnung, was wir machen sollen, das ist klar. Eigentlich geht das nicht, finde ich. Wieder laufen wir durch die Stadt und unsere Beine führen uns zu der Bank, die inzwischen zu ›unserer Bank‹ geworden ist; sie steht da, als hätte sie auf uns gewartet. Die Saufbolde sitzen auf der Bank gegenüber, wie gewöhnlich, und heben die Bierflaschen zum Gruß. Zu meiner großen Überraschung geht Sanne zu ihnen und redet mit ihnen, ich weiß wirklich nicht, was sie sich dabei denkt! Jetzt kann es kaum noch schlimmer kommen. Ich bleibe, wo ich bin, denn mit denen habe ich nichts zu bereden. Und als Sanne sich schließlich wieder zu mir setzt, will sie mir nicht verraten, wo das jetzt alles hinführen soll. Darum drehe ich ihr den Rücken zu und hole ein Tarzanheft aus meinem Ranzen.

So bleiben wir sitzen, ich weiß nicht, wie lange, bis der

Bursche, der behauptet hat, dass es die besten Menschen sind, die auf Bänken sitzen, aufsteht und geht. Auch Sanne steht auf und geht ihm tatsächlich nach. Und ich kann ja schlecht allein hier sitzen bleiben, darum laufe ich auch hinterher.

Er schwankt von einer Seite zur anderen und bleibt an einem Abwasserrost stehen, um zu pinkeln. Offenbar ist es ihm egal, ob die Leute seinen Pillermann sehen können, er ist mindestens ein Sozialdemokrat. Doch dann geht er auf eine Haustür zu, hält uns die Tür wortlos auf, und wir folgen ihm auf der Treppe nach oben. Wir dürfen sogar in seine Wohnung, und jetzt kapiere ich – hier ist es zumindest warm. Ob wir hier schlafen dürfen? Mich würde allerdings brennend interessieren, was er als Gegenleistung verlangt. Sanne und ich setzen uns nebeneinander auf ein Sofa – ganz schön spannend, was jetzt passiert. Aber es passiert so gut wie nichts. Unser Wirt wünscht uns eine gute Nacht und geht nach nebenan, offensichtlich kommt er nicht zurück.

»Was macht er?«, frage ich.

»Ich denke, er ist eingeschlafen«, erwidert Sanne.

Wir schleichen hin und schauen nach, und Sanne hat recht, er ist einfach aufs Bett gefallen und hat sich nicht einmal ausgezogen. Irgendwas läuft ihm aus dem Mundwinkel, es ist richtig eklig. So sieht also ein Arbeitsloser aus, denke ich mir, einer, der der Allgemeinheit zur Last fällt, das ist ja eine schöne Gesellschaft, in der wir hier gelandet sind. Auf dem Weg zurück ins Wohnzimmer stoße ich an ein paar Flaschen, die auf dem Boden stehen, und Sanne zischt, dass ich leise sein soll.

»Schauen wir mal, ob wir auch schlafen können«, sagt sie und legt die Sofapolster auf den Boden. Sie findet auch noch eine Decke, die wir uns teilen können, es sieht gar nicht so übel aus.

»Ist ja nur bis morgen«, sagt sie.

»Dir fällt doch immer was ein«, antworte ich.

Ich bin schon etwas hart mit ihr gewesen. Pläne machen kann sie nicht besonders gut, aber sie löst die Probleme, die unterwegs auftauchen. Sie ist eine gute große Schwester, sie passt gut zu mir. Mir geht nur der Gedanke nicht aus dem Kopf, ob der Bursche nebenan dafür von uns etwas haben will.

Als ich am nächsten Morgen aufwache, riecht es nach Kaffee. Es riecht auch ein bisschen nach Kotze, aber vor allem riecht es nach Kaffee. Ich richte mich auf und bin ganz erschrocken, als ich feststelle, dass Sanne nicht neben mir liegt. Aber sie steht in der Küche und bereitet das Frühstück vor. Unser Wirt schnarcht noch. Er hat über seine Bettdecke gekotzt, aber das ist ja auch nicht weiter verwunderlich.

Als Sanne im Bad ist, wacht er plötzlich auf und grunzt. Ich tue so, als würde ich ihn nicht hören, und bete, dass er wieder einschläft. Aber er schläft nicht wieder ein, im Gegenteil, er kommt zu mir ins Wohnzimmer, räkelt sich und sagt guten Morgen.

»Guten Morgen«, erwidere ich, denn etwas anderes gehört sich nicht.

»Gut geschlafen?«

»Ja, danke.«

Er blickt zum Badezimmer, in dem die Dusche läuft, dann geht er in die Küche und wäscht sich ein bisschen um den Mund. Um Himmelswillen. Wenn er nun auf die Idee kommt, mir etwas zu tun, während Sanne im Bad ist, das fehlte noch.

Er kommt mit einer Tasse Kaffee und einem Knust Brot zurück.

»Und ihr habt Kaffee gekocht«, sagt er, »der reinste Luxus.«

»Wir gehen bald«, sage ich.

»Wie ihr wollt. Wo kommt ihr eigentlich her? Was macht ihr hier in der Stadt?«

Ich antworte nicht, weil ich nicht weiß, wie viel ich erzählen darf. Gott sei Dank kommt Sanne zurück, aber sie ist noch nicht ganz angezogen und erschrickt ein bisschen, als sie ihn sieht. Aber er ist so höflich und schaut weg.

»Guten Morgen«, sagt er noch einmal.

Es wundert mich eigentlich, dass er einigermaßen normal aussieht, wenn man bedenkt, wie besoffen er gestern gewesen ist. Aber vielleicht kommt das mit der Übung, wahrscheinlich ist er ja ständig voll. Zur Sicherheit behalte ich den Ranzen im Schoß und habe eine Hand an Sannes Tasche.

Jetzt geht er ins Badezimmer und nimmt ein wohl längst fälliges Bad. Sanne und ich sehen zu, dass wir wegkommen. Sanne spült noch ihre Kaffeetasse ab; ich weiß nicht so genau, aber wahrscheinlich ist das in Ordnung. Dann laufen wir die Treppe hinunter auf die Straße.

Ihr Haar ist noch nass und sie friert, es ist richtig kalt. Wir laufen zu Asger und klingeln. Es ist Sonnabendvormittag, jetzt muss er doch zu Hause sein.

Ich brauche nur einmal zu klingeln, dann hören wir Schritte in der Wohnung und die Tür wird geöffnet. Da steht er, mein großer Bruder. Ich fliege ihm in die Arme und er fällt beinahe hintenüber, Sanne geht rasch herein und setzt sich an eine Heizung.

Schwer zu sagen, ob Asger sich freut, unser Besuch scheint

ihn eher nervös zu machen. Erst denke ich, es liegt an dem unglaublichen Chaos in seinem Zimmer, Mutter würde sich bekreuzigen, wenn sie das sähe. Aber nach und nach wird mir klar, dass es einen anderen Grund gibt: Er hat ganz einfach keine Ahnung, was er mit uns anfangen soll. Er schaut von einem zum anderen und niemand von uns weiß, was er sagen soll. Dann lächelt Asger – und mir gefällt dieses Lächeln. Man hat das Gefühl, als würde man nach Hause kommen, nur besser.

»Seid ihr hungrig?«, erkundigt er sich.

»Und wie«, sage ich, »wir sind alles mögliche!«

Er hat Presswurst, Zervelatwurst und Käse im Kühlschrank. Weil das Verkaufsdatum abgelaufen ist, glaubt Sanne, dass er die Sachen von zu Hause bekommen hat, aus dem Laden. Er gibt keine klare Antwort, und ich habe das Gefühl, dass es ihm schon ein bisschen peinlich ist. Aber ich finde, es braucht ihm überhaupt nicht peinlich zu sein, denn dafür schmeckt's noch ziemlich gut. Sanne und ich essen, bis wir nicht mehr können, und trinken seinen Saft und seine Milch aus.

Er macht sich ziemliche Sorgen wegen Sannes Schulter, aber mit ihm zum Notarzt gehen will sie nicht. Seinen Medizinschrank hingegen möchte sie gern sehen, aber der besteht nur aus einem Glas mit Kopfschmerztabletten – von denen sie sofort eine Handvoll schluckt. Kurz darauf legt sie sich aufs Sofa und er deckt sie mit einer Decke zu. Dann setzt er sich mir gegenüber und macht ein ernstes Gesicht.

»Was glaubt ihr eigentlich, was ich für euch tun kann?«

Diese Frage hat er bereits ein paar Mal gestellt und ich weiß ehrlich gesagt nicht, was ich darauf antworten soll. So viele Worte fallen mir dafür nicht ein, ich habe einfach nur geglaubt, alles würde anders, wenn wir in die Großstadt kommen. Vielleicht habe ich auch geglaubt, dass er auf unserer Seite ist und Rat weiß.

»Ich habe versprochen, sofort anzurufen, sobald ihr auftaucht.«

»Wen?

»Mutter und Vater – und Augustenborg. Sanne muss doch wieder zurück, sie ist krank, und jetzt auch noch die Sache mit ihrer Schulter.«

Wir schauen sie an; sie hat die Decke ganz über ihren Kopf gezogen, so dass man nicht sehen kann, ob sie schläft oder nur so tut. Vielleicht stöhnt sie insgeheim vor Schmerzen.

»Und du musst nach Hause«, sagt er und sieht mich energisch an. »Ich habe versprochen, mich darum zu kümmern; ich bringe dich zum Zug und Mutter und Vater holen dich in Vojens ab. Das Geld für die Fahrkarte lege ich aus. Und was Sanne angeht, sie wird mit einem Krankenwagen abgeholt.«

»Wann?«

»Wenn ich angerufen habe.«

»Kommt denn kein Polizeiwagen?«, frage ich. »Werden wir nicht von der Polizei gesucht?«

»Du meinst, sie hätten ein knappes Dutzend Beamte mit Polizeihunden schicken müssen, um euch zu fangen?«

»Ja«, sage ich. »Habt ihr euch denn keine Sorgen um uns gemacht? Habt ihr uns nicht suchen lassen?«

»So viel Zeit ist nun auch wieder nicht vergangen, seit du von zu Hause fortgelaufen bist, oder?«

»Na ja, aber trotzdem, ich habe Sanne doch entführt.«

»Wenn ihr heute nicht gekommen wärt, dann hätte man euch gesucht.«

Na immerhin. Plötzlich habe ich das Gefühl, als würde sich alles recht schnell klären, beinahe so, als wären wir noch gar nicht abgehauen.

»Kannst du uns nicht irgendwo verstecken? Nur für ein paar Tage. Auf dem Dachboden oder im Keller?«

»Nein«, sagt er.

Er reißt eine Tüte Malzbonbons auf und bietet sie mir an. Er selbst nimmt keins, er hat sie nur gekauft, weil er wusste, dass ich komme. Trotzdem bin ich ein bisschen enttäuscht. Mehr kann er mir nicht anbieten? Er ist achtzehn, er hat sein eigenes Zimmer und geht auf die Technische Hochschule, will er nichts mehr mit mir zu tun haben? Er fragt nicht einmal, ob ich auf seinem Schoß sitzen möchte? Wenn er wüsste, wie weit ich unsere Schwester in einer Schubkarre gefahren habe. Er ist ja nicht einmal in Augustenborg gewesen, um sie zu besuchen.

»Darf ich auf deinem Schoß sitzen?«

»Selbstverständlich.«

Na, Gott sei Dank, ich gehe zu ihm und er hebt mich hoch. Dann hält er mich wie in alten Zeiten und wippt ein bisschen mit dem Stuhl.

»Ich fahre nur nach Hause, wenn Sanne mitkommt«, sage ich. »Ich hatte ein ernstes Gespräch mit der Psychiatrikerin von Augustenborg, und ich glaube, ich habe ein paar Dinge klargestellt. Ich sage dir, sie hat mir zugehört, als ich ihr erzählt habe, wie du Vater eine Tracht Prügel verpasst hast. Das hat ihr gefallen, glaube ich. Sie hat das nicht so direkt gesagt, aber ich denke, sie wird ihn jetzt in Ruhe lassen. Und genau das war meine Absicht, denn dann wird es Vater wieder besser gehen – und wenn es ihm besser geht, geht es uns allen doch besser. Also kann Sanne wieder nach Hause kommen.«

Asger widerspricht nicht, sondern streichelt mir übers Haar. Er darf das. Wenig später muss ich wohl eingeschlafen sein, denn als es im Zimmer plötzlich halbdunkel ist und ich auf dem Boden liege, kann ich mich an nichts mehr erinnern. Jetzt habe ich eine Decke über mir und Sanne und Asger sitzen auf dem Sofa und flüstern; worum es geht, weiß ich nicht. Aber ich sehe, dass Asger ihr ein bisschen Geld und den größten Teil der Kopfschmerztabletten aus dem Glas gibt. Und außerdem ein Butterbrotpaket.

Kurz darauf gehen wir. Es ist einfach großartig, sie müssen sich irgendetwas überlegt haben, während ich schlief.

»Wo gehen wir hin?«

»Zum Bahnhof«, antwortet Asger. »Ihr müsst nach Hause.«

Wenn ich richtig verstanden habe, bedeutet das, dass Sanne mit mir kommt. Sie muss nicht zurück nach Augustenborg, jedenfalls nicht sofort. Sieh mal einer an, ich habe meinen Willen bekommen – endlich mal.

Asger sagt uns in der Vorhalle auf Wiedersehen, denn er hat es eilig. Jetzt kann bestimmt nichts mehr schiefgehen, meint er.

»Grüß die mit den Vorderzähnen«, sage ich, denn ich gehe davon aus, dass er sich mit seiner Freundin treffen will.

Er verspricht es. Als er geht, dreht er sich noch einmal um und winkt uns zu. Ich sehe, dass er Tränen in den Augen hat, warum wohl? Hoffentlich hat er nicht auch Probleme. Sanne setzt sich in den Wartesaal und zählt unser Geld.

»Ich wüsste zu gern, ob es reicht, um nach Hamburg zu kommen«, sagt sie.

»Was um alles in der Welt sollen wir in Hamburg?«

»Mutter kommt doch daher. Sie hatte es bestimmt gut dort.«

»Wir wollen nicht nach Hamburg, wir wollen *nach Hause*«.

Seltsam, dass sie jedes Mal zusammenzuckt, wenn sie dieses Wort hört. Und dann muss sie noch mal aufs Klo, sagt sie und geht. Das ist jetzt ein ziemlich ungünstiger Zeitpunkt, denn während sie auf dem Klo ist, wird über die Lautsprecher mitgeteilt, dass unser Zug abfährt, und ich weiß nicht, was ich machen soll. Ich klopfe an die Tür zur Damentoilette, aber niemand antwortet, und hineinzugehen traue ich mich nicht.

Ich laufe auf den Bahnsteig, und während ich dort auf sie warte, fährt der Zug ab. Ich hätte natürlich noch einsteigen können, aber ich will doch nicht ohne meine Schwester fahren! Außerdem haben wir noch keine Fahrkarten gekauft und sie hat das Geld!

Wie viel Zeit können Mädchen auf einer Toilette verbringen? Zu Hause, wenn Sanne auf ein Fest will, kann es eine gute Stunde dauern, aber das liegt daran, dass sie sich hübsch macht; hier wollte sie doch nur pinkeln. Ich sitze in der Vorhalle und warte, die Augen auf die Tür gerichtet, auf der D steht. D wie Damen, H wie Herren, soweit habe ich es verstanden. Wenn ich mich doch nur trauen würde, hineinzugehen und nachzusehen, ob ihr etwas passiert ist. D wie dahingegangen, fällt mir ein; wenn sie da drinnen einen Herzschlag oder so etwas bekommen hat, wird Vater eine schöne Rede für sie halten.

Die Zeit vergeht und ich werde ziemlich wütend auf Sanne. Wieso habe ich sie eigentlich nie auf die Todesliste geschrieben? Ich stecke eine Hand in den Ranzen und lege sie auf Herrn Tarriel, ihn habe ich nämlich mitgenommen, und dann bete ich ... nicht, dass Sanne stirbt, sondern dass sie bald aus diesem Klo kommt, damit es weitergeht; denn eigentlich möchte ich jetzt schon nach Hause.

Sie muss mich bemogelt haben, denn als sie endlich wieder auftaucht, kommt sie durch die Haupttür der Vorhalle. Ist sie etwa überhaupt nicht auf der Toilette gewesen? Wenn ich es mir recht überlege, habe ich sie auch gar nicht hineingehen sehen. Irgendetwas ist mit ihr los, sie steht unsicher auf den Beinen, und über ihren Augen liegt so eine Art Schleier.

»Sanne, wo warst du?«

Sie lallt irgendetwas, ich verstehe kein Wort.

»Bist du in einer Apotheke gewesen?«

»Ja«, sagt sie.

Und dann lächelt sie schief und schaut zu Boden. Ich kenne dieses Lächeln genau; sie setzt es immer auf, wenn sie lügt. Aber was stimmt dann? Wahrscheinlich war sie bei einem Arzt und hat eine Spritze bekommen, und nun schämt sie sich deswegen, aber das ist doch nicht nötig. Das Wichtigste ist, dass sie zurückgekommen ist und nicht mehr zittert. Ich nehme ihre Tasche und gehe zum Schalter, um zwei Fahrkarten nach Vojens zu kaufen, vermutlich geht ja schon bald der nächste Zug. Aber als ich bezahlen will, ist plötzlich nicht genügend Geld in Sannes Portemonnaie. Wir haben doch Geld von Asger bekommen, wo ist das geblieben?

»Apotheke«, murmelt Sanne.

Während ich unsere letzten Münzen zähle, nennt mir die Fahrkartenverkäuferin noch einmal den Betrag, den ich zu bezahlen habe. Es fehlt ziemlich viel.

»Wenn wir ankommen, warten unsere Eltern am Bahnhof«, sage ich. »Sie werden den Rest bestimmt bezahlen.«

Das ist zwar nicht die ganze Wahrheit, aber als Sanne in diesem Moment wie ein nasser Lappen auf dem gefliesten Boden zusammensackt und ich zu weinen anfange, erbarmt sie sich unser. Ich weine, weil ich meinen Willen durchsetzen will, nicht weil ich traurig bin. Seltsamerweise ist es gar nicht so leicht, wieder aufzuhören, wo ich erst einmal begonnen habe. Die Tränen strömen mir aus den Augen und ich fange an zu verstehen, was Sanne gemeint hat, als sie sagte, es erleichtert.

Ich gebe der Dame am Fahrkartenschalter unser gesamtes Geld und wir bekommen die Karten. Ein Mann mit einer Schirmmütze kommt angelaufen. Er fasst Sanne unter den Arm und begleitet uns auf den Bahnsteig, dann werden wir beide in den nächsten Zug gesteckt, der nach Norden fährt. Ich glaube, sie wollen uns gern loswerden. Und eigentlich ist dagegen auch nichts zu sagen. Wir gehören ja nicht hierher, und außerdem sind wir zu klein für eine so große Stadt, jedenfalls ich. Aber im Großen und Ganzen waren die Leute unglaublich nett zu uns. Die Frage ist eher, was Mutter und Vater sagen werden, wenn wir nach Hause kommen. Als sich der Zug in Bewegung setzt, zuckt Sanne zusammen – und blickt erschrocken aus dem Fenster. Dann fügt sie sich in ihr Schicksal, wie es so schön heißt, jedenfalls schläft sie rasch ein.

Mutter und Vater werden sich doch bestimmt freuen, uns zu sehen? Ich meine, wenn sie sich erst einmal an den Gedanken gewöhnt haben, dass wir wieder zu Hause sind. Es wundert mich, dass nicht mehr unternommen worden ist, um uns zu finden. Ich dachte, die Polizei sei uns die ganze Zeit auf den Fersen, sind wir überhaupt gesucht worden? Vielleicht haben sie es nicht an die große Glocke hängen wollen, jetzt, da Vater im Kirchenvorstand und im Gemeinderat ist. Aber das Wichtigste ist, dass wir nach Hause kommen und dass alles wieder seinen gewohnten Gang geht. Natürlich werde ich ein paar Worte über mein Gespräch mit der Psychiatrikerin fallen lassen, damit sie nicht denken, das Ganze wäre nur ein Spaß gewesen. Hauptsache, ich habe nicht alles schlimmer gemacht. Wenn ich sehe, dass Vater nervös ist, werde ich mir selbst die Hose runterziehen und ihn bitten, mich zu verhauen; danach wird es ihm dann bestimmt besser gehen.

Die große Frage ist, was mit Sanne geschieht. Mit ihrer Schulter kann sie keinen Stubenarrest bekommen, erst muss sie von einem Arzt untersucht werden. Und hinterher ist zu entscheiden, ob sie wieder nach Augustenborg kommt oder zu Hause bleiben darf. Wenn sie überhaupt will. Irgendwann muss sie ja aufwachen und etwas sagen. So wie sie da auf den Sitzen liegt und schläft, in ihren neuen Cowboyhosen und mit einer Zigarette im Mund, die sie nicht angezündet hat, sieht sie aus wie eine aus Kopenhagen. Vielleicht eine Studentin der Universität, die keine Lust hat zu arbeiten, von denen habe ich ein paar im Fernsehen gesehen. Würde es ihr besser gehen, wenn sie in die Hauptstadt fahren würde? Aber dann ohne mich, denn ich will nicht auf die schiefe Bahn geraten und als Sozialdemokrat oder noch Schlimmeres enden. Ich soll ja irgendwann einmal das Geschäft übernehmen, wenn ich groß bin. Außerdem ziehe ich es vor, auf dem Land zu leben, wo man Kaninchen halten kann, und zwar nicht diese Sorte, die man sich auf den Schoß setzt und hinter den Ohren krault, das ist was für Säuglinge. Ich will Schlachtkaninchen züchten – und dabei fällt mir Ninus ein. Was wohl aus ihm geworden ist? Das muss ich klären, wenn ich nach Hause komme. Aber es wird nicht meine erste Frage sein, sie würden es missverstehen. Wenn ich meine Tracht Prügel bekommen habe und sich alles wieder ein wenig beruhigt hat, werde ich erst einmal fragen, wie es *ihnen* geht, und danach, zum Beispiel, wenn Mutter das Abendgebet für mich spricht, werde ich sagen: Wisst ihr zufällig, wo Ninus ist? Wenn sie nichts Gutes zu berichten hat, werde ich nicht schlafen können. Es sei denn, wir beten für Ninus; ich bin sicher, Mutter würde mitmachen. Das ist nämlich das Gute an Mutter, die Gelegenheit zu einem Gebet lässt sie nie aus. Ich vermisse es, mit jemandem zusammen zu beten; mit Sanne kann ich das nicht, denn sie glaubt nicht an Gott. Aber ich. Ich glaube an Gott und Herrn Tarriel und an Satan und die Engel. Ich glaube lieber zu viel als zu wenig, dann ist man nämlich auf der sicheren Seite. Vielleicht ist das der entscheidende Unterschied zwischen Sanne und mir, sie kann sich einfach nicht beschützen. Man muss sich fügen und einordnen – und wenn das nicht mehr geht, muss man halt die Dresche hinnehmen, die dann folgt. Und abends kann man dann beten, dass die Zeiten besser werden.

Natürlich ist niemand da und nimmt uns in Empfang, als wir in Vojens ankommen. Wahrscheinlich hat die Geschichte sowieso niemand geglaubt, nicht einmal der Schaffner. Wir sehen nicht aus wie jemand, der am Bahnhof abgeholt wird – es sei denn von der Polizei. Aber die steht auch nicht da.

»Jetzt haben wir das Geld gespart«, sage ich zu Sanne, die allmählich wieder aufwacht. »Die Leute sind nett zu uns.«

»Wo wollen wir hin?«, murmelt sie.

»Nach Hause.«

Sie greift nach ihrer Bonbontüte, beinahe so, als wäre sie ein Revolver. Sie kann selbst gehen, sie schwankt nur ein bisschen. Die Leute glotzen natürlich, aber auch nicht mehr als sonst.

»Ich will nicht nach Hause«, sagt sie.

»Das ist deine Sache. Dann nehme ich den Bus eben allein.«

Ich habe mir alles genau überlegt, ich bin darauf vorbereitet, dass sie so reagiert. Andererseits glaube ich nicht, dass sie am Bahnhof bleiben will, schließlich hat sie kein Geld und auch keine Tabletten mehr. Sie muss einfach mitkommen. Sie ist ziemlich wütend, als sie mich anschaut, und mich beschleicht das hässliche Gefühl, sie im Stich gelassen zu haben. Sie wäre ja lieber nach Hamburg gefahren, aber da kennen wir doch niemanden. Und außerdem sprechen sie deutsch!

»Mutter und Vater vermissen uns«, sage ich. »Die verstehen nicht, wo wir gewesen sind. Sie freuen sich, uns zu sehen. Wart's ab.«

»Wie kommen wir nach Hause, ohne Geld für die Fahrkarten?«

Ich gehe zum Bushalteplatz, ich will versuchen, einen der Fahrer zu überreden. Vielleicht weiß ja er, wer wir sind und nimmt uns auf Kredit mit. Aber wie es aussieht, ist der Bus bereits abgefahren, und laut Fahrplan dauert es noch zwei Stunden bis zum nächsten.

»Wir rufen Vater an«, schlage ich vor. »Er kommt uns abholen. Das macht er bestimmt gern.«

»Meinst du?«, sagt Sanne. Und kurz darauf: »Es reicht nicht mal fürs Münztelefon.«

»Vielleicht können wir uns irgendwo fünfundzwanzig Øre leihen, die Leute sind doch so nett.«

Ich schaue mich um, um jemanden zu finden, der aussieht, als würde er uns fünfundzwanzig Øre geben, aber die Leute sind damit beschäftigt, Koffer zu schleppen oder sich zu umarmen. Ich stelle mich neben ein Paar, das sich bestimmt lange nicht gesehen hat, sie umarmen und küssen sich, dass ich ganz verlegen werde. Aber schön ist es trotzdem, und irgendwann werden sie mich schon entdecken. Plötzlich fassen sie sich jedoch bei der Hand und gehen. Sanne sitzt auf einer Bank und verfolgt das Ganze mit der Bonbontüte vor dem Mund.

Am Kiosk bezahlt ein Mann gerade seine Zeitung, er sieht nett aus.

»Dürfen wir Sie um fünfundzwanzig Øre zum Telefonieren bitten«, sage ich. »Wir wollen zu Hause anrufen, damit Mutter und Vater uns abholen können.«

Ich wende den alten Trick an, lege den Kopf schief und reiße die Augen auf, doch das ist gar nicht nötig, denn er schaut an mir vorbei auf Sanne.

»Was zum Teufel ist denn mir ihr los?«, erkundigt er sich.

»Sie ist geisteskrank«, sage ich.

Dann gibt er mir erst eine Fünfundzwanzigøremünze und dann noch eine, ohne seinen Blick von Sanne zu wenden, und schließlich leert er das Kleingeld seines Portemonnaies in meine Hand. Ich freue mich natürlich, denn das sind mindestens ein paar Kronen, aber irgendwie bin ich auch unsicher; ich habe das Gefühl, dass man immer ein bisschen aufpassen muss, wenn die Leute *so* nett sind.

Ich laufe zu den Telefonboxen am Haupteingang. Hauptsache, ich sage jetzt alles auf die richtige Art und Weise und wirke nicht zu nervös, das würde sie zu Hause nur noch mehr beunruhigen. Es werden viele Fragen gestellt werden, darauf muss ich vorbereitet sein, und vielleicht sollte ich auch nicht alles erzählen. Meine Hände zittern nicht und ich brauche mich auch nicht anzustrengen, um mich an die Telefonnummer zu erinnern, das sind gute Zeichen. Aber es dauert lange, bis abgenommen wird.

»Ja bitte?«, sagt Vater.

Ich erschrecke mich dermaßen, seine Stimme zu hören, dass ich den Hörer aufknalle, noch bevor ich ein Wort gesagt habe. Es ist völlig wahnsinnig, was wird er bloß denken? Es hilft nichts, ich muss gleich noch einmal anrufen, mich entschuldigen und dann alles in der richtigen Art und Weise erzählen. Diesmal zittert meine Hand ein bisschen.

»Ja? Hallo?«, meldet sich Vater.

Er klingt jetzt irritiert, ja beinahe ein bisschen bedrohlich, und das macht die Sache nicht eben leichter. Ob er weiß, dass ich es bin? Ich grübele einen Moment, was ich sagen soll, dann lege ich wieder auf. Nur um sicherzugehen, dass ich nichts Falsches sage. Aber im gleichen Moment bereue ich's auch schon, denn jetzt ist er bestimmt ernsthaft böse. Als ich noch einmal anrufen will, kann ich mich auf einmal nicht mehr an die Nummer erinnern. Vielleicht ist es ja am besten, gar nicht anzurufen, überlege ich. Es ist besser, wenn Sanne und ich einfach zu Hause erscheinen, statt dass er den ganzen Weg fährt, um uns abzuholen. Außerdem spart er Benzin. Das ist sehr viel besser, glaube ich.

Aber wie kommen wir nach Hause? Ich gehe zurück zu Sanne. Sie sitzt noch immer genauso da wie vorhin, und der nette Mann starrt sie noch immer an. Ist sie denn so spannend? Hält er das hier für einen Zoo? Es gibt noch ein paar andere Leute, die uns anschauen, aber eher so aus den Augenwinkeln; ich weiß nicht, ob das so viel besser ist. Ich nehme Sanne bei der Hand und zusammen gehen wir hinaus auf den Fußweg. Wir müssen hier weg, auf die eine oder andere Weise. Sanne folgt mir, ohne Fragen zu stellen, es ist richtig lieb von ihr. Wir spielen einfach, dass ich jetzt der Große bin. Sie soll ruhig glauben, dass ich einen Plan habe, wahrscheinlich habe ich ihn auch bald.

Sie sind zu zweit und fahren jeder eine Puch Maxi. Sanne hat sie angehalten. Eigentlich war ich ja dagegen, denn sie tragen Cowboyhüte und Sonnenbrillen, und jeder hört, dass ihre Mopeds aufgebohrt sind. Auf der anderen Seite habe ich ziemlich lange hier gestanden und kein einziges Auto hat angehalten.

»Wollt ihr mit?«, fragt der eine von ihnen, und jetzt erkenne ich Roberts großen Bruder. Er ist lang und dünn und hat rotunterlaufene Augen, aber immerhin lächelt er mich an. Eine Zeitlang besuchte er uns zu Hause, weil er in Asgers Klasse ging, aber eines Abends hat er gesehen, wie Vater Asger eine Tracht Prügel verabreichte. Er war so dreist, sich einzumischen. Das hätte er lassen sollen, denn dann muss man sich auch nicht wundern, wenn man rausfliegt, und zwar mit Pauken und Trompeten. Seither haben wir ihn nicht mehr so oft gesehen.

»Wir haben bestimmt dasselbe Ziel«, sagt er.

»Seid ihr Mopedrowdys?«

»Und ihr, seid ihr von zu Hause abgehauen?« Soweit ich sehen kann, handelt es sich um ein Mädchen, das die Frage gestellt hat.

Es überrascht mich schon, dass ein Mädchen Mopedrowdy werden kann – wieder bin ich ein Stückchen klüger. Ob sie auch ein Scheidungskind ist wie Robert und sein großer Bruder? Und hat sie auch zwei Kronen aus Vaters Milchauto gestohlen? Ich kann mich nicht recht durchringen, sie zu fragen, aber ich bin eigentlich ziemlich sicher. Sie macht hinten auf dem Moped Platz für mich, und ich steige auf, was kann schon passieren? Hier können wir jedenfalls nicht stehen bleiben. Sanne setzt sich auf das andere Moped und los geht's.

»Fahrt vorsichtig«, rufe ich.

Aber die Motoren machen einen derartigen Lärm, dass niemand mich hört. Aber wenn man sich festhält, passiert schon nichts. Merkwürdig, dass sie angehalten und angeboten haben, uns mitzunehmen. Bei uns in der Straße verdächtigen sie viele Leute, Omas Haus angezündet zu haben. Vielleicht wissen sie das nicht mal?

Ich stelle mir – eher so zum Spaß – vor, dass sie uns entführen und eine große Summe Lösegeld für unsere Freilassung fordern. Aber das Geld wird nicht bezahlt, weil unsere Eltern es nicht können oder wollen. Nun wissen die Mopedrowdys nicht, was sie machen sollen, jetzt haben sie uns am Hals! Und wir werden zu Mopedrowdys ausgebildet und bekommen eines Tages jeder eine Puch Maxi, die wir aufbohren. Dann fahren wir spätabends in der Gegend herum und stecken eine Menge Häuser in Brand. Ich schäme mich ein bisschen, es zuzugeben, aber eigentlich fänd ich das ziemlich spannend. Natürlich nur für ein paar Jahre, hinterher kann ich ja immer noch auf die Handelsschule gehen.

Ich sehe, dass Sanne Schwierigkeiten hat, sich in den Kurven festzuhalten; sie hängt an einer Seite ziemlich herunter, aber sie kann ja auch nur einen Arm benutzen. Gott sei Dank gibt es hier bei uns im westlichen Südjütland nicht so viele Kurven und auch kaum einen Hügel, irgendwie wird es also schon gehen. Inzwischen sitzt sie auch schon wieder aufrecht. Ich würde ihr gern zuwinken, aber es ist sicher besser, es zu lassen. Wir fahren viel zu schnell – und trotzdem habe ich das Gefühl, als würden wir nicht richtig vorwärtskommen. Vermutlich liegt es daran, dass man überall dasselbe sieht, wohin man auch guckt: nämlich Felder, Felder und noch mal Felder. Aber da, wo ich herkomme, sieht es nun einmal so aus: Hier kann man sich hinsetzen und sich seinen Gedanken hingeben – oder sich die Wolken ansehen. Wolken sind hier auf dem flachen Land bequem zu beobachten, und sonst gibt es ja nicht viel Abwechslung. Heute sind allerdings nicht besonders viele Wolken am Himmel, außerdem sollte man auch beim Fahren nicht nach oben schauen, denn sonst hat man das Gefühl, dass man von nichts mehr festgehalten wird und jederzeit in den Himmel stürzen kann. Aber das passiert nie. Man bleibt, wo man ist, davon kann man getrost ausgehen.

Wenn die Fahrer nur aufhören würden, an den Kreuzungen so hart zu bremsen, und außerdem bäumen sich die Mopeds so auf, wenn sie die Kupplung loslassen, das ist überhaupt nicht komisch. Es wundert mich, dass Sanne so durchhält, aber sie hat ihre Zähne in die Schulter ihres Vordermanns gebohrt, vermutlich liegt's daran. Hauptsache, sie beißt ihm kein Loch in die Lederjacke.

Als wir in die Einfahrt biegen, sehen Mutter und Vater fast so aus, als würden sie sich freuen. Sie stehen am Fenster und schauen hinaus, wahrscheinlich haben sie die Mopeds gehört. Sie stürzen auch nicht gleich heraus, um uns eine Ohrfeige zu geben, und das ist unheimlich nett von ihnen. Sie wissen genau, dass ich es gar nicht mag, gehauen zu werden, wenn andere zusehen. Vielleicht sind sie ja *wirklich* froh, dass wir zurück sind, und noch dazu einigermaßen gesund?

Auch Sanne und ich sehen fast so aus, als würden wir uns freuen, jedenfalls verzieht sich unser Gesicht zu einem Lächeln, als Mutter zu uns kommt. Wir lachen sogar ein bisschen, denn manchmal erleichtert Lachen ja die Dinge. Mutter nimmt uns kurz in den Arm und sagt, es sei schön, uns wiederzusehen. Ich schaue ihr in die Augen und sehe, dass sie es ernst meint – und um die Wahrheit zu sagen: Ich habe einen Kloß im Hals. Ich hasse es, einen Kloß im Hals zu haben, also schaue ich einfach weg und fange an im Stillen vor mich hin zu summen. Jetzt gibt sie den beiden Mopedrowdys die Hand und bedankt sich, weil sie ihre Kinder nach Hause gefahren haben. Und nun kommt auch Vater heraus – er hatte sich wohl noch kämmen oder die Hose zuknöpfen müssen – und wieder lachen alle ein bisschen.

Vater gibt allen die Hand, auch Sanne und mir; ein bisschen komisch ist das schon, so als seien wir Fremde. Aber eigentlich ist es mir auch egal. Dann bittet er die Mopedrowdys herein. Erst lehnen sie dankend ab, aber so leicht kommen sie nicht davon, sie müssen mit hinein und eine Tasse Kaffee trinken, da sie doch so nett gewesen sind und Sanne und mich nach Hause gefahren haben. Und schließlich begleiten wir sie hinein. Aber sie behalten ihre Sonnenbrillen und ihre Cowboyhüte auf, auch als sie ins Wohnzimmer kommen, und das gehört sich ja eigentlich nicht.

Während wir Kaffee trinken wird nicht viel geredet, man lächelt sich eigentlich nur gegenseitig an und macht Pausen. Ich habe damit gerechnet, dass mir eine Menge Fragen gestellt werden, aber nichts passiert. Das kommt sicher noch später. Das Wichtigste ist, dass wir am Leben und einigermaßen gesund sind, das wird relativ häufig gesagt. Natürlich fragt Mutter nach Sannes Schulter, denn es ist ja ganz offensichtlich, dass da irgendwas nicht in Ordnung ist, aber Sanne behauptet, sie sei lediglich verstaucht. Als ich anfange die Geschichte mit der Schubkarre zu erzählen, unterbricht mich Vater – ich glaube, das muss warten, bis die Gäste gegangen sind. Sie nippen am Kaffee und hätten wahrscheinlich lieber ein Bier. Und just als sie aufstehen und erklären, dass sie jetzt aber weitermüssen, kommt Mutter mit den Butterwecken. Notgedrungen müssen sie sich wieder setzen. Allerdings glaube ich, dass sie gern Wecken essen, denn sie stopfen sie geradezu in sich hinein. Wahrscheinlich haben sie Hunger von all der Mopedrowdyfahrerei. Und als sie zum zweiten Mal aufstehen, sich für das Essen bedanken und erklären, *jetzt* müssten sie aber wirklich weiter, kommt ein neuer Gast.

Es ist niemand Geringerer als Bosack. Er käme, um den jungen Leuten ein paar Fragen zu stellen, sagt er. Schon lange hat er mit ihnen reden wollen, aber das sei ja gar nicht so einfach, so wie sie sich herumtrieben. Nicht mal ihre Eltern könnten helfen; übrigens soll er Grüße ausrichten.

Aber woher weiß Bosack denn, dass sie hier sind? Vater muss ihn angerufen haben – möglicherweise hatte er das noch zu erledigen, bevor er herauskam, um uns in der Einfahrt zu begrüßen? Bosack notiert nur etwas in einem kleinen Buch, er schimpft nicht. Er will bloß wissen, wo und wann sie Sanne und mich aufgesammelt haben, solche Kleinigkeiten halt. Und dann möchte er wissen, warum sie das gemacht haben. Die letzte Frage muss er ein paar Mal wiederholen; es scheint, als würden sie die Frage nicht verstehen. Oder mit der Antwort nicht herauswollen. Aus Freundlichkeit, sagen sie schließlich; Bosack nickt und lächelt Vater so eigenartig zu. Ah ja, aus Freundlichkeit also. Mutter reicht die Schüssel mit den Butterwecken herum, aber nur Bosack greift zu. Er isst langsam und schmatzt ein wenig, während wir alle abwarten, ohne ein Wort zu sagen. Dann steht Bosack auf, setzt seine Mütze auf – er hatte sie abgenommen, als er sich zu Tisch setzte, das gehört sich schließlich auch so – und bedankt sich für den Kaffee. Er vergisst auch nicht, die Butterwecken zu loben, die Mutter gebacken hat. Und würden die jungen Menschen wohl so freundlich sein, ihm zu folgen?

Jetzt ist die Stimmung wirklich beklommen, denn die beiden sind eigentlich nicht der Ansicht, dass sie irgendetwas angestellt hätten. Das Mädchen beginnt zu weinen. Ich hätte nicht gedacht, dass Mopedrowdys weinen können, aber das geht schon. Sie murmelt irgendwas über die Mopeds und räumt ein, dass sie aufgebohrt sind; vielleicht meint sie, dass es darum geht. Aber darum geht es nicht, sagt Bosack. Er notiert es sich trotzdem. Sie behaupten, sie hätten das Recht zu erfahren, wieso sie verdächtigt werden, aber Bosack will nicht heraus mit der Sprache, solange noch Kinder anwesend sind. Ich finde das eigentlich ziemlich vernünftig, bis mir klar wird, dass ich gemeint bin. Mutter nimmt mich bei der Hand und zieht mich in die Küche, und kurz darauf kommt auch Sanne. Sie mault, schließlich ist sie kein Kind mehr, aber bei ihr liegt es wohl daran, dass sie geisteskrank ist. Und ich sage euch, dann ist aus dem Wohnzimmer ein Geheul und Gebrüll zu hören und irgendwann werden auch Ohrfeigen ausgeteilt – klatsch, klatsch. Ich würde unheimlich gern wissen, ob Vater oder Bosack zugeschlagen hat; ich finde, es klang nach Vater, aber Sanne meint, es könnten beide gewesen sein. Endlich hören wir das Geräusch der Haustür und ich renne zum Toilettenfenster. Ich sehe, wie Bosack die Mopedrowdys ins Polizeiauto schubst; fast tun sie mir schon wieder leid, als er einem von ihnen einen Tritt in den Hintern versetzt, so dass sie mit den Köpfen zusammenknallen.

»Jetzt sind die Cowboyhüte runtergeflogen«, stelle ich fest.

»Das wurde aber auch Zeit«, sagt Mutter.

Dann fahren sie ab. Vater kommt zu uns zurück, und nun werden andere Saiten aufgezogen. Jetzt kommen all die Fragen, sie prasseln geradezu auf uns ein, vor allem auf mich. Und während mir Vater den Hintern versohlt, beantworte ich sie, so gut ich kann. Vater ist nicht der Ansicht, dass ich mit der Psychiatrikerin auf Augustenborg hätte reden sollen, er sagt, dass ich mich in Dinge einmische, die ich nicht verstehe. Mutter sorgt sich vor allem um Sannes Schulter, sie will jetzt genau wissen, wie es passiert ist. Und als ich erzähle, wie ich Sanne entführt und in einer Schubkarre abtransportiert habe, bekomme ich noch eine Tracht Prügel. Dann fährt Vater mit Sanne ins Krankenhaus, um Röntgenbilder machen zu lassen. Sie protestiert, weil sie Krankenhäuser nun einmal nicht mag, aber er versichert ihr, dass lediglich Bilder von ihrem Arm gemacht werden, nicht vom Kopf. Mutter will wissen, ob das ein Witz gewesen sein soll; denn wenn ja, dann wäre er nicht komisch, erklärt sie.

Es ist schön, wieder zu Hause zu sein, trotz allem, und ich freue mich darauf, in einem richtigen Bett zu schlafen – noch dazu in meinem eigenen. Aber erst muss ich ins Bad. Mutter steckt mich unter die Dusche, schrubbt mich ab und kommandiert mich herum, und ich mache ein ziemliches Theater. Aber wenn ich die Wahrheit sagen soll, dann ist es eigentlich ganz schön. Und als sie mich ins Bett bringt und das Nachtgebet für mich spricht, schlinge ich die Arme um sie und küsse sie auf den Mund. Sie bekommt einen ganz roten Kopf, denn normalerweise mache ich so etwas nie; sie weiß nicht, was sie sagen soll. Aber es gibt da noch ein paar Dinge, die sie mir vielleicht erklären kann. Roberts großer Bruder hat mich auf eine so seltsame Weise angelächelt; ist er wirklich so gefährlich? Außerdem fand ich das auch nicht so gut, als er und das Mädchen im Polizeiwagen mit den Köpfen zusammenstießen.

»Was haben die Mopedrowdys eigentlich gemacht?«, frage ich Mutter. »Das war doch nett von ihnen, uns nach Hause zu fahren.«

»Ich weiß es nicht, und ich will mich auch nicht einmischen. Aber Bosack hat ja schon lange mit ihnen reden wollen, und dann kommen sie plötzlich mit euch angefahren. Vielleicht hatten sie ja ein schlechtes Gewissen?«

Ein schlechtes Gewissen, ach so, deshalb, denke ich. Manchmal dauert es bei mir einen Moment, bis der Groschen gefallen ist.

»Wir sollen nicht glauben, dass sie Omas Haus angesteckt haben. Aber sie waren es und jetzt hat Bosack sie geschnappt, ist es nicht so?«

»Leg dich jetzt hin und schlaf«, sagt Mutter.

»Aber wieso haben sie es getan?«

»Bestimmt haben sie auch schon mal Feuer im Wald gelegt ... Und wenn sie nicht Omas Haus angezündet haben, dann fahren sie auf jeden Fall ungesetzliche Mopeds.«

»Genau, und auf einem hab ich hinten draufgesessen!«

Mutter lächelt und gibt mir einen Gutenachtkuss – auf die Wange, so wie immer. Als sie gegangen ist, fällt mir plötzlich Ninus ein, ich habe überhaupt nicht nach ihm gefragt! Wo ist er? Lebt er noch? Wenn Mutter etwas wüsste, hätte sie es gesagt, vor allem, wenn sie eine gute Nachricht gehabt hätte. Ich glaube, er ist tot. So wie Omas Katze. Ich falte die Hände, um für beide ein Gebet zu sprechen, aber mir fällt nichts ein; ich gebe es ziemlich schnell wieder auf und drehe mich um. Ehrlich gesagt, heute ist viel passiert, und ich muss ständig an aufgebohrte, sich aufbäumende Mopeds denken.

KAPITEL 10

Der Maulwurf und das Blumenbeet

Vater steht wieder in der Zeitung, mit Bild und allem Drum und Dran, ich bin diesmal allerdings nicht dabei. Obwohl ein Journalist bei uns gewesen ist, der gern mit mir reden wollte; ich hätte auch gern mit ihm geredet, aber Vater hat es unterbunden.

»Ich habe Bosack versprochen, dass wir uns der Presse gegenüber nicht äußern«, sagt er.

Es wäre bestimmt lustig geworden, denn ich finde, ich habe viel zu erzählen, aber Vater und Bosack wissen natürlich am besten, was zu tun ist.

»Aus Rücksicht auf die Ermittlungen«, wie Vater gesagt hat.

Allerdings ist er der Ansicht, dass es nicht falsch sein kann, wenn er sich der Zeitung gegenüber äußert, so in generellen Wendungen. Und Bosack teilt diese Ansicht. Also steht heute ein kleiner Artikel in der Zeitung. Ich bin nicht sicher, ob Vater sich über den Artikel freut. Er liest den Artikel wieder und wieder und sagt, das sei ja wohl die Höhe, gleichzeitig lächelt er aber so zufrieden. Vor allem, wenn er nicht merkt, dass ich ihn beobachte. Mutter lächelt ebenfalls, aber sie lächelt anders, mehr so über ihn – oder über uns alle?

Es geht natürlich um die Mopedrowdys und in der Zeitung steht, dass es Sannes und mein Verdienst ist, dass sie gefasst worden sind. Wir hätten den Fall in unsere Hände genommen, weil die Polizei mit ihren Ermittlungen nicht weitergekommen sei. Auf die Frage, wie es denn möglich sei, dass seine Kinder etwas geschafft haben, wozu die Polizei nicht in der Lage gewesen ist, sagt Vater, es liege daran, dass der Polizei nicht die notwendigen Mittel zur Verfügung gestanden hätten. Er habe sich gedacht, diese Angelegenheit bei der nächstmöglichen Gelegenheit im Gemeinderat zur Sprache zu bringen. Aber er gebe auch gern zu, dass er stolz auf seine Kinder sei. Man habe ihnen Sinn für Gerechtigkeit beigebracht, und sie hätten ihre Großmutter geliebt. Außerdem steht da, dass Sanne sich das Schlüsselbein während der Auseinandersetzung mit den Missetätern gebrochen habe; das letzte Wort verstehe ich nicht, wahrscheinlich es ist ein anderer Begriff für die Rowdys.

»So war das ja gar nicht«, sagt Mutter.

»Das habe ich auch nie gesagt«, brüllt Vater und schlägt auf den Tisch.

Trotzdem lächelt er, also, wenn er nicht weiß, dass ich ihn beobachte. Daher glaube ich eigentlich, dass im Grunde alles in seinem Sinn ist. Natürlich gibt es das Problem, dass die ganze Geschichte nur ein Lügenmärchen ist, aber andererseits passt sie hervorragend zu den Gerüchten, die im Umlauf sind. Die Leute möchten gern glauben, dass es sich so abgespielt hat – warum sollen sie es denn nicht dürfen?

In der Schule bin ich beinahe ein Held, aber mir macht das nichts aus, denn es schadet ja eigentlich niemandem. Und wenn meine Schulkameraden mich auffordern, über Sannes und meine Heldentaten zu berichten, schüttele ich bloß den Kopf und sage, dass ich mich aus Rücksicht auf die Ermittlungen nicht äußern darf. Das gibt mir so eine Aura des Geheimnisvollen und verstärkt nur die Neugier. Ich bin richtig gut darin geworden, geheimnisvoll zu erscheinen.

Und was Fräulein Port angeht, so schaut sie mich im Unterricht fast verliebt an. Einerseits ist das ganz gut, andererseits aber auch wieder Mist, weil ich die Hausaufgaben jetzt besonders büffeln muss. In einer der Pausen fragt sie mich, ohne dass es jemand sonst hört, ob es jemanden gibt, für den die Klasse beten soll. Ich nicke nur, ich muss gar nichts sagen, und sie tätschelt mir den Kopf. Und dann beten wir für die Mopedrowdys; und obwohl Fräulein Port nicht gerade dieses Wort verwendet, wissen wir alle, an wen sie denkt. Es sind doch auch Menschen und möge der Herrgott ihnen auf den rechten Weg helfen und so weiter, und so weiter und überhaupt. Als wir fertig sind, schaut sie mich an. Ich nicke wieder, als würde ich mich bedanken. Natürlich war es Sanne, an die ich damals dachte, als ich gefragt habe, ob man für den- oder diejenigen beten kann, die Schuld an Omas Tod sind, aber das geht ja niemanden etwas an. Komischerweise muss ich mich richtig bremsen, weil mir Sanne schon wieder durch den Kopf geht.

Und gerade als wir weitermachen wollen und Fräulein Port uns bittet, unsere Bücher aufzuschlagen, ergreift Nisse das Wort.

»Ich wollte nur mal sagen, dass ich gehört habe, dass es gar nicht die Mopedrowdys waren«, sagt er.

»Was meinst du, kleiner Nisse?«

»Mein Vater sagt, sie wurden freigesprochen, weil es keine Beweise gibt.«

»Freigesprochen?«, frage ich nach, denn das ist gewissermaßen ein Strich durch die Rechnung.

»Aber ihre Mopeds wurden konfusziert.«

»Das heißt konfisziert«, sage ich, »und woher weiß dein Vater das?«

»Es steht heute in der Zeitung.«

Und, um Himmelswillen, es gibt noch andere in der Klasse, die sich melden und erklären, dass sie es auch gehört hätten. Es sind nicht die Mopedrowdys gewesen, sie haben vor Gericht gestanden und wurden freigesprochen. Jetzt muss die Polizei sich bei ihnen entschuldigen und vielleicht bekommen sie sogar Schadenersatz.

»Die waren das gar nicht?«, murmelt Fräulein Port, und ich weiß wirklich nicht, wem das jetzt peinlicher ist, ihr oder mir.

Ich stehe auf, packe leise meine Schultasche – und gehe. Fräulein Port versucht nicht einmal, mich aufzuhalten; ich gehe mitten im Unterricht, und noch dazu in einer Religionsstunde! Ich drehe mich in der Tür um und schaue auf meine Klassenkameraden; die meisten von ihnen blicken auf die Tische und sind verlegen, ein paar von ihnen winken. Dann schließe ich die Tür von außen, so still und so leise wie möglich.

Ich will aber gar nicht unbedingt nach Hause, denn wenn es heute in der Zeitung steht, dann wissen es Vater und Mutter auch.

Es überrascht mich daher überhaupt nicht, dass Vater ins Bett gegangen ist, obwohl es heller Nachmittag ist. Als ich durchs Schlüsselloch gucke, sehe ich, dass er einfach nur daliegt und an die Decke starrt; er muss also schon ziemlich verzweifelt sein, denn er liest nicht mal ein Micky Maus-Heft. Armer Vater. Erst spät am Abend kommt er hinunter ins Wohnzimmer, aber nur, um Bosack anzurufen. Doch Bosack geht es möglicherweise noch schlechter, denn er nimmt nicht einmal das Telefon ab.

»Du kannst doch nichts dafür«, sagt Mutter.

»Ich war sicher, dass sie es getan haben. Wer war es dann?«

»Das ist das Problem der Polizei, nicht deins.«

»Und was werden sie jetzt im Gemeinderat denken? Diese Sache fördert ja nicht gerade meine Glaubwürdigkeit.«

»Ja, aber das, was in der Zeitung stand, hast du doch gar nicht gesagt. Das hat doch dieser Journalist erfunden. Das waren doch alles nur Gerüchte.«

Vater setzt sich schwerfällig hin, niemand von uns wagt etwas zu sagen, wir schalten nicht einmal den Fernseher an. Die Einzige in unserer Familie, die sich von der Entwicklung der Dinge unberührt zeigt, ist Sanne. Sie ist aus dem Krankenhaus zurück und trägt den Arm in einer Schlinge. Und seltsamerweise hat man das Gefühl, als würde das auch ihrem Kopf helfen. Die Leute fragen ja oft, wie es ihr geht, und dann erzählt sie halt, wie es ihrem Schlüsselbein geht – und darüber zu reden fällt ihr bei weitem nicht so schwer wie über die andere Sache.

»Ich war einfach so sicher«, wiederholt Vater.

»Das hätte ich euch gleich sagen können«, mischt Sanne sich ein, »und im Grunde hab ich's auch getan, aber ihr wolltet ja nicht zuhören. Ich war's, ich hab's getan.«

»Fang jetzt nicht wieder damit an«, bittet Mutter.

»Ich werde es schon niemandem sagen, wenn ihr nicht wollt.«

Ich finde, das ist unglaublich lieb von ihr, aber ich bin mir nicht sicher, ob es die Wahrheit ist oder ob sie es nur sagt, weil mit ihr etwas nicht stimmt. Ich weiß auch nicht, was schlimmer ist. Mutter und Vater würden es wahrscheinlich vorziehen, wenn mit ihr etwas nicht in Ordnung wäre, jedenfalls sehen sie jetzt ziemlich besorgt aus. Und Sanne fängt wieder an leicht zu zittern.

»Ich will nicht zu Doktor Madsen«, sagt sie. »Nicht Doktor Madsen.«

Aber es droht ihr doch auch niemand damit. Andererseits

gibt es aber auch niemanden, der sagt, dass sie *nicht* zu Doktor Madsen muss. Keiner von uns sagt etwas und ihr Zittern wird immer schlimmer. Ich halte es nicht länger aus, ich gehe ins Bad, putze mir die Zähne und bitte Mutter, mich ins Bett zu bringen.

»Was Ninus heute wohl gemacht hat?«, sage ich, einfach weil es schön ist, an etwas anderes zu denken.

»Dem geht's bestimmt gut«, sagt Mutter.

Ich frage jetzt beim Schlafengehen immer nach Ninus, es gibt mir so ein angenehmes Gefühl von Geborgenheit. Und Mutter antwortet mir auch jedes Mal.

»Kommt er bald wieder zurück nach Hause?«

»Ja, das dauert nicht mehr lange.«

Ich höre ihr an, dass sie nicht wirklich sicher ist, aber mich gern beruhigen möchte. Manchmal ist es schwer, von den Erwachsenen eine klare Antwort zu bekommen, man hat dann das Gefühl, als sei mit allem, was sie sagen, eine gewisse Unsicherheit verbunden; aber ich glaube, sie fühlen sich dabei selbst nicht wohl. Als Kind muss man Verständnis dafür haben, man muss Nachsicht üben und versuchen es ihnen leichter zu machen – und damit auch sich selbst.

»Ist er noch immer in Sønderborg? Auf dem Polizeirevier?«

»Hm.«

»Und wer pflückt ihm Löwenzahnblätter? Der Beamte? Ist das dieser Christiansen oder wechseln sie sich ab?«

»Ich glaube, sie wechseln sich ab. Aber jetzt musst du schlafen, hörst du?«

Es ist schön, an Polizeibeamte mit Dienstmützen zu denken, die in einem Straßengraben Löwenzahn pflücken – für mein Kaninchen. Vielleicht halten sie Ninus in einem Käfig im Büro und er ist unglaublich beliebt. Dann wäre es fast schade, ihn zurückzuverlangen.

Ich bin ein wenig beunruhigt, als Sanne um Hilfe ruft und Vaters Auto angelassen wird; doch dann krieche ich ganz tief unter die Bettdecke und stelle mir vor, dass er sie jetzt nach Kopenhagen fährt. Dort wohnen ohnehin schon so viele von ihrer Sorte, gottlos und mit psychischen Nerven; bestimmt wird es ihr dort besser gehen.

Jetzt sitzen sie schon ziemlich lange an diesem Esstisch und es passiert nichts wirklich Spannendes. Am meisten ist noch los gewesen, als sie zur Tür hereinkam, da haben sie sich umarmt und mehrmals auf den Mund geküsst. Nicht so wie Vater und Mutter sich küssen, mehr so wie Sanne, wenn sie ihren Freund küsst. Mich sticht ein Ast in den Rücken; sonderlich bequem ist es nicht, hier hinter einem Busch zu sitzen – und kommt überhaupt etwas dabei heraus? Er versucht nicht mal, ihr mit der Hand unter den Rock zu fassen oder so; mag sein, dass das noch kommt. Bisher sitzen sie jedenfalls nur am Tisch, essen und trinken und schauen sich in die Augen. Es ist stinklangweilig. Und natürlich reden sie miteinander, sie reden unglaublich viel – die Götter mögen wissen, warum. Plötzlich lachen sie. Ein paar Mal lachen sie dermaßen, dass sie beinahe über ihren Tellern zusammenbrechen; das sieht komisch aus und einmal hätte ich fast mitgelacht. Aber Gott sei Dank habe ich es nicht getan. Ich muss aufpassen; je länger so etwas dauert, desto unvorsichtiger wird man. Ich muss ganz still sitzen und warten. Gut, dass ich so viele Sachen anhabe, denn es ist saukalt – so, jetzt krault er sie am Ohr und sie küssen sich wieder. Endlich! Und was jetzt? Er steht auf und fängt an den Tisch abzuräumen, sie bleibt sitzen. Jetzt geht er in die Küche und sie dreht sich zum Fenster. Ich ducke mich hinter den Busch, und als ich wieder nach oben schaue, haben beide das Wohnzimmer verlassen. Ist es jetzt soweit, muss ich zum Schlafzimmerfenster? Vielleicht haben sie schon angefangen – oder kommen sie ins Wohnzimmer zurück, um weiterzureden?

Ich fahre erschrocken zusammen, als mir plötzlich jemand auf die Schulter tippt.

»Was machst du denn da?«

Es ist Mette, sie hat mich von der Straße aus gesehen und sich in den Garten geschlichen! Das fehlte noch, dass diese Rotzgöre daherkommt und alles kaputtmacht.

»Verschwinde!«, flüstere ich.

»Wieso versteckst du dich?«

»Das geht dich gar nichts an, hau ab!«

Aber sie bleibt neben mir in der Hocke sitzen. Das Problem ist, dass sie schreit, wenn ich sie an den Rattenschwänzen ziehe – das macht sie immer, und dann wären wir verraten. Also muss ich ihr wohl oder übel antworten.

»Weil ich spioniere, natürlich. Ich will herausfinden, ob die beiden da drinnen ein Liebespaar sind.«

»Wieso?«

»Wenn sie ein Liebespaar sind, dann sind sie nämlich befangen.«

»Ist das ansteckend?«

»Das ist keine Krankheit, du Rotzgöre, das haben sie in der Gemeinde, vor allem im Gemeinderat, aber das ist jetzt zu schwer zu erklären.«

Mette versteht überhaupt nichts und wahrscheinlich ist es auch besser, wenn ich ihr nicht zu viel erzähle. Aber der geile Bock, den ich ausspioniere, ist unser stellvertretender Bürgermeister, und als ob das nicht schon genug wäre, ist er auch noch mit der Psychiatrikerin aus Augustenborg verwandt. Und es ist heutzutage offenbar so eine Sache mit der Schweigepflicht, denn er hat Andeutungen gemacht, die unsere Familie belasten könnten, sagt Vater; er weiß offenbar mehr, als gut ist. Aber ist er selbst so viel besser? Vater hat herausgefunden, dass der stellvertretende Bürgermeister ein paar Mal in der Woche Damenbesuch bekommt, und nicht von irgendeiner Dame. Erst habe ich gedacht, einer Hure, so was haben wir nämlich auch in der Stadt. Sie heißt Sonja Reißverschluss, aber um sie geht es nicht. Nein, Vater kennt sie. Es ist eine Dame, die auch im Rathaus arbeitet – sie hat in der Finanzabteilung die Kasse unter sich. Und im letzten Monat hat sie den stellvertretenden Bürgermeister auf eine Reise nach Lübeck begleitet, auf Kosten der Gemeinde; Vater weiß nicht so genau, warum. Wenn sich aber herausstellt, dass die beiden es miteinander ›treiben‹, dann wissen Vater und ich mehr, als gut ist. Dann haben *wir* etwas, womit wir *ihm* den Mund schließen können, diesem Schlüpferstürmer. Denn dann ist er befangen. Sie im übrigen auch, aber vor allem er sollte es besser wissen, meint Vater.

Vater hat keine Zeit, selbst hier im Garten auf der Lauer zu liegen, außerdem bin ich ja auch viel kleiner und nicht so leicht zu entdecken. Es ist übrigens ein typisch sozialdemokratischer Garten, überall liegen Sachen herum und das Spielhaus ist erst halb fertig gebaut. Seit dem Sommer steht es so da, seit der stellvertretende Bürgermeister geschieden ist und seine Frau die Kinder mitgenommen hat. Sozialdemokraten lassen sich gern scheiden und fangen was mit neuen Frauen an, das ist richtig schlimm für die Kinder, wirklich.

»Wo sind sie?«, fragt Mette. »Da ist ja doch niemand, den man ausspionieren kann.«

»Ich glaube, sie sind ins Schlafzimmer gegangen.«

»Wo ist das Schlafzimmer?«

Wir schleichen uns auf die andere Seite des Hauses und schauen ins Schlafzimmerfenster, und ganz richtig, sie sitzen auf der Bettkante, blicken sich tief in die Augen und ziehen sich gegenseitig aus. Wenn man nicht wüsste, dass sie befangen sind, sähe es eigentlich ganz schön aus.

»Können die sich nicht allein ausziehen?«, will Mette nun wissen.

»Die lieben sich«, sage ich. »Da macht man das so.«

»Meine Eltern nicht.«

»Das liegt daran, dass sie verheiratet sind, meine Mutter und mein Vater machen das auch nicht.«

»Liebt man sich nicht, wenn man verheiratet ist?«

»Doch, aber dann bekommt man Kinder und muss zeigen, dass man sich allein an- und ausziehen kann, sonst lernen's die Kinder nie.«

»Aber wenn's die Kinder nicht sehen?«

»Das weiß man doch nie.«

Still schauen wir weiter zu. Schwer zu sagen, was man davon halten soll, sie haben so glänzende Augen und streicheln sich gegenseitig überall. Plötzlich werden wir wie aus einem Film gerissen.

»Mette?«

Mettes Mutter ruft. Es ist spät, sie muss nach Hause.

»Ich komme!«, schreit Mette laut und durchdringend. Um Gotteswillen! Dann läuft sie davon.

Sofort dreht sich das Paar im Schlafzimmer dem Fenster zu, der Mann schaut jetzt heraus. Ich laufe jetzt auch davon, aber ich bin nicht so schnell wie Mette, denn mir ist kalt von der langen Warterei, und außerdem ist mir ein Bein eingeschlafen.

Als ich Vater erzähle, was ich gesehen habe, schlägt er mit einer Hand auf den Tisch und zupft sich mit der anderen am Ohrläppchen. Ich glaube, er ist zufrieden mit meiner Arbeit. Es gibt nur noch ein paar Kleinigkeiten zu klären. Er beugt sich zu mir herunter und flüstert mir ins Ohr: »Hatte er eine Erektion?«

Ich weiß nicht genau, was er meint.

»Als sie im Schlafzimmer saßen und sich befummelten, ganz ausgezogen, stand da sein Pillermann so gerade in der Luft?«

»Ich weiß nicht«, sage ich, »ich hab ihn nicht gesehen.«

»Du hast ihn nicht gesehen? Das kann doch nicht stimmen. Sag deinem Vater einfach, wie es war, du brauchst dich doch nicht zu schämen.«

Ich zucke mit den Achseln, denn ich habe wirklich keinen Pillermann gesehen, ich habe mehr auf die glänzenden Augen und ihre Hände geachtet. Mir treten die Tränen in die Augen, denn vielleicht habe ich ja meine Arbeit doch nicht so gut gemacht.

»Hat er seine Finger in sie hineingesteckt?«

Ich denke sorgfältig nach, lasse die ganze Episode wie in einem Film noch einmal in meinem Kopf abspulen.

»Nein«, antworte ich dann, »hatte er nicht, das hätte ich bemerkt. Aber das kann er ja auch noch hinterher getan haben.«

Vater nickt, ein bisschen enttäuscht, aber auch nicht unzufrieden. Er fasst zusammen: »Sie haben sich also ausgezogen, *ganz* ausgezogen? Auch die Unterhosen?«

»Ja.«

»Und sie haben auf dem Bett gesessen und sich überall befummelt?«

»Ja. Sind sie jetzt befangen, Vater?«

»Sehr«, sagt er.

»Müssen sie ins Gefängnis?«

»Nein, das nicht. Aber so etwas dürfen wir hier in der Gemeinde nicht zulassen. Sag mir ein letztes Mal, und denk scharf nach: Hast du seinen Pillermann gesehen?«

In diesem Moment klopft es an der Haustür. Ich weiß sofort, wer es ist und habe das Gefühl, das Spiel ist aus. Vater hat doch ausdrücklich gesagt, dass ich um alles in der Welt nicht gesehen werden darf.

»Du bleibst hier«, sagt er und geht hinaus, um zu öffnen.

Ich öffne die Tür zur Hintertreppe; nicht weil ich weglaufen will, sondern weil ich weiß, dass Mutter unten im Waschkeller ist. Wo bleibt sie nur?

Sie kommt nicht, aber dafür erscheinen Vater und der stellvertretende Bürgermeister, ich hatte mir gleich gedacht, dass er es ist. Vater zieht mir die Ohren lang.

»Was hast du da angestellt? In den Gärten anderer Leute hast du nichts zu suchen. Du bist doch kein Spanner!«

Ich ziehe die Hose herunter und beuge mich vor.

»Bitte keine Prügel«, sagt der stellvertretende Bürgermeister.

Doch Vater schlägt zu wie gewöhnlich, hart und ausdauernd, und es hilft auch nichts, dass der Mann bei seinem »Hör auf ihn zu schlagen, du sollst aufhören ihn zu schlagen« bleibt.

Es dauert eine gewisse Zeit. Vater lässt erst los, als der Mann behauptet: »Du hast ihn doch dazu angestiftet.«

»Was *war* das? Was willst du mir da unterstellen?«

Jetzt kann der liebe Herr stellvertretende Bürgermeister aber zusehen, dass er rauskommt, und zwar auf der Stelle. Eine unglaubliche Frechheit! Vater ist so lieb und hilft mir die Hose wieder anzuziehen, das ist nämlich gar nicht so einfach, wenn der Hintern so empfindlich ist. Ich hoffe, dass er kein schlechtes Gewissen hat, aber er musste mich doch verhauen, so viel versteh ich schon.

»Jetzt steht es unentschieden«, sage ich. »Jetzt wird er sicher nicht mehr ausplaudern, was er über Sanne weiß, meinst du nicht?«

»Hoffen wir's«, antwortet Vater. »Aber dann plaudern wir besser auch nicht aus, was wir wissen.«

Mutter kommt mit der Wäsche aus dem Waschkeller. Es ist komisch, aber jedes Mal, wenn etwas Wichtiges passiert, geht sie seit Neuestem in den Waschkeller oder in den Garten oder sonst irgendwohin. Dadurch verpasst sie einiges, aber sie scheint es nicht wirklich zu bedauern. Im Gegenteil. Sie singt, während sie die Wäsche zusammenlegt. Ich singe mit, weil es so gemütlich ist, und Vater stimmt auch ein: Es ist so lange her, dass wir zusammen gesungen haben, eigentlich sollten wir auch ein bisschen weinen. Es klappt richtig gut, ich spüre schon die Tränen aufsteigen – bis Mutter plötzlich ins Deutsche verfällt! Es ist einfach nicht zu fassen, jetzt können Vater und ich nicht mehr mitsingen, und das weiß sie genau. Als hätte sie überhaupt keine Lust mehr, gemeinsam mit uns zu weinen.

Ich weiß nicht, wer etwas gesagt hat, ich bin es jedenfalls nicht gewesen, ich verrate selten etwas. Trotzdem wissen alle Bescheid. Nicht über uns, Gott sei Dank, aber über die beiden Befangenen im Rathaus. Vater muss zu einer Sitzung des Gemeinderats, und das ist gar nicht gut, sagt er, tatsächlich ist das großer Mist. Aber er schimpft nicht, im Gegenteil, er seufzt und ringt die Hände. In gewisser Hinsicht ist es beruhigend, denn wenn er in dieser Stimmung ist, haut er mich nicht. Trotzdem tut er mir fast schon ein wenig leid.

»Gibt es irgendwas, das ich für dich tun kann?«, frage ich ihn.

Er antwortet nicht; ich glaube, wenn es etwas gäbe, würde er es mir sagen.

Ich denke ja, dass Mette gepetzt hat. Sie saß neben mir im Garten und hat dasselbe gesehen wie ich. Das sähe ihr ähnlich, sie kann nämlich nichts für sich behalten; sonst wüsste ich wirklich nicht, wer es gewesen sein könnte. Ich glaube nicht, dass es sinnvoll ist, Vater von der Sache mit Mette zu erzählen. Er würde nur sagen, ich hätte sie wegbringen müssen, und außerdem ist es jetzt sowieso zu spät. Aber wenn ich sie das nächste Mal sehe, werde ich sie, wie es sich gehört, an beiden Rattenschwänzen ziehen, und ich werde richtig fest daran ziehen, egal wie sehr sie heult.

Als Vater von der Sitzung des Gemeinderats zurückkommt, grinst er über das ganze Gesicht, und zunächst einmal bin ich erleichtert. Aber dann sehe ich, dass irgendetwas gar nicht in Ordnung ist, denn seine Augen lachen nicht. Er scheint alles nur noch lächerlich zu finden, auch sich selbst, so als wäre jetzt alles egal.

Ich bin natürlich neugierig, was passiert ist, und Mutter auch – sie hält einen Korb Wäsche zwischen den Beinen und schaut Vater fragend an.

»Er hat seine sieben Sachen gepackt und ist gegangen«, erzählt er. »Freiwillig.«

»Er ist gegangen?«, fragt Mutter nach. »Weil er befangen ist?«

»So heißt das überhaupt nicht. Jedes Mal, wenn ich das Wort benutzt habe, hat mich der Bürgermeister korrigiert.«

»Der Bürgermeister hat dich korrigiert?«

»Ja. Das heißt ›unglückliche Vermischung von Interessen‹. Als ob das so viel besser ist.«

»Kannst *du* jetzt nicht stellvertretender Bürgermeister werden?«, werfe ich schnell ein.

Vater antwortet nicht und fast tut es mir leid, gefragt zu haben, ich wollte uns alle doch bloß ein bisschen aufmuntern.

»Er ist durch einen anderen Sozialdemokraten ersetzt worden, das kommt dann bei so was raus«, erwidert er und schaut mich an.

Ich begreife, dass das ein ziemlich großer Mist ist, denn nun haben wir den stellvertretenden Bürgermeister nicht mehr in der Zange; jetzt kann er sagen, was er will und zu wem er will, jetzt kann ihn niemand mehr treffen.

»Wer glaubt schon so einem geilen Bock«, meint Mutter.

Aber ich höre an ihrem Ton, dass auch sie sich Sorgen macht. Sogar die Standuhr gibt einen erschrockenen kleinen Laut von sich, ohne wirklich zum Schlag anzusetzen.

»Ist die Lawine jetzt ins Rollen gekommen? Und wir können nichts mehr unternehmen, um sie zu stoppen?«

Vater kehrt mir den Rücken zu und geht hinauf ins Schlafzimmer. So ungefähr wird es wohl sein, glaube ich. Mutter geht in den Waschkeller. Ich denke an die beiden Nackten, die ich durchs Schlafzimmerfenster gesehen habe.

Wer weiß, ob sie jetzt ein Paar werden? Jetzt ist es ja keine unglückliche Vermischung von Interessen mehr. Sie können nicht mehr auf Kosten der Gemeinde nach Lübeck fahren, aber sie können sich abends nackt gegenübersitzen und sich tief in die Augen schauen – und sich anfassen. Ohne dass jemand es ihnen vorwerfen kann. Wenn ich daran denke, bekomme ich ganz heiße Wangen. Es gibt nichts, was so schlecht ist, dass es nicht auch schon wieder etwas Gutes hat, sagt man ja.

Wir haben in unserem Garten ein Blumenbeet, das wie eine Dannebrog-Fahne aussieht. Man kann es jetzt noch nicht sehen, erst im Sommer, aber ich weiß es aus den letzten Jahren. Das Beet besteht aus roten Tulpen mit einem Kreuz weißer Tulpen in der Mitte, und man muss es sich ein bisschen aus der Entfernung ansehen, um es richtig zu erkennen. Aber dann ist es auch schön, so schön, dass die Nachbarn gern rüberkommen, um es zu bewundern.

Es hat jedoch Jahre gegeben, in denen Vater das Muster wegen des Maulwurfs ausbessern musste. Der gräbt gern unter dem Beet und bringt die Blumenzwiebeln durcheinander, so dass es überhaupt kein Dannebrog mehr wird, sondern ein heilloses weißrotes Durcheinander. Das darf in diesem Jahr nicht wieder passieren, und daher steht Vater mit einem Spaten und einer Taschenlampe bis tief in die Nacht unten im Garten.

Der Maulwurf ist nämlich zu schlau, um in eine Maulwurfsfalle zu gehen, also will Vater das Biest nach guter alter Art totschlagen, mit einem Spaten. Man muss ganz still stehen und warten, und sobald die Erde irgendwo aufgeworfen wird, muss man dorthin schleichen, den Spaten ganz schnell in die Erde stecken und versuchen, den Maulwurf auf den Rasen zu werfen. Hat man das erst einmal geschafft, dann ist es einfach, weil der Maulwurf nichts sieht und auch nicht besonders schnell laufen kann; es ist kein großer Aufwand, ihn mit dem Spaten platt zu hauen. Ich habe schon ein paar Mal gesehen, wie Vater es macht, er schlägt hart zu. Einmal durfte ich auch, obwohl Vater noch einmal draufgehauen hat, nur um sicher zu gehen, dass der Maulwurf auch wirklich tot ist.

Aber es kommt auch vor, dass ein Maulwurf besonders schwer zu erwischen ist. Dann kommt es zu einem regelrechten Kampf zwischen Mensch und Tier und die Entscheidung kann sich hinziehen. Bei uns gilt es, den Dannebrog zu verteidigen.

Vater behauptet hören zu können, wenn der Maulwurf unterwegs ist – wenn der Maulwurf den Nacken anspannt und die Erde hochdrückt, knirscht es leise. Vater sagt, das hört sich an, als würde unter der Erde ein Tor geöffnet, bei dem die Angeln rostig sind. Oder als würde ein Schwarm Stare auffliegen, weit weg ...

Das klingt alles ziemlich gut, aber noch hat er das Vieh nicht erwischt. Vater kriecht, das Ohr am Gras, auf allen vieren auf dem Rasen herum und horcht.

Mutter und ich stehen am Küchenfenster und schauen zu. Wir sind einer Meinung, dass es etwas übertrieben ist, so viel Zeit dafür zu verschwenden, jetzt, da so viele andere Sachen passieren, die wirklich wichtiger sind. Mutter meint, dass es sich wohl um ein Ablenkungsmanöver handelt, was immer das auch bedeuten mag; aber ich glaube, sie hat recht. Diesmal zumindest bin ich ihrer Ansicht.

Als Bosack eines Abends kommt, hat Vater keine Zeit, um mit ihm zu reden. Ich finde das ziemlich unhöflich, aber tatsächlich ist der Maulwurf schuld, weil er sich noch nicht hat fangen lassen. Und bevor das nicht geschehen ist, kann Vater sich auf nichts anderes konzentrieren. Aber Bosack kennt Vater, er fährt nicht nach Hause, sondern zündet sich eine Pfeife an. Dann geht er zu ihm hinaus in den Garten und fängt an sich mit Vater zu unterhalten; ich sehe es durchs Fenster und wüsste gern, was er sagt. Vater sagt jedenfalls nicht viel, und er schaut auch nicht vom Blumenbeet auf –

erst als Bosack ihm einen Brief zeigt. Es muss ein wichtiger Brief sein, denn Vater liest ihn mehrmals, bevor er ihn Bosack zurückgibt. Als Bosack geht, klopft er Vater auf die Schulter, aufmunternd sozusagen, das habe ich noch nie bei ihm gesehen. Ich weiß nur nicht, ob das ein gutes Zeichen ist, eigentlich glaub ich es nicht. Mutter ist im Waschkeller, bei ihr kann ich mir keinen Rat holen. Es hilft nichts, ich muss in den Garten und Vater selbst fragen.

»Na?«, beginne ich, denn es ist immer gut, so anzufangen. »Irgendein Lebenszeichen vom Maulwurf?«

Er zögert einen Augenblick, bevor er antwortet.

»Ja«, sagt er. »Schon.«

»Wo?« Ich schaue mich nach frischen Maulwurfshügeln um, entdecke aber keine.

»Er hat mir einen Brief geschrieben. Oder besser Bosack.«

»Der Maulwurf hat *einen Brief geschrieben*?«

Ich versuche zu lachen, aber mein Gelächter schlägt rasch um in einen Schluckauf, denn ich weiß nicht, worauf er hinauswill.

»Was meinst du, Vater?«

»Du hast doch gesehen, dass Bosack hier war, mit einem Brief, du hast doch am Fenster gestanden. Der war vom Maulwurf.«

»Ach komm. Das stimmt doch gar nicht, ein Maulwurf kann nicht ... du hast doch nicht ... was steht drin, Vater?«

»Dass ich ein Verbrecher bin und eingesperrt gehöre.«

»Ein Verbrecher? Ah ja. Hat er das wirklich geschrieben?«

Plötzlich holt er nach mir aus, trifft aber nicht.

»Natürlich nicht, du Dummkopf! Du bist wirklich leicht zum Narren zu halten, kleiner Mann.«

Vater schüttelt den Kopf und lacht über mich. Aber er

stützt sich dabei so merkwürdig auf den Spaten – und in diesem Moment taucht mitten im Blumenbeet eine Maulwurfschnauze auf! Wir sehen es und Vater reagiert nicht! Als hätte er von vornherein aufgegeben.

»Das ist er!«, rufe ich. »Er bringt den ganzen Dannebrog durcheinander.«

»Lass ihn nur.«

Ich reiße ihm den Spaten aus der Hand und steche mit aller Kraft in den Maulwurfshügel, aber natürlich ist kein Maulwurf mehr da. Ich befördere lediglich ein paar Blumenzwiebeln an die Oberfläche, die ich hastig wieder in die Erde stopfe.

»Er muss hier irgendwo in der Nähe sein.« Ich stampfe den Spaten an ein paar Stellen ins Beet.

Vater ist unterdessen ins Haus gegangen, merkwürdig. Ich halte stand, ich kann die Stellung nicht so einfach aufgeben. Schnell kann es zu einem weiteren Maulwurfshügel kommen, und auch wenn ich das Vieh nicht erwische, kann ich es möglicherweise doch verscheuchen.

Selbst als Mutter das Küchenfenster öffnet und mich ruft, weil es Butterwecken gibt, bleibe ich mit dem Spaten und der Taschenlampe im Garten stehen. Ich versuche mein Ohr an den Rasen zu halten, aber ich höre nichts. Mutter kommt mit einem Teller Wecken zu mir heraus, das ist lieb von ihr; sie hat kapiert, dass es sich hier nicht um ein Spiel von mir handelt, sondern dass ich dort weitermache, wo Vater aufgegeben hat.

»Von wem war der Brief?«, frage ich sie.

»Das wissen wir nicht, er hatte keinen Absender.«

»Und was stand drin?«

»Da stand das drin, was Sanne allen erzählt, unter anderem der Psychiaterin auf Augustenborg. Dass sie Omas

Haus angezündet hat und dass sie es tat, um Vater zu bestrafen. Jetzt weiß Bosack es auch.«

Ich habe das Gefühl, dass ich besser nicht fragen sollte, wieso meine große Schwester Vater bestrafen will.

»Ich fürchte, sie wird in eine Pflegefamilie kommen«, sagt Mutter.

Und dann seufzt sie so herzzerreißend und ich verstehe, dass das wohl das Schlimmste ist. Wenn Sanne bei anderen Leute in Pflege kommt, ist das eine Schande für uns alle. Komischerweise bin ich gar nicht so besorgt um Sanne.

»Kommt Vater ins Gefängnis?«

Ich hatte so gehofft, Mutter würde über meine Frage lachen oder mir eine Ohrfeige geben, denn natürlich soll er nicht ins Gefängnis. Aber sie nimmt die Frage offenbar ernst, ja, ich merke, dass sie sogar selbst daran gedacht hat.

»Wir werden sehen«, antwortet sie.

»Sanne hat psychische Nerven, ihr glaubt doch niemand«, versuche ich es.

»Sie glauben ihr wahrscheinlich ebenso sehr wie Vater.«

»Das ist wirklich ungeheuerlich«, sage ich. «Ich glaube, ich weiß, wer diesen Brief geschrieben hat. Das war dieser stellvertretende Bürgermeister, der nicht mehr stellvertretender Bürgermeister ist; weißt du, der mit der Psychiatrikerin verwandt ist.«

»Das kann schon sein«, meint Mutter, »aber das heißt nicht Psychiatrikerin, wie oft soll ich es dir denn noch sagen, es heißt *Psychiaterin*!«

Dann geht sie. Ich esse meine Wecken im Stehen und behalte die ganze Zeit das Beet im Auge. Jemand muss hierbleiben und Wache halten, mit Spaten und Taschenlampe. Es geht darum, allzeit bereit zu sein, überall lauern Gefahren; und wenigstens in unserem Garten sollen die Nachbarn etwas Schönes sehen.

Wenn man sich bei uns in der Stadt das Leben nimmt, erschießt man sich normalerweise mit einem Jagdgewehr. Aber nicht alle wissen, wie man das macht; es ist nämlich gar nicht so leicht, darum will ich es kurz erklären. Vater hat es mir mal gezeigt. Man setzt sich mit dem Gewehr hin, stemmt den Kolben auf den Boden und sperrt den Mund über dem Lauf auf, so dass die Schussrichtung zum Gehirn geht. Dann zieht man sich einen Strumpf aus. Das ist wichtig, weil man den Abzug nicht mit dem Finger erreichen kann, man muss also notwendigerweise den großen Zeh benutzen. Aber so geht's und eigentlich ist das auch eine ziemlich sichere Methode; zumindest haben es in der Familie meines Vaters einige schon so gemacht. Es gibt aber auch diejenigen, die es vorziehen sich aufzuhängen; allerdings ist das unsicherer, denn man riskiert abgeschnitten zu werden, bevor man tot ist. Und schließlich gibt es noch welche, die sich ertränken, aber das sind Ausnahmen. Eine gab's hier im Ort, letzten Herbst, eine alte Frau. Sie stieg spätnachts nackt in den Schloss-See, und als sie morgens gefunden wurde, lag sie auf dem Grund, in Tang gewickelt; ein Angler hatte sie am Haken. Ihre Sachen fand man ordentlich zusammengelegt am Ufer, am Fuß eines Baumes, natürlich wurde hinterher darüber geredet. Sie stand in dem Ruf, sparsam zu sein und wahrscheinlich gefiel ihr der Gedanke nicht, dass auch ihre *Kleider* nicht mehr zu gebrauchen wären. Allerdings weiß ich nicht, ob sie noch irgendjemand brauchen konnte.

Ich habe immer gedacht, wenn Vater sich das Leben nimmt, dann nur mit dem Jagdgewehr. Daher wundert es mich, dass er im Garten mit einem Stück Strick umhergeht, der ihm aus der Hosentasche hängt. Er riskiert doch, dass jemand es sieht, ich zum Beispiel, und ihn rechtzeitig abschneidet. Vielleicht hat er Angst vor dem Anblick, der uns erwartet, wenn er sich erschießt; ich denke schon, dass das Gehirn herausgepustet wird, und im Sarg würde sich das nicht so schön machen – anders wäre es, wenn er sich beispielsweise erhängt. Aber ich weiß nicht recht, ich bin ja nicht der Ansicht, dass er an uns denken soll, er sollte einfach nur an sich denken. Es scheint ihm schwerzufallen, den richtigen Baum zu finden, und fast sieht es so aus, als wäre es ihm egal, dass ich am Küchenfenster stehe und ihm zusehe. Ich glaube nicht, dass ich Mutter hier mit reinziehen soll, das würde Vater mir nicht verzeihen; außerdem sitzt sie vor irgendeiner Fernsehsendung, irgendetwas auf dem deutschen Kanal, ich höre, wie sie mitsingt.

In gewisser Hinsicht hoffe ich, dass es bald überstanden ist. Es gibt für Vater doch ohnehin nicht mehr viel, für das sich zu leben lohnt, das hat er mir selbst erklärt. Er ist verurteilt und soll ins Gefängnis, allerdings weiß ich nicht, wann und für wie lange, ich traue mich nicht zu fragen. Es kommt auch nicht mehr sehr viel Kundschaft in den Laden; und wenn jemand kommt, dann bedient immer Mutter. Und als ob das alles noch nicht genug ist, hat man Sanne in eine Pflegefamilie gegeben. Das ist eigentlich am schlimmsten, denn das heißt ja indirekt, dass sie es hier bei uns nicht gut hatte.

Außerdem ist da noch die Sache mit dem Gemeinderat. Der Mann ist hier gewesen, der Vater damals aufgefordert hat, sich für die Wahl aufstellen zu lassen; nun forderte er Vater auf zurückzutreten. Zu seinem eigenen Besten und zum Wohl der Partei. Aber Vater ist noch nicht zurückgetreten, denn wie er selbst sagt, was bleibt dann noch? Ich verstehe gut, wenn er sich das Leben nehmen will, ich werfe ihm nichts vor. Dann wird es in der Schule vielleicht auch einfacher für mich, denn es nicht gerade leicht, einen Vater zu haben, von dem jeder weiß, dass er kriminell ist. Ich will nicht in die Details gehen, weil ich am liebsten gar nicht daran denke, aber es gibt Tage, an denen ich überhaupt nicht zum Unterricht erscheine. Ich gehe durchaus in die Schule, aber ich bleibe einfach unten beim Fahrradschuppen – und die Lehrer erlauben es.

Ich habe auch schon daran gedacht, dass ich eigentlich die Rede halten sollte, wenn Vater begraben wird; und darauf freue ich mich schon ein bisschen. Nicht dass es eine einfache Aufgabe ist, aber mir will das Bild nicht aus dem Kopf gehen, wie ich am Sarg stehe, den Kopf schräg halte und alle zum Weinen bringe. Es ist durchaus nicht ausgeschlossen, dass irgendjemand auf die Knie fällt und sich die Haare rauft. Ich habe große Erwartungen zu erfüllen, aber ich spüre auch gewisse Fähigkeiten – allein der Gedanke, dass ich das Erbe meines Vaters antrete.

Noch läuft er aber dort draußen herum und sucht nach einem geeigneten Ast, und als er endlich einen gefunden hat und einen Gartenstuhl darunterstellt, schaut er zum Küchenfenster. Ich entschließe mich, stehenzubleiben, so dass er sieht, wie ich ihn beobachte, aber merkwürdigerweise stimmt ihn das nicht um. Im Gegenteil, jetzt bindet er den Strick an den Ast und schaut wieder zu mir hinauf, aber eher so aus den Augenwinkeln. Mir kommt der Gedanke, dass er möglicherweise hofft, ich würde ihn abschneiden. Ich hole ein Brotmesser aus der Küchenschublade. Es liegt ganz oben, sozusagen bereit, und es ist scharf, denn Vater hat es erst kürzlich geschliffen. Als ich aus der Hintertür gehe und mich hinter einen Stapel Bierkästen stelle – aber so, dass Vater das Brotmesser in meiner Hand sieht –, nimmt er seinen Mut zusammen. Und dann springt er.

Ich laufe los, nun muss es schnell gehen, jede Sekunde zählt, aber ich komme nicht weit, denn im selben Moment fasst mich jemand von hinten an die Schulter und hält mich zurück. Erst denke ich, es ist Mutter, ich weiß auch nicht, warum. Ich drehe mich um, sie ist es aber nicht. Es ist ein Mann mit nacktem Oberkörper, der kurze Lederhosen trägt und auf dem Rücken große Flügel wie ein Engel hat. Er hebt einen Finger und schüttelt den Kopf, als wolle er mir sagen, dass ich jetzt sorgfältig nachdenken soll. Habe ich es denn tatsächlich so eilig? Ich laufe zurück zur Hintertür, noch immer kann ich das Küchenmesser zurück in die Schublade legen und Mutter rufen, oder noch besser, mich zu ihr setzen und mit ihr zusammen deutsches Fernsehen gucken. In diesem Augenblick stößt Vater ein paar gurgelnde Geräusche aus; ich kann ihn doch dort nicht hängen und warten lassen, mit aus dem Hals ragender Zunge. Ehrlich gesagt weiß ich nicht, was ich tun soll, aber schließlich widersetze ich mich meinem Schutzheiligen und laufe zu Vater, klettere auf den Gartenstuhl und schneide den Strick durch. Ich habe kostbare Minuten verloren; Vater hat in die Hose gepinkelt und einen ganz blauen Kopf; ich befürchte ernsthaft, dass ich nicht rechtzeitig gekommen bin. Der Strick hat sich in die Haut am Hals eingeschnitten, und ich habe den Eindruck, dass er mich ziemlich vorwurfsvoll anstarrt.

Wir haben das Milchmannkäppi zurückbekommen. Und ich dachte, wir würden es nie wiederbekommen; jetzt liegt es auf Vaters Bettdecke. Es ist genauso weiß wie das Bettzeug; ich glaube, Frau Budde hat es gewaschen und gebügelt. Das wäre ja auch noch schöner.

Schlachter Budde persönlich hat es gebracht. Nisse ist auch mitgekommen, aber er blieb auf dem Flur; ich habe ihn nur kurz gesehen. Budde begrüßte erst Mutter, dann mich und dann blickte er lange auf Vater. Er hat nichts gesagt, es gibt ja auch nicht viel zu sagen, aber er hat doch den Kopf gesenkt, so wie man es macht, wenn einem etwas wirklich nahegeht. Ich fand, das sah gut aus. Dann hat er das Käppi auf die Bettdecke gelegt, sich einmal geräuspert – und ist gegangen. Das Ganze wirkte ein bisschen wie bei einem Begräbnis, als wollte er Vater die letzte Ehre erweisen; aber tatsächlich ist er noch nicht tot. Er ist nur bewusstlos. Er hat zu lange an dem Strick gehangen, um ins Leben zurückzufinden, andererseits aber nicht lange genug, um zu sterben.

Mutter hat die ganze Zeit solche Angst, dass er aufwacht. Er ist schon ein paar Mal aufgewacht; dann schlägt er die Augen auf, sieht uns und fängt an zu weinen. Kurz darauf schläft er wieder ein. Mutter sagt, er versteht, wo er ist und was passiert ist, und darum weint er. So, dass das ganze Bett bebt. Mutter geht in den Flur, weil sie es nicht aushält. Mir macht das nicht so viel aus, ich bleibe bei meinem Vater. Was ist daran merkwürdig, dass er weint? Sicher ist ihm der Ernst des Lebens klar geworden, das ist alles. Und wenn einem der Ernst des Lebens klar wird, dann weint man, schließlich hat er mir das selbst erklärt. Merkwürdig ist nur, dass er jedes Mal weint, wenn er aufwacht – als würde ihm der Ernst des Lebens wieder und wieder klar werden, es hört einfach nicht auf. Er greift nach meiner Hand und drückt sie, er drückt sie mit aller Kraft und hinterher tut sie richtig weh. Aber ich mache ihm keinen Vorwurf, denn wie oft habe ich seine Hand nicht gedrückt, wenn wir zusammen bei einer Beerdigung standen und er eine Rede hielt? Jetzt ist es halt andersherum.

Plötzlich kommt mir der Gedanke, dass Vater sein Milchmannkäppi vielleicht im Sarg haben möchte, wenn oder falls es so weit kommen sollte. Das wäre schön. Laut sage ich das aber nicht. Noch nicht, es wäre unpassend. Möglicherweise kann ich es in meine Grabrede einbauen? Bestimmt werden ziemlich viele Leute kommen, Leute aus der Straße und aus der Schule, Fräulein Port und vielleicht sogar der Rektor. In jedem Fall aber Kaufmann Frisk, was anderes kann er sich gar nicht erlauben. Die Augen aller werden auf mir ruhen, dem Jüngsten des Milchmanns. Ich glaube nämlich nicht, dass Asger etwas sagen will. Er ist überhaupt noch nicht hier gewesen, seit Vater krank ist, und Mutter hat ihn deswegen sogar angerufen. Wahrscheinlich liegt es daran, dass er so wütend ist. Was ist mit dem neuen Milchmannkäppi, das Vater sich gekauft hat, als ihm das alte gestohlen wurde, vielleicht sollte meine Rede damit enden, dass ich es mir aufsetze?

Ich sehe Mutter an, dass sie bald nach Hause will. Sie legt eine Hand auf Vaters Hand und streichelt sie ein wenig, das macht sie immer, bevor wir gehen. Ich mache es ihr nach. Heute versuchen wir nicht, den Arzt zu sprechen, er sagt sowieso immer das Gleiche, nämlich, dass er nichts sagen kann. Es kann sich in beide Richtungen entwickeln, aber so geht das jetzt schon ziemlich lange und vielleicht bleibt es ja sogar so. Eigentlich hätte sich Vater doch erschießen sollen, denke ich.

»Soll das Käppi auf der Bettdecke liegenbleiben?«, frage ich.

Mutter legt es zwischen Vaters Hände, so sind wir sicher, dass er es entdeckt, wenn er aufwacht.

Mutter und ich holen Ware aus dem Keller. Ich schreibe die Preise dran und sie stellt sie auf ihren Platz in den Regalen. Normalerweise macht sie das Sonnabendnachmittag mit Vater, jetzt muss sie sich mit mir behelfen – doch es klappt richtig gut. Hauptsache, sie sagt mir, was ich zu tun habe, dann kann ich es ebenso gut wie er. Ich bediene jetzt auch immer öfter und nehme Aufträge entgegen, wenn jemand anruft. Das Einzige, was ich nicht kann, ist die Milch ausfahren. Aber wenn wir schon bei der Wahrheit sind, die Milchfahrerei war sowieso nie die große Einnahmequelle.

Nach Feierabend setzen wir uns vor den Fernseher. Ich nasche Süßigkeiten aus einer kleinen Schale und Mutter trinkt Kirschwein. Oder irgendetwas Vornehmeres, ich kenne mich da nicht so aus. Sie probiert nacheinander sämtliche Flaschen, sie sagt, sie muss doch wissen, was bei uns im Laden verkauft wird. Bei Vater war das anders, aber Mutter und ich gehen die Dinge auf unsere Weise an.

Manchmal kommt Mette zu Besuch, wenn wir so dasitzen und es langsam dunkel wird. Ich weiß genau, dass es Leute gibt, die sagen, dass wir verliebt sind und ich sie in ihrem Indianerzelt geküsst habe, aber das stimmt nicht. Wir spielen bloß zusammen, und im Unterschied zu den Kindern in meinem Alter fragt Mette nicht mehr, wie es Vater oder Sanne oder sonst wem geht. Sie will nur spielen und Süßigkeiten naschen.

Aber heute Abend lässt sie sich Zeit, bis sie kommt, und bald habe ich alle Süßigkeiten allein aufgegessen. Dieser Gedanke geht mir gerade durch den Kopf, als das Telefon klingelt. Vielleicht ist sie es? Mutter nimmt ab und ich höre, dass es das Krankenhaus ist. Mutter klingt ernst, und als sie den Hörer aufgelegt hat, sitzt sie lange da und starrt auf den Boden. Ich habe das Gefühl, als wüsste ich ganz genau, was passiert ist.

»Ist es wegen Vater? Ist er tot?«

»Nein«, antwortet sie und seufzt. »Es geht ihm besser. Er sitzt im Bett und hat sich das Milchmannkäppi aufgesetzt.«

Und dann sind die von der Zeitung schon wieder da, und sie machen Bilder; vor allem natürlich von Vater, aber auch von Mutter und mir. Von meiner Idee, mich mit dem Brotmesser in der Hand photographieren zu lassen, halten sie nicht viel, und das ärgert mich schon. Schließlich habe ich das Brotmesser benutzt, als ich Vater vom Baum schnitt. Aber der Photograph sagt, das sei geschmacklos. Da ist dieses Wort wieder. Geschmacklos. Ich soll mich einfach nur neben Vater stellen, zu ihm aufschauen und lächeln. Also mache ich das, wenn der Photograph meint, dass es besser ist.

Ich muss schon sagen, der Journalist und Vater haben einiges zu bereden, und ich darf mich auch gern einmischen. Mutter auch. Sie meint, dass man die Schuld auf allen Seiten suchen müsse, auch sie sei nicht frei davon. Denn wäre sie die Frau gewesen, die sie für ihren Mann hätte sein sollen, dann wäre das sicherlich nicht passiert, diese Geschichte mit Sanne, sagt sie. Und der Journalist nickt und notiert sich das Ganze.

Vater redet vor allem über die Sünde; er hat schwer gesündigt, das räumt er ein, und Gott hat ihn gestraft. Er ist so tief am Boden gewesen, wie es einem Menschen überhaupt nur möglich ist, aber bestimmt liegt auch eine Absicht darin, dass er ins Reich der Lebenden zurückkommen durfte. Das sagt er. Der Journalist meint, ich hätte meine Finger ja wohl auch mit im Spiel, schließlich hätte ich Vater vom Baum geschnitten. Aber das kommentieren weder Vater noch ich; ich glaube, letztlich wundert sich Vater noch immer darüber, dass es so lange gedauert hat. Aber vielleicht ist das eine Geschichte, auf die er später zurückkommen will. Wenn wir allein sind. Zunächst sind wir erst einmal alle glücklich, denn Vater ist aus dem Krankenhaus nach Hause gekommen, heute ist ein Festtag. Ihm geht es den Umständen entsprechend gut und wir kommen wieder in die Zeitung. Am Ende fragt der Journalist, ob Vater seine politische Tätigkeit beenden wird, und dies bestätigt Vater laut und deutlich. Dieses Kapitel ist beendet. Eventuell gibt es aber die Möglichkeit, dass er im Kirchenvorstand bleiben darf. Er würde das Amt gern behalten; und da wir in den Augen der Kirche alle Sünder sind, warum sollte ein Sünder dann nicht im Kirchenvorstand sitzen? Das Wichtigste ist doch, dass man offen über die Dinge redet, auch über die schwierigen Dinge. Und das kann Vater. Er hat die Macht über die Worte, noch immer.

Vater hat eine Arbeit gefunden, abends, einmal in der Woche, im Wirtshaus. Er ist jetzt Ausrufer beim Bingo; er hat eine Tüte voller Zahlen, und dann zieht er jeweils eine Zahl heraus und verkündet sie laut über ein Mikrophon. Das ist gar nicht so leicht, denn man darf sich ja nicht versprechen. Ich bin mit Mette und ihrer Mutter zum Bingo gegangen, und ich finde, Vater kann das wirklich ausgezeichnet. Er hat die Tüte zwischen den Beinen, und zwischendurch reißt er ein paar unanständige Witze; das finde ich allerdings nicht so gut. Aber eine Menge Leute lachen, auch die Frauen, vor allem, wenn er seine Hand in die Hose steckt statt in die Tüte. Gut finde ich jedoch, dass er das Spiel mit einem Gebet beendet, viele Leute falten wie wir die Hände und beten mit ihm. So kommen die Dinge doch noch ins Gleichgewicht.

Mein Eindruck ist, dass die Leute ihm vergeben haben. Ich weiß nicht, ob das auch für mich gilt, denn noch immer vermisse ich Sanne und träume auch oft von ihr. Aber in unsere Familie hat sie sich ja eigentlich nie richtig eingelebt und sie schlief auch nicht gut auf dem Sofa, obwohl Vater neben ihr lag; und dann hat sie auch noch angefangen, am ganzen Körper zu zittern. Das Wichtigste aber ist, dass die

Leute hier in der Stadt Vater vergeben haben. Ich glaube sogar, dass viele Mitleid mit ihm haben, denn irgendwann muss er ja ins Gefängnis. Das wird eine harte Zeit, aber dann sind Mutter und ich wieder zusammen – es gibt eben nichts, was so schlecht ist, dass es nicht auch schon wieder etwas Gutes hat.

Ich habe beim Bingo nichts gewonnen und Mette und ihre Mutter auch nicht, wir haben einfach kein Glück. Als wir nach Hause gehen, schauen Mette und ich noch einmal nach den Kaninchen. Denn natürlich habe ich wieder Kaninchen und sie haben Junge im Bauch.

Mette kann sie sich ansehen, so lange sie will, ich gehe unterdessen zu meinem Spielhaus. Es ist zu einem Taubenschlag umgebaut worden, denn ich halte jetzt auch Tauben. Frau Warming hat mich gefragt, ob ich ihre kaufen wollte; eigentlich waren es die Tauben ihres Mannes, aber er weilt ja nicht mehr länger unter den Lebenden. Es sind weiße Tauben und ich habe sie billig bekommen. Und damit nicht genug, ich habe sogar schon an ihnen verdient. Neulich kam so ein junger Mann mit langen Haaren und buntscheckigen Klamotten auf einem Fahrrad mit Hilfsmotor und hat mir sechs Tauben abgekauft. Er kam aus Ribe und studierte, und er sagte, dass er die Tauben nicht essen wolle. Sie sollten freigelassen werden, bei einer Demonstration an der Hochschule, was auch immer das bedeuten mag. Weiße Tauben symbolisieren den Frieden, hat er mir erklärt, und Frieden sollte auf der ganzen Welt herrschen. Kann schon sein, habe ich geantwortet.

Wenn es denn so wichtig ist mit dem Frieden auf der Welt, wie er sagt, und wenn der Frieden von sechs weißen Tauben abhängt, dann sollte er allerdings besser auf sie aufpassen. Denn natürlich sind sie zu mir nach Hause zurückgeflogen, jede Einzelne von ihnen, was hätten sie auch sonst machen sollen? Und morgen kommt der junge Mann wieder, denn es gibt noch mehr Demonstrationen. Ich habe mir überlegt, ob ich ihm die gleichen Tauben noch einmal verkaufen soll, zum gleichen Preis; er erkennt sowieso keinen Unterschied. Aber ich weiß nicht, ob ich das machen kann. Eigentlich ist das ja keine gute Geschäftsmoral, und ich will doch später auf die Handelsschule.

Vater freut sich, wenn ich ihn um Rat frage. Aber das mache ich nicht, denn wenn es wirklich darauf ankommt, weiß er über die Dinge doch nicht so viel. Außerdem ist er zur Zeit nicht gut auf mich zu sprechen. Er meint, es ist meine Schuld, dass man uns nicht mehr zu Begräbnissen ruft. Das läge an meinen Pickeln. Wenn er mitten in einer Rede ins Stocken gerät und ich vortrete und ihn bei der Hand nehme, reiße ich normalerweise meine Augen auf und halte den Kopf ein wenig schräg – wobei ich die Angehörigen direkt ansehe. Aber wenn mein Gesicht voller Pickel ist, hat das nicht mehr die gleiche Wirkung wie früher.

Ob es wirklich daran liegt, weiß ich nicht. Ist auch egal. Lange Rede, kurzer Sinn: Vater und ich bringen niemanden mehr zum Weinen. Ich vermisse es ein bisschen, aber ich nehm's wie ein Mann. Von nun an müssen die Leute eben selbst sehen, wie sie's mit der Trauer halten. Also, wie sie damit klarkommen.

Marie Hermanson

Saubere Verhältnisse

Roman
Aus dem Schwedischen von Regine Elsässer
suhrkamp taschenbuch 3703
243 Seiten

Yvonne Gärstrand, erfolgreiche Chefin einer Firma für Zeitmanagement, hat Zeit. Zeit, um sich in fremden Gegenden herumzutreiben und in fremde Häuser zu schauen. Als suche sie dort nach dem wirklichen Leben, das ihr selbst, verheiratete Mutter eines inzwischen erwachsenen Sohnes, abhanden gekommen ist. Die Bewohner im Orchideenweg 9 aber bleiben ihr fremd. Als dort eine Putzfrau gesucht wird, bewirbt sie sich. Als Nora Brick tritt sie ihren Dienst an in dem gepflegten Haus Bernhard Ekbergs, dem offensichtlich die Hausfrau fehlt – und verliebt sich in ihn. Wo ist Helena, Ekbergs Frau? Und wer ist die geheimnisvolle Schöne auf dem Foto, das sie in Ekbergs Jackentasche findet? Yvonne alias Nora macht sich auf Spurensuche und wird zur Mitwisserin eines dunklen Geheimnisses.

»Eine unheimliche Reise in die schwärzesten Winkel der Seele. Überraschend und intelligent. Lesen!« *Jönköpings-Posten*

NF 523/1/6.05

Marie Hermanson

Der Mann unter der Treppe

Roman
Aus dem Schwedischen von Regine Elsässer
st 3875. 269 Seiten

Fredrik kann sich glücklich schätzen: Er hat einen guten Job, eine wunderbare Familie und ein Haus in paradiesischer Lage. Doch dann bekommt die Idylle Risse. Seine Schlafstörungen wären nicht weiter erwähnenswert, wäre da nicht dieser kleine Mann, dem Fredrik zu nächtlicher Stunde immer wieder im Haus begegnet. Ein Troll? Ein Tier? Ein Werwolf? Gibt es ihn überhaupt, diesen komischen Kerl, der sich »Kwådd« nennt und behauptet, unter der Treppe zu wohnen? Und warum geht Fredriks Frau immer mehr auf Distanz zu ihm? Marie Hermanson, die schwedische Bestsellerautorin, verwandelt in ihrem packenden, abgründigen Psychothriller den Traum von der heilen Familie in einen mörderischen Alptraum.

»*Der Mann unter der Treppe* zeigt Marie Hermanson in Hochform.« *Hallands Nyheter*

»Aufregend, spannend und märchenhaft.«
Göteborgs Posten

NF 683/1/6.08

Ida Jessen

Leichtes Spiel

Roman
Aus dem Dänischen von Angelika Gundlach
st 4024. 208 Seiten

Gesucht wird: alleinstehender Mann mittleren Alters, wohlhabend, gutmütig.

Der 40jährige Joachim hat einen guten Job, eine attraktive Eigentumswohnung im Zentrum von Kopenhagen, ein hübsches Sommerhaus im Grünen. Da lernt er die zehn Jahre jüngere, alleinerziehende Susan kennen. Bald kommt der gemeinsame Sohn Jacob zur Welt, und Joachim wähnt sich am Ziel seiner Wünsche: Teil einer glücklichen Familie zu sein. Aber in Susan hat er sich getäuscht. Wie weit wird Susan gehen? Wie weit wird Joachim nachgeben? Ida Jessen hat mit ›Leichtes Spiel‹ einen dramatischen Beziehungsthriller geschrieben, der einen nicht mehr losläßt.

NF 682/1/6.08